中國語言文字研究輯刊

十九編

許學仁 主編

第 3 冊

清華柒〈子犯子餘〉研究（上）

洪鼎倫 著

花木蘭文化事業有限公司

國家圖書館出版品預行編目資料

清華柒〈子犯子餘〉研究（上）／洪鼎倫 著 -- 初版 -- 新北市：
花木蘭文化事業有限公司，2020〔民109〕
目 2+190 面；21×29.7 公分
（中國語言文字研究輯刊　十九編；第 3 冊）
ISBN 978-986-518-153-6（精裝）
1. 文字學 2. 研究考訂
802.08　　　　　　　　　　　　　　　　109010409

ISBN-978-986-518-153-6

9 789865 181536

中國語言文字研究輯刊
十九編　　第 三 冊　　　　　ISBN：978-986-518-153-6

清華柒〈子犯子餘〉研究（上）

作　　者　洪鼎倫
主　　編　許學仁
總 編 輯　杜潔祥
副總編輯　楊嘉樂
編　　輯　許郁翎、張雅淋　美術編輯　陳逸婷
出　　版　花木蘭文化事業有限公司
發 行 人　高小娟
聯絡地址　235 新北市中和區中安街七二號十三樓
　　　　　電話：02-2923-1455／傳真：02-2923-1452
網　　址　http://www.huamulan.tw 信箱 hml810518@gmail.com
印　　刷　普羅文化出版廣告事業
初　　版　2020 年 9 月
全書字數　284258 字
定　　價　十九編 14 冊（精裝）　台幣 42,000 元

清華柒〈子犯子餘〉研究（上）

洪鼎倫 著

作者簡介

洪鼎倫，1994 年生，彰化人，國立臺中教育大學語文教育學系學士，國立成功大學中國文學系碩士，臺南市南化區北寮國民小學正式教師，發表著作有〈論修辭格在手搖飲料店名上的應用──以臺南市東區育樂街為考察範圍〉、〈《左傳》「忠」、「信」考〉、〈上博六〈慎子曰恭儉〉考釋五則〉、〈《清華柒 · 子犯子餘》補釋四則〉等數篇。

提　要

《清華大學藏戰國竹簡（柒）》在 2017 年 4 月出版，內容共收錄四篇簡文，其中〈子犯子餘〉共十五簡，屬於「語」類文獻，記載公子重耳（697 B.C. ～628 B.C.）流亡至秦國時，秦晉君臣間的交互問答。內容大可區分為五大段，第一、二段寫秦穆公（683 B.C.～621 B.C.）召見重耳隨臣──「子犯」、「子餘」，並詢問有關公子重耳流亡之事，子犯強調重耳的品行，子餘則論述重耳諸臣守志共利。第三段秦穆公再同時召見二人，並賜予賞賜物。第四段秦穆公向蹇叔（690 B.C.～610 B.C.）詢問治國之道，蹇叔以「湯」和「紂」為例對比論述。第五段公子重耳向蹇叔詢問興邦之道，蹇叔分別舉「起邦」的四君主及「亡邦」的四君主為例回應。

本論文希望能透過文字考釋與字句釋讀的方式，釐訂文字、考證史實，俾使文通字順，幫助了解〈子犯子餘〉簡文的文字構形及文獻價值。

誌　謝

　　2017 年 2 月，筆者開始到國立成功大學中文系攻讀碩士班。當時一個人初來乍到異地求學讀書，有著許多的不適應。但是，幸好我遇到了一位無私付出，富有耐心且願意提攜我的老師——高佑仁教授。高佑仁師先鼓勵我參加每個月在成大中文系舉辦的「古文字讀書會」，再讓我參與「《清華伍》尚書類文獻新研」與「《清華伍》伊尹類文獻新研」等科技部研究計畫，透過這些機緣，讓我和古文字，特別是與戰國文字的緣分越來越深。在這些過程中，我在高師身邊獲得許多學習的寶貴機會以及無微不至的照顧。每次我在撰寫碩論時遇到問題，向高師請益，高師總是準確的指出疑難字的初形本義，以及不厭其煩的告訴我還有哪些資料可以再去參考。高師對於古文字的研究專業與熱情一直是我在求學之路學習的最好榜樣，在此要對高師致上最深的謝意。

　　感謝口試委員黃聖松師的意見，黃師對於《左傳》有通盤的研究，我最初是在「《左傳》專題研究（一）（二）」受到黃師的啟迪，也從黃師身上學到撰寫論文應有的正確態度。黃師改正了筆者在本論文中文獻引用的論證手法，也糾正了筆者最初對於車馬器部件位置的理解。黃師對於研究的嚴謹以及善用資料數據考證的方式，一直是我效法的指標。感謝口試委員許文獻師的意見，許師的意見豐富了本論文的深度、廣度與完整度，許師是筆者大學畢業專題與研究計畫的指導教授，是許師奠定了我在小學研究領域上的基礎，一開始許師在國立臺中教育大學帶著學生舉辦文字學讀書會時，筆者也有去參加。就算筆者已

誌謝 2

經從大學畢業了，許師還是一直和筆者保持聯繫，許師的期許與提攜，學生一直感念在心。

感謝季旭昇教授在「第十三屆有鳳初鳴——全國研究生學術研討會」講評中，指點筆者文字考釋論文的寫作手法，讓筆者從此在撰寫文字考釋論文時能有明確的方向可以依循。感謝許學仁教授在「古文字裡的『一字千金』」講座時讓筆者認識及了解文字考釋的方法。

求學過程中蒙受多位教授、學長姐的照顧，感謝國立中正大學的陳厚任學長、葉書珊學姐，以及國立成功大學的邱郁茹學姐、趙月淇學姐、田雲昊學弟、陳佲佑學弟在成大古文字讀書會時給予筆者論文上的補充看法、指點以及修正建議。本書內容皆曾經於讀書會宣讀與討論完畢，由衷感謝各位師友的珍貴意見。

本論文主要聚焦於文字考釋與簡文文義訓讀，因為受限於筆者的學識見聞，深怕不能盡善盡美，提出的意見可能有所偏頗，又或流於主觀臆測。另外，近年來海內外許多學者投入戰國文字研究，學界與本論文有關的論著，筆者雖已盡力蒐集，但恐有遺漏，敬祈博雅君子，不吝批評指正。

洪鼎倫　謹誌

目

次

凡　例

1. 本文引用的《十三經注疏》採用李學勤主編,《十三經注疏》整理委員會整理的版本。

2. 本文的上古音系統參考李添富總校訂《新添古音說文解字注》對單字古音的分析。

3. 釋文採嚴式隸定,後加「( )」註明寬式隸定或通假字,「□」表示文字殘缺,若依線索得知為某字,則將補字加框,簡號以「【 】」標注於簡末。

4. 各條考釋先列學界意見,並依發表時間先後為序,於「鼎倫謹案」後說明筆者的看法。

5. 引述意見時除指導教授與口試委員稱「師」外,其餘依學界慣例不加「先生」,尚祈見諒。

6. 為了使讀者方便參閱出處,註腳中不使用「同前注」、「同上注」,無論是否該論文已見前注,仍將完整出處清楚交代,以節省使用者尋找資料的時間。

7. 引用古文字材料的文例時,重點單字使用嚴式隸定,非欲討論之字用寬式隸定標示,以方便讀者閱讀。

8. 筆者於「總釋文」、「釋文考證」中〈子犯子餘〉的句讀符號,以及「附件一〈子犯子餘〉簡文摹本」的文字皆為筆者親自摹寫。另外在「釋文考證」中的圖版表格中為筆者擷取《清華柒・子犯子餘》的字形圖版整理而成。

簡稱表

為避免行文繁瑣，多次引用的材料著錄書或專有名詞皆用簡稱，簡稱方式如下：

一、網站簡稱表

網站全名（依筆畫排序）	簡　稱
武漢大學簡帛研究中心網站	武漢網
清華大學出土文獻研究與保護中心網站	清華網
復旦大學出土文獻與古文字研究中心網站	復旦網

二、書名簡稱表

書籍全名（依筆畫排序）	簡　稱
中國社會科學院考古研究所《殷周金文集成》	《集成》
中國社會科學院考古研究所《花園莊東地甲骨》	《花東甲骨》
李學勤《清華大學藏戰國竹簡》	《清華簡》
河北省文物考古研究所、北京大學中文系《九店楚簡》	《九店》
河南省文物考古研究所《新蔡葛陵楚墓》	《新蔡》
河南省文物研究所《信陽楚墓》	《信陽》
荊門市博物館《郭店楚墓竹簡》	《郭店》
馬承源《上海博物館藏戰國楚竹書》	《上博》

高明《古陶文彙編》	《陶彙》
郭沫若《甲骨文合集》	《合集》
湖北省文物考古研究所、北京大學中文系《望山楚簡》	《望山》
湖北省荊沙鐵路考古隊《包山楚簡》	《包山》
湖北省博物館《曾侯乙墓》	《曾侯乙》
睡虎地秦墓竹簡整理小組《睡虎地秦墓竹簡》	《睡虎地》
鍾柏生等《新收殷周青銅器銘文暨器影彙編》	《新收》
羅福頤《古璽彙編》	《璽彙》

清華柒〈子犯子餘〉研究

第壹章　緒　論

　　文字遺留著古人與今人的生活痕跡，今人透過文字瞭解過往的樣態，人們也透過文字創造歷史，因此文字可謂是文明的載體。文字可以被記在許多地方，甲骨、銅器、簡牘、帛書等。由此可見，出土文獻的價值象徵古代文明不可抹滅的文化意涵。

　　二十世紀以來，由於「地不愛寶」，[註1] 再加上考古專業的茁壯發展，使得大量的先秦文獻相繼出土，逐日興盛。後世學者因此更容易認識到上古時代的文化、政治、經學、文學、思想以及文字演變。張顯成《簡帛文獻通論》云：

> 出土文獻最大的特點，就在於它是長期掩於地下而未經流傳的文獻
> 材料，真實地保留著當時的面貌，具有極強的文獻真實性。[註2]

透過出土文獻可以更貼切的了解當時的樣態。近年來，許多竹簡得以重見天日，並能被妥善保存，記載在簡冊上的多是戰國文字，戰國文字遂成為文字學研究的焦點。如李學勤（1933～2019）云：「中國古文字學，伴隨著考古工

〔註1〕語出《禮記‧禮運》：「地不愛其寶」。李學勤主編；《十三經注疏》整理委員會整理：
　　　《禮記正義》（北京：北京大學出版社，2000 年），頁 832。
〔註2〕張顯成：《簡帛文獻通論》（北京：中華書局，2004 年），頁 3。

作的開展，成績也很彰著，而在古文字學的幾個分支裡，戰國文字研究的前進尤其突出。」〔註3〕除此之外，戰國文字處在甲骨文、金文以及小篆等字形之間，具有承先啟後的功能。因此，學者們更能透過戰國文字瞭解各學科的內容，〔註4〕具有重要的學術意義及價值。

1942 年長沙古墓出土的楚帛書為後世展開了楚文字研究的新境界，自此以後，戰國文字材料大量湧現。備受學界關注的有 1987 年湖北荊門包山楚墓出土的「包山簡」，1992 年河南新蔡葛陵楚墓出土的「新蔡葛陵簡」，1993 年湖北荊門郭店楚墓出土的「郭店簡」。〔註5〕1994 年被發現於香港古董市場，被上海博物館購入收藏的「上海博物館藏楚竹書」，自 2001 年 11 月整理出版為《上海博物館藏戰國楚竹書（一）》，至今共九冊，逐年發行，內容涉及儒家、道家及兵家等內涵，可討論的相關文獻有《詩經》、《易經》、《論語》，甚至也可和其他出土文獻對照討論，因此為古文字研究掀起一波熱潮。可以發現這些戰國文字材料中以楚文字居多，如李學勤云：「就現已發現的數量而言，楚文字實居大宗。尤其是簡牘帛書，迄今能夠見到的全出於楚。」〔註6〕因此，透過楚文字的研究也可以了解戰國文字的變化。

近十年，蔚為學界不斷關注的出土文獻是《清華大學藏戰國竹簡》（後文省稱「《清華簡》」）。北京清華大學自西元 2008 年 7 月入藏一批校友捐贈的戰國竹簡，約有 2388 枚竹簡。經北京大學對清華簡中的無字殘片標本進行 AMS 碳 14 年代測定後，判定這些竹簡的年代約在西元前 305±30 年，相當於「戰

〔註3〕 李學勤：《戰國文字通論（訂補）‧再序》，何琳儀：《戰國文字通論（訂補）》（南京：江蘇教育出版社，2003 年），頁 1。

〔註4〕 以《清華簡》為例，趙平安、王挺斌〈論清華簡的文獻價值〉云：「根據已經公佈的清華簡，研究者已經從古文字學、語言學、歷史學、哲學等多個角度切入來挖掘其意義。」趙平安、王挺斌：〈論清華簡的文獻價值〉，簡帛網，2019 年 5 月 7 日，上網日期：2019 年 8 月 7 日。

〔註5〕 李學勤《郭店楚簡文字編‧序言》云《郭店簡》：「內涵包括儒道兩家珍貴典籍。發掘後有訊息傳出其間有戰國時本《老子》，即已震動學術界。實則簡內儒家著作更多，年代居於孔孟之間，意義之重大也不難想見。」張守中：《郭店楚簡文字編》（北京：文物出版社，2000 年），頁 3。

〔註6〕 李學勤：《包山楚簡文字編‧序言》，張守中：《包山楚簡文字編》（北京：文物出版社，1996 年），頁 3～4。

國中晚期」。〔註7〕這些竹簡的數量眾多，清華大學初步估計全部簡文約有六十四篇典籍，內容多為經史類作品，由清華大學出土文獻研究與保護中心整理出版為《清華簡》。自 2010 年發表第壹輯，直至今日已發表至第玖輯，〔註8〕每次一出版皆會引起學界熱烈討論和新聞媒體的持續關注，相關的論壇討論文章、期刊、研討會論文以及學位論文等蠭出並作，令人目不暇給。《清華簡》是近年古文字研究最重要的出土文獻之一，〔註9〕繼《上博簡》之後，形成新一波的研究熱潮。

〔註7〕李學勤：〈清華簡整理工作的第一年〉，《清華大學學報（哲學社會版）》，2009 年第 5 期，頁 5～6。

〔註8〕清華簡第壹輯至第玖輯所收錄的簡文分別有：《清華簡（壹）》有〈尹至〉、〈尹誥〉、〈程寤〉、〈保訓〉、〈耆夜〉、〈金縢〉、〈皇門〉、〈祭公〉、〈楚居〉共九篇；《清華簡（貳）》有〈繫年〉一篇；《清華簡（叁）》有〈說命（上）〉、〈說命（中）〉、〈說命（下）〉、〈周公之琴舞〉、〈芮良夫毖〉、〈良臣〉、〈祝辭〉、〈赤鵠之集湯之屋〉共八篇；《清華簡（肆）》有〈筮法〉、〈別卦〉、〈算表〉共三篇；《清華簡（伍）》有〈厚父〉、〈封許之命〉、〈命訓〉、〈湯處於湯丘〉、〈湯在啻門〉、〈殷高宗問於三壽〉共六篇；《清華簡（陸）》有〈鄭武夫人規孺子〉、〈管仲〉、〈鄭文公問太伯（甲、乙）〉、〈子儀〉、〈子產〉共五篇；《清華簡（柒）》有〈子犯子餘〉、〈晉文公入於晉〉、〈趙簡子〉、〈越公其事〉共四篇；《清華簡（捌）》有〈攝命〉、〈邦家之政〉、〈邦家處位〉、〈治邦之道〉、〈心是謂中〉、〈天下之道〉、〈八氣五味五祀五行之屬〉、〈虞夏殷周之治〉共八篇；《清華簡（玖）》有〈治政之道〉、〈成人〉、〈廼命一〉、〈廼命二〉、〈禱詞〉共五篇。李學勤主編：《清華大學藏戰國竹簡（壹）》（上海：中西書局，2010年）；李學勤主編：《清華大學藏戰國竹簡（貳）》（上海：中西書局，2011 年）；李學勤主編：《清華大學藏戰國竹簡（叁）》（上海：中西書局，2013 年）；李學勤主編：《清華大學藏戰國竹簡（肆）》（上海：中西書局，2014 年）；李學勤主編：《清華大學藏戰國竹簡（伍）》（上海：中西書局，2015 年）；李學勤主編：《清華大學藏戰國竹簡（陸）》（上海：中西書局，2016 年）；李學勤主編：《清華大學藏戰國竹簡（柒）》（上海：中西書局，2017 年）；李學勤主編：《清華大學藏戰國竹簡（捌）》（上海：中西書局，2018 年）；黃德寬主編：《清華大學藏戰國竹簡（玖）》（上海：中西書局，2019 年）。

〔註9〕黃德寬云：「已公佈的清華簡的有關材料，為我們提供了新的重要的實證，我們可以根據這些新材料重新審視傳世文本，探討文本流傳過程中內容和文字的變異。」黃德寬：〈在首批清華簡出版新聞發佈會上的講話——略說清華簡的重大學術價值〉，李學勤主編：《出土文獻》（第二輯）（上海：中西書局，2011 年 11 月），頁 7。

第一節　研究動機及目的

　　《清華大學藏戰國竹簡（柒）》（以下省稱《清華簡（柒）》）在 2017 年 4 月出版，內容共收錄四篇簡文，整理者對其內容說明如下：

> 均為傳世文獻及以往出土材料未見的佚篇。其中《子犯子餘》、《晉文公入晉》、《趙簡子》三篇皆載於晉國史事，前兩篇記晉文公事，後一篇記趙簡子事;《越公其事》則載越國史事，以句踐滅吳為主題。
> 〔註10〕

《清華簡（柒）》的四篇簡文都是佚篇，其內容未能在傳世文獻中見得。其中，〈越公其事〉載勾踐（？～464 B.C.）困棲會稽，勵精圖治，最後滅吳的過程。其他三篇則跟春秋晉國史事有關，〈晉文公入於晉〉寫晉文公（697 B.C.～628 B.C.）自秦歸晉後，對晉國內部所做的許多整頓及稱霸過程;〈趙簡子〉寫范獻子（？～501 B.C.）對趙簡子（？～476 B.C.）的進諫，以及趙簡子與成鱄（？～？）的問答;〈子犯子餘〉則寫公子重耳流亡至秦國時，秦晉君臣間的交互問答。

　　整理者云〈子犯子餘〉:「記重耳流亡到秦國，子犯、子餘與秦穆公的對話，以及秦穆公、重耳先後問政於蹇叔。」〔註11〕〈子犯子餘〉內容大可區分為五大段，第一、二段寫秦穆公分別召見重耳隨臣——「子犯」、「子餘」，並詢問有關公子重耳流亡之事，子犯強調重耳的品行，子餘則論述重耳諸臣守志共利。第三段秦穆公（683 B.C.～621 B.C.）再同時召見二人並賜予賞賜物。第四段秦穆公向蹇叔（690 B.C.～610 B.C.）詢問治國之道，蹇叔以「湯」和「紂」為例對比論述。第五段公子重耳向蹇叔詢問興邦之道，蹇叔分別舉「起邦」的四君主及「亡邦」的四君主為例回應。

　　《清華簡（柒）》發表迄今約三年，甫一出版，學術網站及論壇紛紛討論其文字釋讀及文獻內容，其學術價值不言可喻。出土文獻的研究方向可由「文字構形」及「文獻價值」兩個層面來看。〔註12〕首先，就「文字構形」而言，季

〔註10〕李學勤主編:《清華大學藏戰國竹簡（柒）》，頁 1。

〔註11〕李學勤主編:《清華大學藏戰國竹簡（柒）》，頁 1。

〔註12〕高佑仁師:《上博楚簡莊、靈、平三王研究》（臺南:國立成功大學博士論文，2011 年 11 月），頁 1。

旭昇云：「考古文字材料中之字形，於文字研究極為重要」〔註13〕因此，透過文字構形的了解，能夠去掌握其字形演變脈絡，以及古人的用字習慣，甚至更進一步理解文字的語音及意義。其次，就「文獻價值」而言，〈子犯子餘〉是一篇用戰國楚文字撰寫的晉國史實文獻，這段史實並未被記載到任何傳世文獻中，因此〈子犯子餘〉的文獻價值可以幫助了解這段歷史以及補充其他傳世文獻未能見得的人物痕跡。此外，〈子犯子餘〉的原考釋者陳穎飛〈論清華簡《子犯子餘》的幾個問題〉認為〈子犯子餘〉屬於「語」類文獻，因為簡文著重記錄言語對話，更提及：

> 《語》是闡述以明德治國等治國之理的說理性文獻。《子犯子餘》
> 簡的內容符合這一特點，是一篇談治國之道的說理文，堪為「語」
> 類文獻的代表，這從簡文內容與主旨上得以彰顯。〔註14〕

語類文獻屬於簡短的文獻，在〈子犯子餘〉中分別有五組對話，依次為秦穆公與子犯，秦穆公與子餘，秦穆公與子犯及子餘，秦穆公與蹇叔，以及重耳與蹇叔。在這五組的對話中，分別傳達了不同的中心思想、統治者及群臣的的品行以及治國理念，這些內容可以供未來的國君閱讀，讓君王知道可以如何治理國家，因此語類文獻的重點為對話及道理，而非著重在記事。

〈子犯子餘〉共十五簡，其內容時代處於公子重耳流亡自楚國到秦國後的三年，由《左傳》對照後參看大約是魯僖公 23 年（637 B.C.），由《國語》對照後參看大約是晉惠公 15 年（636 B.C.），可見是在西元前 637 年到 636 年左右。

本論文的研究目的是希望能透過文字考釋與字句釋讀的方式，幫助了解〈子犯子餘〉簡文的文字構形及文獻價值。「文字考釋」的方式為考釋簡文的文字字形及字義，把楚文字和甲骨文、金文、各系戰國文字進行比較，藉以補充或糾正前者的說法，突顯這批兩千多年簡文的珍貴價值。「字句釋讀」則是考究每一個字詞在中的訓讀。除此之外，筆者於論文中廣泛蒐集所有研究者相關的研究成果，於論文中全文引用或摘錄重要字句，欲使本文同時亦具備集釋功能。

〔註13〕季旭昇：《說文新證》（臺北：藝文印書館，2014 年），頁 1022。

〔註14〕陳穎飛：〈論清華簡《子犯子餘》的幾個問題〉，《文物》2017 年第 6 期（2017 年 6月），頁 81～82。

第二節　研究方法與步驟

　　許慎《說文解字・敘》云:「言語異聲、文字異形。」〔註15〕戰國文字偏旁異形、類化繁多、異體字多見,音韻通假時還會摸不著頭緒。但是,我們研究者可以運用一定的方法及步驟,分析歸納,進而掌握到其亂中有序的規律。李學勤云:「現在戰國文字研究發軔時的憑藉,乃是楚文字。」〔註16〕透過楚文字可以了解該字在字形演變中的脈絡。筆者總結本文所使用的研究方法有四,整理為:因襲比較法、辭例推勘法、偏旁分析法以及據禮俗制度釋字,依次說明如下:

一、研究方法

(一)因襲比較法

　　漢字的演變自甲骨文、金文、戰國文字、秦篆直到漢隸楷書,一脈相承,因襲發展。然而,先秦的古文字,字形變化尚未定形,結構複雜多樣,如高明《中國古文字學通論》云:「雖同為一字,因時代不同而有多種寫法;有的即使時代相同,也幾種形體共存。」〔註17〕因此研究古文字時可以透過因襲比較的方式,比較古今字體的異同,進而正確考釋文字。高明《中國古文字學通論》解釋此方法為:

> 從各個時代字體的因襲關係中進行綜合比較,從中找出共同的字原
>
> 和特點,以達到辨認古文字的目的。〔註18〕

筆者於本論文考釋文字時,會比較該字的甲骨文、金文,或是和戰國文字中的三晉文字、齊魯系、秦系等不同地區的文字,以及同一地區文字的比較。〔註19〕

〔註15〕（東漢）許慎著;（清）段玉裁注:《說文解字注》（高雄:高雄復文圖書出版社,2008年）,頁758。

〔註16〕李學勤:《包山楚簡文字編・序言》,張守中:《包山楚簡文字編》,頁3。李學勤亦在《郭店楚簡文字編・序言》云:「現代的戰國文字研究是從楚國文字開始。」,張守中:《郭店楚簡文字編》,頁5。

〔註17〕高明:《中國古文字學通論》（北京:北京大學出版社,1996年）,頁168。

〔註18〕高明:《中國古文字學通論》,頁168。

〔註19〕何琳儀認為戰國文字釋讀的方法有「異域比較」及「同域比較」。何琳儀:《戰國文字通論訂補》,頁274、頁281。

例如簡二的「🄰」，筆者比較「🄰」（夫𣥺申鼎／NA1250）、「🄰」（兆域圖銅版／集成 10478）、「🄰」（曾侯乙・137）、「🄰」（包山・2・162）、「🄰」（新蔡・193）、「🄰」（侯馬盟書：326）、「🄰」（清華壹・程寤・9）後，進而得知本篇的「𣥺」為从足从欠的字，「足」為聲符，「欠」為意符，从欠足聲。依照本簡前後文意的釋讀，假借為「足」，表示「充足、足夠」的意思。又如簡十三的「🄰」，原整理者讀作「亡」，然而筆者比較「桑」字的字形演變，甲骨文作「🄰」（合集 29362），戰國文字作「🄰」（包山・2・92）、「🄰」（包山・2・167）、「🄰」（上博二・民之父母・6）、「🄰」（上博二・民之父母・7）、「🄰」（上博二・民之父母・12）、「🄰」（上博二・容成氏・41）；再比較「喪」字的字形演變，甲骨文作「🄰」（合集 1083）、「🄰」（合集 28932），金文作「🄰」（冉鉦鍼／集成 00428）、「🄰」（毛公鼎／集成 02841）、「🄰」（喪史實瓶／集成 09982），戰國文字作「🄰」（郭店・老丙・8）、「🄰」（郭店・老丙・9）、「🄰」（郭店・老丙・10）、「🄰」（郭店・性自命出・67）、「🄰」（上博二・民之父母・13）、「🄰」（上博二・民之父母・14），觀察其偏旁部件，簡文「🄰」上半是「九＋亡」聲，原整理者隸定作「㟒」，但是嚴格上來說上半是「九＋亡」，因此筆者改隸定作「㞗」，該字可讀作「亡」，也可讀作「喪」。根據文例，筆者認為讀作「亡」比較適當。

（二）辭例推勘法

考釋文字時，除了透過文字演變縱向及橫向的比對分析之外，還可以透過出土文獻或傳世文獻的辭例來引證，更可以透過簡文的前後文意進行釋讀。此方法有二，一是文獻成語推勘，二是依據文辭本身的內容推勘，高明《中國古文字學通論》解釋此二種方法為：

> 所謂文獻成語推勘，是指利用文獻中的辭例來核校銘文。……所謂
> 文辭內容推勘，是指僅從銅器銘文中的文辭內容，經過分析句義，

推勘出應讀的本字，並不完全依靠文獻的根據。〔註20〕

筆者於本論文考釋文字時，多會引用出土文獻或傳世文獻的文例來佐證，如簡五「強志」的「強」釋為「勉力、勤勉」，筆者引用傳世文獻《孟子·梁惠王下》：「君如彼何哉？強為善而已矣。」楊伯峻注：「強，勉也。」《史記·老子韓非列傳》：「子將隱矣，彊為我著書。」為參考。簡九「事眾若事一人」的「事」，筆者發現出土文獻中多用「思」通假為「使」之例，如《上博五·姑成家父》的「不思（使）反」、「思（使）有君臣之節」、「不思（使）從己位於廷」，《上博八·志書乃言》的「爾思（使）我得尤於邦多已」，《清華伍·湯處於湯丘》的「必思（使）事與食相當」鮮少用「事」通假為「使」之例，另外在《郭店·六德》能見「有史（使）人者，又有事人者」，證明此處不應讀作「使」，應讀如本字「事」。另外，依據文辭本身的內容推勘，如簡十一「面見湯若鴉（暴）雨方奔之而庇蔭焉」的「鴉」可透過前後文意內容判斷，此處為表示四方夷狄急著奔向成湯的急切如同暴雨急忙奔走貌，因此將「鴉」讀作「暴」合理。

（三）偏旁分析法

分析文字時，可先分析其偏旁，再說明它的結構，如許慎《說文解字》分析文字的方法，高明《中國古文字學通論》解釋此方法為：

> 先把已經認識的古文字，按照偏旁分析為一個個單體，然後把各個
> 單體偏旁的不同形式收集起來，研究它們的發展變化。〔註21〕

筆者於本論文考釋文字時，會把疑難字拆解成多個部件，分別分析這些部件的構形，以及何者為聲符，何者為意符。如此一來，能更掌握住釋讀文字的準確度。如簡十四的「𧪜」，該字在「肉」與「言」中間添加一撇，觀察偏旁為「詹」的古文字，「𧪜」（國差𦉻／集成10361）（𦉻）、「𧮫」（王命龍節／集成12102）（檐）、「𧮪」（噩君啟車節／集成12110）（檐）、「詹」（包山·2·147）（詹）、「𢡃」（九店·56·4）（檐）、「𢺲」（包山·2·86）（䄙）、

〔註20〕高明：《中國古文字學通論》，頁169～170。

〔註21〕高明：《中國古文字學通論》，頁170。

「」（包山・2・174）（訆），可以發現「詹」早期為「从言从八」之字。

所以由此方法可得知該字从肉从詹，讀作「膽」，其偏旁「詹」形為从會再加撇形，筆者推測撇形可能是分化符號。

（四）據禮俗制度釋字

考釋文字時亦可以根據該字結構考察其組成的緣由為何，背後多有一些原則或依據，透過這些構字原則更能掌握文字在簡文的釋讀，如高明《中國古文字學通論》解釋此方法為：

> 從歷史上的風俗、禮樂、法律等各種制度考察古文字體。〔註22〕

筆者於本論文考釋文字時，會瞭解文字的構成部件之間的意義背景，如簡八「」下方从「臣」，季旭昇《說文新證》云：「楚文字从『臣』、『僕』省聲（『臣』的本義也是奴僕類），與《說文》古文基本相同。」〔註23〕這裡的「僕」指僕臣，秦穆公指子犯、子餘為重耳的僕臣，因為重耳仍在外流亡，尚未歸國稱晉文公，所以稱呼為「僕」，可和簡一釋為家臣的「庶子」相對應。又如簡十二「」，右半為「卒」，甲骨文作「」（合集6332），為「梏」的初文，徐中舒《甲骨文字典》云：「象刑具手梏之形，殷墟出土之陶囚俑有兩腕加梏者，其梏與此字字形一致，……即為甲骨文構形之所取象。」〔註24〕因此就古代手銬類刑具的形狀可推測該字為「梏」。

綜上所述，筆者會透過「因襲比較法」，考證古文字的字形演變過程，包括時間上縱向的文字比較，以及戰國文字空間上不同地區的寫法，進而討論簡文字形的正確釋讀；透過「辭例推勘法」，將簡文的釋讀文字與出土文獻及傳世文獻的文例予以比較佐證，進而找到適切的文字釋讀；透過「偏旁分析法」，在看似紛亂無章的戰國文字中找到有規律性的偏旁寫法，或是在同一篇簡文中重複出現的偏旁寫法，都可以用來歸納考釋字形；透過「據禮俗制度釋字」，可以更了解字形的造字背景、本義、聲符或意符的概念等。運用這四種研究方法，可以更有系統及有依據的考釋古文字。

〔註22〕高明：《中國古文字學通論》，頁171。

〔註23〕季旭昇：《說文新證》，頁173。

〔註24〕徐中舒主編：《甲骨文字典》（成都：四川辭書出版社，2006年），頁1168。

二、研究步驟

　　筆者在著手《清華柒‧子犯子餘》研究之前，會先閱讀《清華柒‧子犯子餘》原整理者的釋文，以及仔細了解十五支簡的每一個字形寫法。首先，透過「摹寫字形」的方式，將簡文字形摹寫在描圖紙上，再進行比對，如果筆者摹本失真，就會再重新摹寫一次，藉此更掌握簡文字形的寫法。其次，筆者會廣泛收集有關〈子犯子餘〉的討論以及相關著作，來源有網路上的文章，也有期刊論文、學術研討會會議論文集，還有碩博士論文，收集完畢後，筆者會擷取摘要重點整理成集釋。其三，在筆者認真閱讀過學者們的集釋後，會透過上一小節提到的四種「研究方法」，進行文字考釋，如贊成或反對學者的意見，筆者會予以說明。其四，筆者會透過「出土文獻及古籍的比勘」，找到最為適切的文字釋讀。以下將列點說明，筆者於本論文的研究步驟：

（一）摹寫字形

　　考釋古文字以前，筆者必先仔細觀察簡文字形，並且一筆一劃將全簡字形摹寫下來。如高佑仁師云：「唯有親自摹寫才能夠看出每個單字間差異性及共通性，必使一筆一劃都能牢記在心。」〔註25〕因此，透過親自摹寫能更熟悉且掌握簡文字形的變化。

（二）論文集釋

　　在觀察及瞭解字形之後，筆者會廣泛收集有關〈子犯子餘〉的討論及相關著作，收集來源有網路論壇、網路文章、期刊論文、碩博士論文等。當收集齊全這些相關的討論後，筆者會根據發表時間的先後順序加以節錄引用，進一步整理成集釋。一方面可以全面的研究簡文文字，另一方面也可以學習前輩學者的相關說法。

（三）文字考釋

　　在整理完集釋之後，筆者會透過按語撰寫簡文文字考釋，除了運用上述研究方法之外，筆者還會透過文字的字形、字音及字義加以分析。關於字形的分析，筆者會考察文字字形的演變過程，以及比較現今所能見得的古文字形，進一步進行比較分析與歸納。對於字音的分析，筆者會探討文字中上古音的聲紐

〔註25〕高佑仁師：《《上海博物館藏戰國楚竹簡（四）‧曹沫之陣》研究（上）》（新北：花木蘭文化出版社，2008 年），頁 7。

關係，以及韻部關係是否接近，能否通假。在字義的分析上，筆者會根據簡文的文意，進行較為合適的釋讀。

（四）出土文獻及古籍的比勘

在分析並考釋簡文文字之後，筆者將簡文文例與出土文獻以及傳世文獻相互對照，兩相考證，不僅能澄清簡文文例的字詞釋義，還能夠出土文獻以及補充傳世文獻之不足。相互之間，新興出土文獻、其餘出土文獻以及傳世文獻三者可以藉此建構出嶄新的態貌。

綜上所述，第一，筆者針對〈子犯子餘〉親自摹寫的摹本，在掃描後會置於本文文後的附錄一。另外，對於本篇簡文的句讀符號，筆者也有親自摹寫，並掃描後置於本論文的「總釋文」以及各章的「釋文考證」中。第二，筆者會將集釋根據其討論簡文內容的特定範圍，如本文第肆章到第捌章中，筆者區分的各小節裡會有筆者整理的集釋。筆者會根據學者們意見發表的時間為序，用標楷體的字形和筆者的案語作區分，進而整理至各小節中。第三，筆者會透過不同的方式，如「因襲比較法」、「辭例推勘法」、「偏旁分析法」、「據禮俗制度釋字」以及整理成表格比較分析等，針對簡文的字形進行研究考釋，以期能有效理解簡文古文字的形音義。第四，筆者運用傳世文獻及出土文獻加以佐證釋讀簡文字形的涵義。關於這第三、第四點的成果，筆者會整理到「鼎倫謹案」中自己的案語裡。要有效研究問題時，需要有可依據及有系統的方法，和一步步循序漸進的步驟，才能達到預期的成效。

第三節　〈子犯子餘〉研究現況

在筆者論文定稿之際（2019 年 12 月），筆者所見對〈子犯子餘〉進行研究之篇章，共計 43 篇。在〈子犯子餘〉自 2017 年 4 月發表迄今將近三年之光景，在簡帛網論壇中專門對〈子犯子餘〉進行討論有 112 則，已有 26 篇網路文章，12 篇以〈子犯子餘〉簡文字詞或內容為題而撰寫的期刊論文，4 本以〈子犯子餘〉相關內容為題的碩博士論文。學者們的研究重心仍多聚焦於「文字考釋」與「字句訓讀」的層面上，還有陳穎飛〈論清華簡《子犯子餘》的幾個問題〉、段雅麗、王化平〈清華簡《子犯子餘》與《孟子》「民心」「天命」思想比較〉，和邵正清《清華簡《子犯子餘》研究》討論簡文的性質及思想背景，以及史樴英〈也說《清

華大學藏戰國竹簡（七）》寫手問題〉討論〈子犯子餘〉的字跡問題。

今以發表時間為經，以論文為緯，整理成「〈子犯子餘〉研究成果一覽表」，並詳列其作者、發表日期、篇名、出處，並對論文內容的重心做說明。

序號	作 者	發表日期	篇 名	出 處 / 內 容
1.	原考釋者：陳穎飛	2017.4	釋文考釋：子犯子餘	李學勤主編：《清華大學藏戰國竹簡（柒）》（上海：中西書局，2017年4月），頁91～99。
				對簡文進行文字考釋、訓讀等工作。
2.	清華大學出土文獻讀書會（石小力整理）	2017.4.23	〈清華七整理報告補正〉	清華網，網址：http://www.ctwx.tsinghua.edu.cn/publish/cetrp/6831/2017/2017042306522740787321 0/20170423065227407873210_.html
				修正原書中的考釋意見。
3.	程浩	2017.4.23	〈清華簡第七輯整理報告拾遺〉	清華網，網址：http://www.ctwx.tsinghua.edu.cn/publish/cetrp/6831/2017/201704230645454305101 09/20170423064545430510109_.html。此文也發表於李學勤主編：《出土文獻》（第十輯）（上海：中西書局，2017年4月），頁134～135。
				將「寚」讀作「承」。
4.	武漢大學簡帛研究中心網站簡帛論壇	2017.4.23～2018.3.8	〈清華七《子犯子餘》初讀〉	武漢網，網址：http://www.bsm.org.cn/forum/forum.php?mod=viewthread&tid=3458&extra=page%3D5&page=1
				對簡文進行文字考釋、訓讀等討論。
5.	陳偉	2017.4.24	〈清華簡七《子犯子餘》「天禮悔禍」小識〉	武漢網，網址：http://www.bsm.org.cn/show_article.php?id=2782
				考釋「豐」、「愳」等字。
6.	趙平安	2017.4	〈清華簡第七輯字詞補釋（五則）〉	李學勤主編：《出土文獻》（第十輯）（上海：中西書局，2017年4月），頁138～141。
				考釋「梅之女」、「為燥為烙」、「畀」等條。
7.	趙嘉仁	2017.4.24	〈讀清華簡（七）散札（草稿）〉	復旦大學出土文獻與古文字研究中心網學術討論區，網址：http://www.gwz.fudan.edu.cn/forum/forum.php?mod=viewthread&tid=7968

			考釋「好定（正）」、「不秉（稟）禍利」、「身不忍人」、「以即中（衷）於天」、「不閉（扴／迁）良詿（規），不諆（蔽）有善，必出（黜）有惡」、「秉（稟）度」、「斤」、「屰」、「訛」、「果」、「以及於厥身」等條。斷讀「主如曰疾利，焉不足。誠我主，故弗秉。」
8.	程燕	2017.4.26	〈清華七箚記三則〉	武漢網，網址：http://www.bsm.org.cn/show_article.php?id=2788。此文也發表於《中國文字學會第九屆學術年會論文集》（2017 年 8 月），頁 71。
				考釋「豐」字。
9.	王寧	2017.4.27	〈釋楚簡文字中讀為「上」的「嘗」〉	復旦網，網址：http://www.gwz.fudan.edu.cn/Web/Show/3014#_ednref4
				將「畬」讀作「上」。
10.	陳治軍	2017.4.29	〈清華簡〈趙簡子〉中從「黽」字釋例〉	復旦網，網址：http://www.gwz.fudan.edu.cn/Web/Show/3017
				將「畬」讀作「朕」。
11.	陳偉	2017.4.29	〈也說楚簡從「黽」之字〉	武漢網，網址：http://www.bsm.org.cn/show_article.php?id=2792
				將「畬」讀作「命」。
12.	陳偉	2017.4.30	〈清華七《子犯子餘》校讀〉	武漢網，網址：http://www.bsm.org.cn/show_article.php?id=2793
				考釋「子若公子之良庶子」、「事有過焉」、「斁」、「上繩不失，斤亦不偝」等條。
13.	趙平安	2017.5	〈試說「邁」的一種異體及其來源〉	《安徽大學學報》（哲學社會科學版）2017 年第 5 期，頁 87～90。
				考釋「逐」字。
14.	陳偉	2017.5.1	〈清華七《子犯子餘》校讀（續）〉	武漢網，網址：http://www.bsm.org.cn/show_article.php?id=2796
				考釋「猶叔是問遺老之言」、「用果念（咸／奄）政（或讀「征」）九州而黽（命）君之」、「後世就紂之身」、「見紂若大岸將具（或讀「顛」）崩」、「天下之君，子，欲起邦奚以？欲亡邦奚以？」等條。

15.	劉釗	2017.5.1	〈利用清華簡（柒）校正古書一則〉	復旦網，網址：http://www.gwz.fudan.edu.cn/Web/Show/3018
				考釋「不秉禍利，身不忍人」。
16.	王寧	2017.5.2	〈清華簡七《子犯子餘》文字釋讀二則〉	武漢網，網址：http://www.bsm.org.cn/show_article.php?id=2798
				斷讀「面見湯若騫雨，方奔之而鹿雁焉」，並將「騫」讀作「風」，「鹿雁」讀作「響應」。
17.	林少平	2017.5.3	〈清華簡所見成湯「網開三面」典故〉	復旦網，網址：http://www.gwz.fudan.edu.cn/Web/Show/3022
				考釋「四方夷（尸）莫（幕），句與（以）人（仁）面」。
18.	王寧	2017.5.4	〈釋清華簡七《子犯子餘》中的「愕籥」〉	復旦網，網址：http://www.gwz.fudan.edu.cn/Web/Show/3024
				考釋「翟（咢／愕）輴（籥）於《志》」、「僉」、「弱寺（持）強志」、「不秉禍利」、「蜀（獨）其志」，斷讀「幸得『有利不忻獨，欲皆僉之；事有過焉不忻以人，必身擅之。』」、「顧監於訛（過）」等條。
19.	馮勝君	2017.5.4	〈清華簡《子犯子余》篇「不忻」解〉	武漢網，網址：http://www.bsm.org.cn/show_article.php?id=2799
				考釋「忻」字。
20.	林少平	2017.5.10	〈也說清華簡《趙簡子》从䤈字〉	復旦網，網址：http://www.gwz.fudan.edu.cn/Web/Show/3042
				將「�」讀作「簷」。
21.	孟躍龍	2017.5.11	〈《清華七》「柣（桎）」字試釋〉	復旦網，網址：http://www.gwz.fudan.edu.cn/Web/Show/3043。又收入至《第三屆出土文獻與上古漢語研究（簡帛專題）學術研討會論文集》（北京：中央社會科學院，2017年8月），頁117～121。
				考釋「桼桎」。
22.	翁倩	2017.5.19	〈清華簡（柒）《子犯子餘》篇札記一則〉	武漢網，網址：http://www.bsm.org.cn/show_article.php?id=2808
				考釋「寺」字及解讀「幸得……擅之」文意。

23.	蕭旭	2017.5.23	〈清華簡（七）《子犯子餘》「弱寺」解詁〉	復旦網，網址：http://www.gwz.fudan.edu.cn/Web/Show/3052
				考釋「弱寺（植）而強志」。
24.	陶金	2017.5.26	〈清華簡七《子犯子餘》「人面」試解〉	武漢網，網址：http://www.bsm.org.cn/show_article.php?id=2815
				考釋「四方尼（夷）莫（貉），句（苟）與人面」。
25.	蕭旭	2017.5.27	〈清華簡（七）校補（一）〉	復旦網，網址：http://www.gwz.fudan.edu.cn/Web/Show/3055
				提出八則考釋意見。
26.	陳穎飛	2017.6	〈論清華簡《子犯子餘》的幾個問題〉	《文物》2017 年第 6 期，頁 81～91。
				討論簡文性質、內容及思想特徵。
27.	范常喜	2017.8	〈清華七《子犯子餘》「錧梏」試解〉	《中國文字學會第九屆學術年會論文集》（2017 年 8 月），頁 98～105。
				將「枼」讀作「錧」。
28.	陳斯鵬	2017.8	〈清華大學所藏戰國竹書（柒）虛詞札記〉	《第三屆出土文獻與上古漢語研究（簡帛專題）學術研討會論文集》（北京：中央社會科學院，2017 年 8 月），頁 4～7。
				釋讀「猶」、「是」、「用」、「則」。
29.	孟蓬生	2017.8	〈楚簡從「黽」之字音釋──兼論「蠅」字的前上古音〉	《第三屆出土文獻與上古漢語研究（簡帛專題）學術研討會論文集》（北京：中央社會科學院，2017 年 8 月），頁 107～116。
				釋讀從「黽」之字。
30.	李春桃	2017.9	〈古文字中「閒」字解詁──從清華簡《子犯子餘》篇談起〉	《出土文獻研究》（第十六輯）（上海：中西書局，2017 年 9 月），頁 37～43。
				將「閒」讀作「閑」。
31.	陳美蘭	2017.9	〈近出戰國西漢竹書所見人名補論〉	《出土文獻研究》（第十六輯）（上海：中西書局，2017 年 9 月），頁 77～81。
				討論「襄耳」。
32.	鄭邦宏	2017.10	〈讀清華簡（柒）札記〉	李學勤主編：《出土文獻》（第十一輯）（上海：中西書局，2017 年 10 月），頁 248～252。
				提出五則考釋意見。

33.	謝明文	2017.10	〈清華簡說字零札（二則）〉	先發表於香港浸會大學饒宗頤國學院、澳門大學中國語言文學系、清華大學出土文獻研究與保護中心聯合主辦的「清華簡國際研討會」（2017 年 10 月 26～28 日）。另發表於李學勤主編：《出土文獻》（第十三輯）（上海：中西書局，2018 年 10 月），頁 119～123。
				將「瞿」讀作「懼」，訓作「勤」、「勞」。
34.	子居	2017.10.28	〈清華簡七《子犯子餘》韻讀〉	中國先秦史網站，網址：http://www.xianqin.tk/2017/10/28/405#_ftnref3
				認為〈子犯子餘〉可能成文於戰國末期，並對簡文進行釋文解析。
35.	滕勝霖	2017.12	〈簡帛語類文獻婉語初探──以《清華大學藏戰國竹簡》春秋語類文獻為例〉	《重慶市語言學會第十一屆年會論文集》（重慶：重慶市語言學會，2017 年 12 月），頁 216～228。
				討論「謀禍」為婉語，「亡人」為自謙詞，「良庶子」為敬稱。
36.	伊諾	2018.1.18	〈清華柒《子犯子餘》集釋〉	復旦網，網址：http://www.gwz.fudan.edu.cn/Web/Show/4210
				匯總各家之說做整理研究，並撰寫按語。
37.	段雅麗、王化平	2018.2	〈清華簡《子犯子餘》與《孟子》「民心」「天命」思想比較〉	《宜賓學院學報》第 18 卷第 2 期，頁 44～50。
				討論〈子犯子餘〉中「民心」與「天命」的思想內涵。
38.	袁證	2018.5	《清華簡《子犯子餘》等三篇集釋及若干問題研究》	武漢大學碩士論文
				整理〈子犯子餘〉、〈晉文公入於晉〉、〈趙簡子〉三篇的學者集釋，並撰寫個人意見。
39.	史楨英	2018.6.15	〈也說《清華大學藏戰國竹簡（七）》寫手問題〉	武漢網，網址：http://www.bsm.org.cn/show_article.php?id=3167
				討論〈子犯子餘〉的字跡問題。
40.	李宥婕	2018.9	《《清華大學藏戰國竹簡（柒）·子犯子餘》集釋》	國立彰化師範大學碩士論文
				用表格整理〈子犯子餘〉的集釋，並加以深入分析與討論。
41.	金宇祥	2019.2	《戰國竹簡晉國史料研究》	國立臺灣師範大學博士論文
				透過和晉國史料有關的戰國竹簡進行文字考釋、訓讀，補充古文字與傳世文獻之間的問題，也幫助瞭解晉國史。

42.	侯乃峰	2019.3.20	〈清華簡（七）《趙簡子》篇從「黽」之字試釋〉	復旦網，網址：http://www.gwz.fudan.edu.cn/Web/Show/4404#_ednref23
				將「𪓑」釋作「黿」，讀作「主」（或讀「冢」）。
43.	金宇祥	2019.5.	《清華柒·子犯子餘》新研	中國文字學會編：《中國文字學國際學術研討會論文集.第三十屆》（臺南：國立成功大學，2019 年 5 月），頁 331～350。
				提出九點考釋意見。
44.	邵正清	2019.6	清華簡《子犯子餘》研究	吉林大學碩士論文
				對簡文進行文本形態與性質研究，思想內涵研究，以及和《左傳》、《國語》敘事比較。

第四節　論文架構

本論文共分九章，以下為各章節說明。

第壹章：〈緒論〉，本章共分四節，首先介紹〈子犯子餘〉簡的發表經過及概況；第一節「研究動機及目的」，說明本論文之所以選定《清華大學藏戰國竹簡（柒）·子犯子餘》為題之理由與目的；第二節「研究方法與步驟」，說明本論文在撰寫時的程序與方法，其中「研究方法」可分為四：「因襲比較法」、「辭例推勘法」、「偏旁分析法」以及「據禮俗制度釋字」，「研究步驟」亦可分為四：「摹寫字形」、「論文集釋」、「文字考釋」以及「出土文獻及古籍的比勘」；第三節「〈子犯子餘〉研究現況」，回顧學者們對於〈子犯子餘〉的研究成果，並整理成「〈子犯子餘〉研究成果一覽表」；第四節「論文架構」，說明本論文之架構。

第貳章：「〈子犯子餘〉簡的形制編聯與字形比對」，討論〈子犯子餘〉簡的形制編聯，以及和同樣也是《清華柒》的〈晉文公入於晉〉的簡文字形比對，並且最後將〈子犯子餘〉簡文字形和三晉文字字形比較。第一節「形制與編聯問題」，談簡文的形制、編聯等問題；第二節「與《清華柒·晉文公入於晉》字形比對」，考證〈子犯子餘〉和〈晉文公入於晉〉字跡不同的字形，並製成比對表格；第三節「與三晉文字字形比對」，挑選簡文中可和三晉文字字形結構有所連結的文字，與之比較，並製成比對表格。

第參章：「〈子犯子餘〉題解與總釋文」，討論〈子犯子餘〉全文的內容概述。第一節「題解」，介紹〈子犯子餘〉內容背景及篇題來由；第二節為「總

釋文」，整理筆者對〈子犯子餘〉的嚴式隸定及釋讀，並且進行白話語譯。

　　第肆章：「釋文考證——秦公問子犯」，從第肆章至第捌章，是本論文的重心，依序為〈子犯子餘〉簡文五大段的釋文考證，筆者將每一段的釋文考證分別整理為各一章，進行整理集釋、考釋文字及訓讀的工作。本章第一部分為〈子犯子餘〉第一段的釋文（簡1至簡3），簡文內容大概為秦公召見子犯，詢問有關公子重耳流亡之因，子犯答之，筆者取此段開頭前幾個字，命名為「秦公問子犯」；本章第二部分有十一小節的釋文、集釋、文字考釋及訓讀等內容。

　　第伍章：「釋文考證——秦公問子餘」，本章第一部分為〈子犯子餘〉第二段的釋文（簡3至簡6），簡文內容大概為秦公召見子餘，詢問有關公子重耳流亡之因，子餘答之，筆者取此段開頭前幾個字，命名為「秦公問子餘」；本章第二部分有十四小節的釋文、集釋、文字考釋及訓讀等內容。

　　第陸章：「釋文考證——秦公召子犯、子餘」，本章第一部分為〈子犯子餘〉第三段的釋文（簡6至簡7），簡文內容大概為秦公同時召見子犯及子餘之事，筆者取此段開頭前幾個字，命名為「秦公召子犯、子餘」；本章第二部分有四小節的釋文、集釋、文字考釋及訓讀等內容。

　　第柒章：「釋文考證——秦公問蹇叔」，本章第一部分為〈子犯子餘〉第四段的釋文（簡7至簡13），簡文內容大概為秦公向蹇叔詢問重耳流亡之因以及治國之道，蹇叔答之，筆者取此段開頭前幾個字，命名為「秦公問蹇叔」；本章第二部分有二十一小節的釋文、集釋、文字考釋及訓讀等內容。

　　第捌章：「釋文考證——公子重耳問蹇叔」，本章第一部分為〈子犯子餘〉第五段的釋文（簡13至簡15），簡文內容大概為公子重耳向蹇叔詢問興邦之道，蹇叔答之，筆者取此段開頭前幾個字，命名為「公子重耳問蹇叔」；本章第二部分有五小節的釋文、集釋、文字考釋及訓讀等內容。

　　第玖章：「結論」，說明本論文的研究成果以及未來展望。第一節「研究成果」，將本論文考察重點區分為「簡文形制」、「文字考釋」與「字句釋讀」等三部份條列說明；第二節「未來展望」，說明未來可待討論及延伸研究的問題。

　　「徵引文獻」，詳列本論文所參考與徵引的研究成果。

　　最後附錄〈子犯子餘〉簡文摹本。

第貳章 〈子犯子餘〉簡的形制編聯與字形比對

第一節 形制與編聯問題

　　〈子犯子餘〉共十五簡，簡長約四十五釐米，寬約零點五釐米，有三道編聯，第一、四、五、六簡在第一道編繩處殘斷，各殘缺三字，第十四簡的簡首殘缺一字，其他竹簡都保存完好。全篇簡文（包含篇題）共五百九十字，一個合文，一支竹簡最多有四十二字，如簡三、簡八及簡十三；最少則有二十二字，如簡十五。篇題「子𠨑（犯）子余（餘）」書寫在第一簡簡背，靠近第一道編繩。簡文無次序編號，有二十三個句讀符號，一個合文符號。

　　筆者觀察本篇的最後一支簡──簡十五，將其簡尾與簡十四比對如下：

圖1　簡十四（右）與簡十五（左）之簡尾比對圖

　　由上面的原大圖版可以發現，筆者懷疑第十五支簡竹簡下方還有東西。觀察簡十三到簡十五的內容是重耳問蹇叔治國之道的問題，但蹇叔看似回答簡短，話還沒說完。並且簡十五下方為在中契口斷掉的殘簡，而不是下方為空白的竹簡。因此，筆者推測簡十五殘簡後面可能還有內容。

　　接著，筆者試圖透過比對《清華柒》四篇竹簡簡文中最後一個符號是否

為結尾符號，來了解〈子犯子餘〉簡十五的殘簡後面是否可能還有內容。第一，〈晉文公入於晉〉簡的最後一個符號為「」；第二，〈趙簡子〉簡的最後一個符號為「」；第三，〈越公其事〉簡的最後一個符號為「」；第四，〈子犯子餘〉簡的最後一個符號為「　　　　」。就常見而言，結尾句讀符號為 L 形，如〈趙簡子〉。然而，〈子犯子餘〉簡的最後一個符號起筆疑似較粗重，非故意作 L 彎曲形，而且這個符號和〈子犯子餘〉簡文中的句讀符號相近，並不像是結尾符號，通常句末結尾符都和文中的句讀符會有區別。林清源《簡牘帛書標題格式研究》以〈孔子詩論〉簡一中間墨節形符號「■」將簡文界隔為兩小段為例，認為「■」即是用來表示上一章結束的符號。〔註1〕筆者認為此說法，可以和〈子犯子餘〉末簡的最後一個符號有所聯繫，亦可以推測〈子犯子餘〉簡十五的這個符號應該不是結尾符號，殘簡（簡十五）後面可能還有內容。

第二節　與《清華柒‧晉文公入於晉》字形比對

原整理者云：「本篇簡與《晉文公入於晉》形制、字跡相同，而且都是記晉國史事，當為同時書寫。」〔註2〕筆者將〈子犯子餘〉和〈晉文公入於晉〉疑似字跡不同的字形整理成表格如下：

序號	〈子犯子餘〉	〈晉文公入於晉〉	相　異　處
1	簡 3	簡 7	「中」的口形接合處在〈晉文公入於晉〉沒完全接合。
3	簡 12	簡 4	〈晉文公入於晉〉「口」在中間的接合處較明顯。

〔註1〕　林清源：《簡牘帛書標題格式研究》（臺北：藝文印書館，2004 年），頁 187。

〔註2〕　李學勤主編：《清華大學藏戰國竹簡（柒）》，頁 96。

4	簡5	簡2	簡4	「又」形寫法不同，並且〈子犯子餘〉的右邊爪形起筆較粗。
5	簡13	簡3		〈子犯子餘〉的貝形較大，〈晉文公入於晉〉的貝形較小。
6	簡8	簡8		〈子犯子餘〉的「僕」從臣，〈晉文公入於晉〉的「僕」從又。
7	簡1	簡1		〈子犯子餘〉的「自」上方有曲筆，〈晉文公入於晉〉的「自」為一斜筆。
8	簡4	簡2		〈子犯子餘〉為三個日，〈晉文公入於晉〉為三個口。
9	簡10	簡5		〈子犯子餘〉的上方有明顯彎曲，並且內部結構較緊密；〈晉文公入於晉〉的上方無明顯彎曲。

經筆者考察後發現，〈子犯子餘〉和〈晉文公入於晉〉字形大多接近、結構相同。上表中，除了「僕」和「晶」在二篇分別用不同字形書寫之外，其餘七處的字跡差異則不大。因此，筆者贊成原整理者認為〈子犯子餘〉和〈晉文公入於晉〉為同一書手的說法，上列表格中的不同原因，可能會因為同一人之筆勢偶有不同而導致。〔註3〕

第三節　與三晉文字字形比對

　　〈子犯子餘〉全文是用楚文字撰寫的春秋晉國與秦國的故事，筆者懷疑本篇簡文的底本是否來自於三晉文字，是以筆者將簡文字形和三晉字形進行比對，

〔註3〕黃聖松師及許文獻師在筆者學位口試當天指點此寶貴意見，2019 年 12 月 23 日。

製成表格，如下表：

單字	晉系	〈子犯子餘〉	楚系
閒	（中山王嚳鼎／集成 02840）	（簡 4）	（帛甲 5・21）

經筆者比對後發現，〈子犯子餘〉中只有極少數文字帶有三晉文字色彩，如「」（簡 4）。其餘大多文字則屬楚文字的風格，如「」（簡 5）三晉文字作「」（侯馬盟 16：9），楚文字作「」（包山・2・278），楚系的寫法比較接近簡文字形；「」（簡 9)為楚文字標準「失」的寫法。「」（簡 2）三晉文字作「」（侯馬盟書：326），楚文字作「」（包山・2・162）；「」（簡 7）三晉文字作「」（銘文選二 881・中山王方壺），楚文字作「」（清華壹・金縢・12）；「」（簡 11）三晉文字作「」（四年代相樂㝬鈹／考古與文物 1989 年第 3 期），楚文字作「」（包山・2・179），三組字形相較後，皆是楚系寫法比較接近本簡的寫法。「」（簡 5）三晉文字作「」（中山王嚳鼎／集成 02840），楚文字作「」（九店・621・31），觀察其字形中間皆有倒逆之形，楚系及晉系皆有「心」旁；「」（簡 14）三晉文字作「」（象牙干支籌／文物 1990 年第 6 期），楚文字也作「」（天卜），這樣的字形寫法在二系區別上不太明顯。是以，筆者認為〈子犯子餘〉雖然是秦晉史料，但是書手大多保有楚文字書寫的風格。

第參章　〈子犯子餘〉題解與總釋文

　　〈子犯子餘〉全文以問答體呈現，並未有明顯的分章，但為便利學者閱讀，筆者透過內容將之分為「秦公問子犯」、「秦公問子餘」、「秦公召子犯、子餘」、「秦公問蹇叔」、「公子重耳問蹇叔」五個段落。第一段記載秦公召見子犯，詢問有關公子重耳流亡之因，是否為「猒心不足」，子犯則強調重耳的品行「好正而敬信」、「不秉禍利身，不忍人」，並且「節中於天」才逃離晉國，範圍橫跨簡 1 至簡 3。第二段記載秦公召見子餘，詢問有關公子重耳流亡之因，是否為「無良左右」，子餘則強調重耳的輔臣不隱善、必除去有過錯的事物，守志共利，「有利不祈獨，欲皆僉之」、「有過不祈以人，必身擅之」，解釋重耳是因為「弱時強志」才逃離晉國，範圍橫跨簡 3 至簡 6。第三段記載秦公同時召見子犯及子餘，語氣態度變化，並賜予賞賜物，範圍橫跨簡 6 至簡 7。第四段記載秦公向蹇叔詢問重耳流亡是否因為「天命」及「民心難成」，蹇叔認為臣子順隨法度偏差與否，全歸因於君主，「上繩不失，近亦不僭」；以及秦公再向蹇叔詢問治國之道，蹇叔以「成湯」和「商紂」為例對比論述，範圍橫跨簡 7 至簡 13。第五段記載公子重耳向蹇叔詢問興邦之道，蹇叔分別舉「起邦」的四君主——「大甲、盤庚、文王、武王」，以及「亡邦」的四君主——「桀、紂、厲王、幽王」為例回應，範圍橫跨簡 13 至簡 15。

第一節　題　解

〈子犯子餘〉是《清華柒》的第一篇，記載內容為《左傳》、《國語》及《史記》中未可見的公子重耳自楚國流亡到秦國之事，秦國君臣和晉國重耳、臣子之間的問答。篇題〈子犯子餘〉為公子重耳的二位隨臣——「子犯」、「子餘」。〔註1〕

首先，「子犯」為《左傳》僖公二十三年（637 B.C.）云重耳流亡時：「從者狐偃、趙衰、顛頡、魏武子、司空季子」的狐偃，〔註2〕《國語·晉語四》解釋狐偃：「狐偃，文公舅子犯也。」〔註3〕「犯」在金文及楚簡都是用從車的「軋」表示，但在古籍則都是用「犯」表示。「偃」和「犯」二字意義相反，「偃」有「仆倒、倒伏」之義，如《尚書·金縢》云：「天大雷電以風，禾盡偃」，〔註4〕《儀禮·鄉射禮》云：「東面偃旌，興而俟。」〔註5〕可參。「犯」則有「侵害、進犯」之義，如《說文解字·犬部》云：「犯，侵也。」〔註6〕《國語·晉語八》云：「忠不可暴，信不可犯。」韋昭注：「犯，陵也。」〔註7〕可參。二字在意義上有反義關係，〔註8〕所以可以透過名和字的反義關係做為「子犯」是「狐偃」的佐證。

其次，「子餘」為《左傳》僖公二十三年云重耳流亡時：「從者狐偃、趙衰、顛頡、魏武子、司空季子」的趙衰，〔註9〕《春秋左傳注》云：「子餘，趙衰字。」〔註10〕「趙衰」之「衰」疑《說文解字》之「𢆶」，《說文解字》云：

〔註1〕 關於〈子犯子餘〉竹簡的定名原則，筆者認為屬於林清源歸納「標題語定名原則」四類中的「標舉主述事物」一類。參林清源：《簡牘帛書標題格式研究》，頁53。

〔註2〕 李學勤主編；《十三經注疏》整理委員會整理：《春秋左傳正義》（北京：北京大學出版社，2000年），頁469。

〔註3〕 徐元誥撰；王樹民、沈長雲點校：《國語集解》（北京：中華書局，2002年），頁321。

〔註4〕 李學勤主編；《十三經注疏》整理委員會整理：《尚書正義》（北京：北京大學出版社，2000年），頁400。

〔註5〕 李學勤主編；《十三經注疏》整理委員會整理：《儀禮注疏》（北京：北京大學出版社，2000年），頁230。

〔註6〕 （東漢）許慎著；（清）段玉裁注：《說文解字注》，頁475。

〔註7〕 徐元誥撰；王樹民、沈長雲點校：《國語集解》，頁429。

〔註8〕 黃聖松師在筆者學位口試當天指點此寶貴意見，2019年12月23日。

〔註9〕 李學勤主編；《十三經注疏》整理委員會整理：《春秋左傳正義》，頁469。

〔註10〕 楊伯峻編著：《春秋左傳注》（臺北：洪業文化事業有限公司，1993年），頁417。

「減也，从疒衰聲。一曰耗也。」段注：「衰字引伸於瘝。」〔註11〕「餘」則有「剩餘」之義，如《詩經・秦風・權輿》云：「於我乎！夏屋渠渠，今也每食無餘。」〔註12〕或是「豐足」、「寬裕」之義，如《荀子・富國》云：「為之鍾鼓、管磬、琴瑟、竽笙，使足以辨吉凶，合歡定和而已，不求其餘」楊倞注：「餘，謂過度而作《鄭》《衛》者也。」〔註13〕《淮南子・精神訓》云：「聖人食足以接氣，衣足以蓋形，適情不求餘」高誘注：「餘，饒也。」〔註14〕可參。是以，「衰」和「餘」二字亦有反義關係。

再者，簡文中還有一位人物分別和秦穆公及重耳問答對話，所佔篇幅不少。此人即是「蹇叔」。蹇叔在歷史中最為有名的故事為「蹇叔哭師」，當時為魯僖公三十二年（628 B.C.），秦穆公欲興兵伐鄭，蹇叔則勸說：「勞師以襲遠，非所聞也。師勞力竭，遠主備之，無乃不可乎？師之所為，鄭必知之，勤而無所，必有悖心。且行千里，其誰不知？」〔註15〕秦穆公不聽勸，仍然出師伐鄭，不料最後既沒攻克而還，還發生秦晉殽之戰（627 B.C.），秦軍大敗而歸。魯僖公三十三年（627 B.C.），秦穆公曰：「孤違蹇叔，以辱二三子，孤之罪也。」〔註16〕可見蹇叔有遠見，而且他還活到八十歲，十分長壽。

第二節　總釋文

子軺（犯）子余（餘）【一背】

（秦公問子犯）

公子𣈜（重）耳自楚迬（適）秦，凥（處）女（焉）三敓（歲）

〔註11〕（東漢）許慎著；（清）段玉裁注：《說文解字注》，頁352。

〔註12〕李學勤主編；《十三經注疏》整理委員會整理：《毛詩正義》（北京：北京大學出版社，2000年），頁508。

〔註13〕（清）王先謙撰；沈嘯寰、王星賢點校：《荀子集解》（北京：中華書局，1988年），頁180。

〔註14〕何寧：《淮南子集釋》（北京：中華書局，1998年），頁543。

〔註15〕楊伯峻編著：《春秋左傳注》，頁490。

〔註16〕楊伯峻編著：《春秋左傳注》，頁500。

▼。秦公乃訋（召）子軹（犯）而矞（問）女（焉）◗，曰：「子若公子之良庶子◗，者（胡）晉邦又（有）褙（禍），公子不能弄（止）女（焉）▼，而【一】走去之，母（毋）乃猷心是不趿（足）也虐（乎）◗？」子軹（犯）旮（答）曰：「誠女（如）宔（主）君之言▼。虔（吾）宔（主）好定（正）而敬訐（信），不秉褙（禍）利身，不忍人，古（故）走去之【二】，以即（節）中於天。宔（主）女（如）曰：『疾利女（焉）不趿（足）』，誠我宔（主）古（固）弗秉▼。」

【語譯】晉國公子重耳從楚國到秦國安居三年。秦穆公於是召見子犯並問他說：「您是公子賢良的家臣，怎麼晉國有禍亂發生，公子重耳卻不能阻止它，反而逃離晉國，難道圖謀之心不夠嗎？」子犯回答說：「真的就像是君主您所說的一樣。我的君主個性正直而且謹慎誠信，不隨禍亂圖利自己，也不殘害別人，所以逃離晉國，符合天道的中心思想。君主您如果說重耳追求利益還不夠急切的話，我的君主確實不會去這麼做的。」

（秦公問子餘）

肙（少），公乃訋（召）子余（餘）而矞（問）女（焉），曰：「子若公子之良庶子▼，晉邦又（有）褙（禍），公【三】子不能弄（止）女（焉），而走去之，母（毋）乃無良右（左）右也虐（乎）？」子余（餘）旮（答）曰：「誠女（如）宔（主）之言◗。虔（吾）宔（主）之戈（二）晶（三）臣，不閈（扞）良譵（規），不諆（蔽）又（有）善，必出又（有）【四】過，□□於難，翟（匃）轀（留）於志。幸旻（得）又（有）利不忻（祈）蜀（獨）◗，欲皆僉之▶。事（使）又（有）訛（過）女（焉），不忻（祈）以人，必身廛（擅）之◗。虔（吾）宔（主）弱寺（時）而愳（強）志，不【五】□□□，募（顧）監（鑒）於訛（過），而走去之。宔（主）女（如）此胃（謂）無良右（左）右，誠殹蜀（獨）亓（其）志◗。」

【語譯】不久，秦穆公於是召見子餘並問他說：「您如果是公子的良庶子，晉國有禍亂發生，公子重耳卻不能阻止它，反而逃離晉國，難道沒有優秀的輔

臣嗎？」子餘回答說：「真的就像是君主您所說的。我的君主的幾個臣子們，不會拒絕良好的諫言，不會隱瞞良善的行為及事物，一定會除去有過錯的人事物，……於禍亂中，辛勞的堅持其志。有幸擁有利益不祈求獨自擁有，反而想要和大家分享。假使有過錯的話，也不求推給別人，反而一定會獨自面對它。我的君主雖然天時衰微，但是堅強於志向，不……，以晉國的禍亂為鑒，而逃離晉國。君主您如果說沒有優秀的近臣，確實啊！因為重耳專一其志向。」

（秦公召子犯、子餘）

公乃訋（召）子軋（犯）、子余（餘）曰：「二子事公子，句（苟）聿（盡）又（有）【六】心女（如）是，天豊（禮）慇（悔）禍（禍）於公子■。」乃各賜之鐀（劍）、紳（帶）、衣、常（裳）而歔（善）之，思（使）還■。

【語譯】秦穆公於是召見子犯、子餘說：「二位侍奉公子，如果皆有心如此，天將用禮撤回加於公子的禍患。」於是分別賞賜他們劍、帶、衣、裳，並善待他們，讓他們回去。

（秦公問蹇叔）

公乃舀（問）於邗（蹇）畱（叔）曰：「夫公子之不能居晉邦，訐（信）天【簡七】令（命）哉？割（曷）又（有）儀（僕）若是而不果以或（國），民心訐（信）難成也哉◆？」邗（蹇）畱（叔）㑹（答）曰：「訐（信）難成■殹，或易成也。凡民秉斥（度）諯（端）正、譖（僭）試（忒），才（在）上之【簡八】人。上綝（繩）不逺（失），斤（近）亦不遳（僭）■。」公乃舀（問）於邗（蹇）畱（叔）曰：「畱（叔），昔之舊聖折（哲）人之塼（敷）政命（令）荆（刑）罰，事眾若事一人，不敎（穀）余敢舀（問）亓（其）【簡九】道系（奚）女（如）？猷（猶）畱（叔）是舀（聞）遺老之言，必尚（當）語我才（哉）。窰（寧）孤是勿能用？卑（譬）若從璽（雉）肰（然），虗（吾）尚（當）觀亓（其）風■。」邗（蹇）畱（叔）㑹（答）曰：「凡君斎=（之所）舀（問）【簡十】莫可舀（聞）■。

昔者成湯以神事山川，以悳（德）和民。四方巨（夷）莫句（後）與人，面見湯若霧（暴）雨方奔之，而鹿（庇）雁（蔭）女（焉），用果念（臨）政【簡十一】九州而奮（均）君之。遂（後）殜（世）䜧（就）受（紂）之身，殺三無姑（辜），為爍（炮）為烙；殺某（梅）之女，為桼（拳）樺（梏）三百。磬（殷）邦之君子，無少（小）大、無遠逐（邇），見【簡十二】受（紂）若大陸（山）牆（將）具（俱）隓（崩），方走去之。愳（懼）不死，型（刑）以及于（於）乎（厥）身，邦乃述（墜）㠯（亡）。用凡君所䎽（問）莫可䎽（聞）。」

【語譯】秦穆公於是向蹇叔問說：「公子重耳不能夠待在晉國，真的是因為天命嗎？怎麼有像他們一樣的僕臣卻不能夠成功的擁有國家，難道民心真的很難促成嗎？」蹇叔回答說：「確實難以促成，但也容易促成。凡是臣子順隨法度端正合宜，或是有所偏差，都歸因於在上之人。在上位者的法度沒有錯誤，朝臣就不會僭越本分。」秦穆公於是向蹇叔問說：「叔，過往的古聖先賢施行政策、教令、刑法、懲罰，治理眾人如同治理一人一樣，我大膽的請問他們的方法是什麼？假如蹇叔您真的有聽聞關於先帝舊臣的言論，一定要告訴我啊。難道我真的不能採用嗎？就像是追逐雉雞一樣，我應該要觀察牠的風向。」蹇叔回答說：「凡是君主您所問的都沒有聽聞過。從前成湯以祭事神的方式祭事山川，用德使人民和順安定。四方的夷狄因為不想比其他人慢，想要親自見到湯就像是下大雨正要奔走一樣急切，接著受到湯的庇蔭，於是（成湯）果然親自治理九州政務，並且公平的治理它。直到紂的時代，殺許多無辜之人，施炮烙的刑罰；殺梅之女，禁錮許多人。殷國的君子，無論年紀小大，無論遠近，看見紂就像是看見大山將全部崩塌一樣，正要逃離他。懼怕自己不死，刑罰將會加於自身，國家於是滅亡。於是君主您所問的沒有聽聞。」

（公子重耳問蹇叔）

公子褈（重）耳䎽（問）於邗（蹇）昏（叔）曰：「㠯（亡）【簡十三】人不孫（遜），敢大膽（膽）䎽（問）：『天下之君子，欲记（起）邦奚（奚）以？欲亡邦奚（奚）以？』」邗（蹇）昏（叔）會

（答）曰：「女（如）欲记（起）邦，訓（則）大甲與盤庚、文王、武王；女（如）欲【簡十四】亡邦，訓（則）樑（桀）及受（紂）、刺（厲）王、幽王。亦備才（在）公子之心巳（已），系（奚）袋（勞）飼（問）女（焉）▬。」【簡十五】

【語譯】公子重耳向蹇叔問說：「逃亡的人不恭敬，敢大膽請問：『天下的國君，要如何興起國家？要滅亡國家的話又該怎麼做？』」蹇叔回答說：「如果要興國，就是大甲和盤庚、文王、武王；如果要亡邦，則是桀和紂、厲王和幽王，已經全部在公子的心裡了，怎麼需要麻煩你再請教呢。」

第肆章　釋文考證——秦公問子犯

（一）釋　文

子軋（犯）子余（餘）【一背】〔一〕

　　公子𣍍（重）耳自楚近（適）秦，〔二〕尻（處）女（焉）三戠（歲）▼。〔三〕秦公乃訋（召）子軋（犯）而𥅆（問）女（焉）▬，曰：「子若公子之良庶子▬，〔四〕者（胡）晉邦又（有）𥢦（禍），公子不能屮（止）女（焉）▼，而【一】走去之，〔五〕母（毋）乃猒心是不趹（足）也啚（乎）▬？」〔六〕子軋（犯）含（答）曰：「誠女（如）宔（主）君之言▼。〔七〕虗（吾）宔（主）好定（正）而敬訐（信），〔八〕不秉𥢦（禍）利身，不忍人，古（故）走去之【二】，〔九〕以即（節）中於天。〔十〕宔（主）女（如）曰：『疾利女（焉）不趹（足）』，誠我宔（主）古（固）弗秉▼。」〔十一〕

（二）文字考釋

〔一〕子軋（犯）子余（餘）【一背】

| 子 | 軋 | 子 | 余 |

原整理者：篇題「子軋（犯）子余（餘）」書於第一簡簡背，近第一道編繩，與正文是同一書手。〔註1〕

袁證：簡1背面寫有「子犯子餘」四字，接近第一道編繩，其字跡與正文字跡相同，應為同一書手所寫，當為篇名。〔註2〕

鼎倫謹案：首先討論《清華大學藏戰國竹簡（柒）》收錄四篇文章中的篇題位置。本篇〈子犯子餘〉的篇題是在第一枚竹簡的背後，〔註3〕〈晉文公入晉〉的原簡無篇題，〈趙簡子〉的原簡也無篇題，〈越公其事〉的篇題則是寫在全篇篇尾。因此，〈子犯子餘〉和〈越公其事〉的篇題位置實屬明顯及清楚。

竹簡有兩種收捲方式：第一種是由第一簡往後捲，第二種是由最末簡往前捲，前者篇題在簡末，後者篇題在簡首，所以由篇題位置亦可得知當初的收捲方式。因為〈子犯子餘〉篇題在第一條竹簡背後，所以筆者推測本篇的收捲方式為由最末簡往前捲。〔註4〕

此外，筆者亦發現此篇篇題四個字的字形和正文中同字的字形及書寫方式存有不同之處，以下將相同字的字形歸類建表，並列點試論之：

第一，在本篇中可見二十三個「子」字，依其字形特徵可分為兩類，如下表所示：

〔註1〕 李學勤主編：《清華大學藏戰國竹簡（柒）》，頁91。

〔註2〕 袁證：《清華簡《子犯子餘》等三篇集釋及若干問題研究》（武漢：武漢大學碩士論文，2018年5月），頁8。

〔註3〕 筆者認為〈子犯子餘〉標題格式的類型屬於林清源劃分的「A1類標題」。關於「A1類標題」，林清源解釋：「此類標題均寫在簡冊首簡背面，大多位於第一道編繩下緣附近」和〈子犯子餘〉標題格式符合。參林清源：《簡牘帛書標題格式研究》，頁18。

〔註4〕 林清源贊成陳夢家的說法，認為「竹簡收捲時，以末簡為中軸，正面朝內，由後向前收捲，待收捲完成之後，位於首簡或次簡背面的篇題，即可顯露在外，方便日後取閱。」參林清源：《簡牘帛書標題格式研究》，頁191。

A	簡1背（篇題）	簡1背（篇題）				
B	簡1	簡1	簡1	簡1	簡1	簡2	簡3
	簡3	簡3	簡3	簡4	簡6	簡6	簡6
	簡6	簡7	簡7	簡12	簡13	簡14	簡15

請留意筆者圈起的地方，可發現「子」字在此兩類字形中的不同之處在「子」字左右兩端。此外，由簡3的「（字形）」、簡6的「（字形）」和「（字形）」可以發現橫筆的中間有接痕，因此「子」的橫筆由兩筆寫成，起筆處為左右兩端，所以才會兩端較粗。〔註5〕如李松儒云戰國簡帛運筆特徵在起筆的特徵分類上，屬頓壓起筆。〔註6〕另外在簡15「（字形）」的中間篇上方處，亦可看到接痕，在簡7「（字形）」的橫筆中，更可清楚看到兩個接痕，因此正文「子」的橫筆是由兩筆寫成。在觀察本篇簡14有「子」偏旁的「（字形）」，可以發現「子」橫筆左右兩端亦較粗，是以這可作為正文和篇題「子」字不同的區分。然而，

〔註5〕國立中正大學中國文學系博士生陳厚任學長在成功大學第40次古文字讀書會指點筆者，2018年1月28日。

〔註6〕李松儒：《戰國簡帛字跡研究——以上博簡為中心》（上海：上海古籍出版社，2015年），頁163～164。

A 字左右兩端和中間橫筆無特別差異，看起來也有些許圓潤，起筆方式偏向「直鋒起筆」，〔註7〕而 B 字左右兩端比起中間的橫筆明顯較粗也較有稜角，起筆方式則偏向「頓壓起筆」。因此，可發現篇題的兩個「子」字和正文的「子」字寫法不同。

第二，本篇有四個「軋」字，依其字形特徵可分為兩類，如下：

A		B	
簡1背（篇題）	簡1	簡2	簡6

A 字是本篇篇題，其字形與 B 有不同。由上可見 A 左半部「車」形的豎筆沒貫穿到最下面，以及其右半部和其他三字的不同處在於沒有呈現彎折狀。此外，觀察本篇簡5同屬車旁的「轄」的黑白圖版「」，發現其「車」形是有貫穿第二橫筆，所以這可作為正文和篇題「車」形不同的區分。因此，篇題的「車」形和正文寫法不同。除此之外，楚簡常見的「軋」字如：「」（包山・2・071）、「」（包山・2・167），以及「肥」字的右半「」（包山・2・203）、「」（包山・2・250），〔註8〕其右半部字形皆和本篇字形相同，A 字左半部車形寫法在楚簡中也可見，如：「」（包山・2・093），而且「車」字如同 A 字的寫法也有出現過，如：「」（清華陸・鄭文公問太伯（甲）・5）。是故，本篇「軋」字寫法在楚簡中雖不難見，但 A、B 二字的寫法卻有明顯不同之處。

第三，本篇有五個「余」字，依其字形特徵可分為兩類，筆者整理如下表：

〔註7〕李松儒：《戰國簡帛字跡研究——以上博簡為中心》，頁163。
〔註8〕參陳劍：〈釋《忠信之道》的「配」字〉，《戰國竹書論集》（上海：上海古籍出版社，2013年），頁16。

A	B			
簡1背（篇題）	簡3	簡4	簡6	簡9

由此可知，本篇「余」字寫法，亦可根據「直鋒起筆」或「頓壓起筆」分為二類。篇題「」第二橫的左起筆偏向「直鋒起筆」，以及右下的最後一筆也偏向「直鋒起筆」；其餘正文「余」字的第二橫在左起筆或是右起筆則偏向「頓壓起筆」，以及右下的最後一筆也偏向「頓壓起筆」。〔註9〕

　　總而言之，篇題「子」的橫筆左右一致，屬「直鋒起筆」，正文「子」的橫筆則左右較粗，屬「頓壓起筆」；篇題「軋」和正文相較後，篇題的「車」形豎筆沒貫穿第二橫筆，以及右半明顯不同；篇題「余」字的寫法屬「直鋒起筆」，正文「余」字的則屬「頓壓起筆」。可以發現，篇題「子」、「余」的寫法為「直鋒起筆」，正文「子」、「余」的寫法則為「頓壓起筆」，篇題和正文寫法不同。

　　綜上所述，筆者全面考察本篇篇題四字與正文同字的字形相異處之後，發現篇題和內文非出於一人，誠如高佑仁師《上海博物館藏戰國楚竹簡（四）曹沫之陣》研究：

> 初識這種現象，我們或許會理解成這是書手刻意地作意好奇，欲使字形風格變化多端，以便展現文字的藝術美，這種情形在現在的書法藝術上還是非常普遍的，只是當我們地毯式的考察內文全部的寫法，發現它與篇題的寫都不合時，我們會了解這已超越了書手作異好奇的程度。〔註10〕

因此寫篇題與正文書寫非出同一人之手，這在楚簡中十分常見，如《上博四・曹沫之陣》、《上博六・莊王既成》、《上博六・平王問鄭壽》等皆是其例。此外，原整理者認為篇題「子軋（犯）子余（餘）」書於第一簡簡背，近第一道

〔註9〕　許文獻師在筆者學位口試當天指點此寶貴意見，2019年12月23日。

〔註10〕　高佑仁師：《上海博物館藏戰國楚竹簡（四）曹沫之陣》研究（下）》（新北：花木蘭文化出版社，2008年），頁393。

編繩，與正文是同一書手，袁證從之。筆者則認為此說法有誤，透過上述篇題與正文的差異，應是非出於一人之手。

最後，筆者欲討論在本篇竹簡中表示「子犯」的「軓」字，以及「子餘」的「余」字。第一，「軓」在古文字中可見「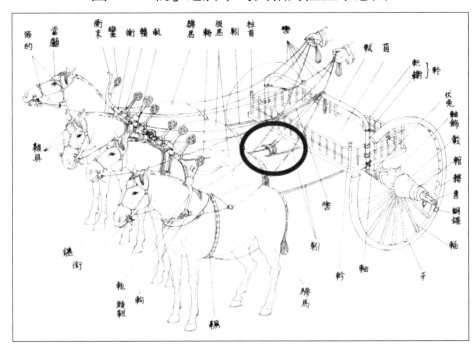」（子犯鐘／NA1010）、「」（子犯鐘／NA1016）、「」（子犯鬲／首陽吉金）、「」（包山・2・67），收藏在臺北故宮博物院的〈子犯鐘〉，以及《首陽吉金》的〈子犯鬲〉，裡面子犯的「犯」亦是用「軓」字表示。《說文解字》云：「軓，車軾前也。從車凡聲。」段注：「車軓，軓也。」「軓」本義為「軾前掩輿之板」，一說，為圍輈之木。形如半規，位於輿之前軫下正中。〔註11〕聞人軍《考工記導讀圖譯》對「軓」註解：「孫機云：『輈伸出前軫木後，在車廂之前有一段較平直的部分，名軓。』」〔註12〕筆者引用劉永華《中國古代車輿馬具》的「獨輈車車馬具名稱說明圖」來說明「軓」在何處，筆者特別標出「軓」的相對位置，〔註13〕如下圖：〔註14〕

圖2 「軓」之於車馬具相對位置示意圖

〔註11〕（東漢）許慎著；（清）段玉裁注：《說文解字注》，頁721、頁722。

〔註12〕聞人軍：《考工記導讀圖譯》（臺北：明文書局，1990年），頁185。

〔註13〕黃聖松師在筆者學位口試當天指點此寶貴意見，2019年12月23日。

〔註14〕劉永華：《中國古代車輿馬具》（上海：上海辭書出版社，2002年），頁II。

劉永華《中國古代車輿馬具》云：

> 輈剛伸出輿前的一段是平直的，這一段稱軹（戴震《考工記圖》曰：
> 「車旁曰轛，式前曰軹，皆掩輿版也。軹以掩式前，故漢人亦呼曰
> 掩軹。」）軹有時也裝銅飾，如西安老牛波和 30 年代在安陽小屯出
> 土的車器中就有軹飾。〔註15〕

筆者引用劉永華《中國古代車輿馬具》的青銅軹飾加以說明，如下圖：〔註16〕

圖 3　青銅軹飾

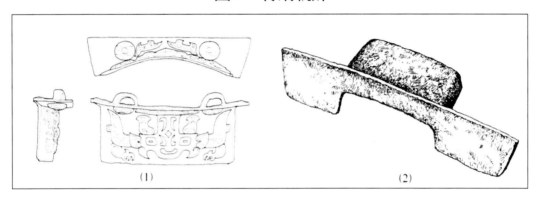

綜上所述，「軓」為「軹」，指輈剛伸出輿前平直的一段。「軹」輔助馬車運行
無礙，猶如「子軓」輔佐重耳。《說文解字》云：「範，範軷也。從車、笵省
聲。讀與犯同。」〔註17〕段注：

> 讀若犯而曰與同者，其音義皆取犯。讀若則但言其音而已。按車
> 軓字本作軓，從車、凡聲。鄭說曰「軓，法也。輿下三面材，輈式
> 之所封，持車正也。」然《周易》範圍字當做軓，或作笵，而範
> 其假借字也。《釋文》曰：「鄭曰範，法也。馬、王肅、張作犯違。
> 此亦範犯同音通用之證也。」〔註18〕

由此可見，「軓」為「範」假借字，「範」的音義又同於「犯」。李佩零〈子軓
鬲釋譯〉對「」（子犯鬲／首陽吉金）字形云：「以部件分析，『中』為軓

〔註15〕劉永華：《中國古代車輿馬具》，頁 15。

〔註16〕劉永華：《中國古代車輿馬具》，頁 15。

〔註17〕（東漢）許慎：《說文解字》（北京：中華書局，1978 年），頁 302。

〔註18〕（東漢）許慎著；（清）段玉裁注：《說文解字注》，頁 727。

之部件,『範』字同『犯』,也同『軓』,或因簡體寫成『范』字。」〔註19〕綜上所述,因為通假的關係,「軋」在本篇都用來表示篇中主要人物之一——「子犯」名字中从「犬」的「犯」。另一方面,《說文》:「餘,……从食,余聲。」〔註20〕「餘」取「余」聲,所以本篇的「余」用來表示「子餘」的「餘」。

〔二〕 公子禈(重)耳自楚迠(適)秦,

耳	自	楚	迠	秦

原整理者:簡首缺三字,據後文可補為「公子禈(重)。」迠,即「蹢」字,《淮南子·原道》「自無蹢有」,高誘注:「蹢,適也。」「重耳」係名,晉獻公子,後入國稱霸,史稱晉文公,與齊桓公並稱「齊桓晉文」。驪姬之亂後,重耳出亡十九年,據《左傳》記載,其自楚適秦為僖公二十三年(前六三七)。《史記·晉世家》:「居楚數月,而晉太子圉亡秦,秦怨之;聞重耳在楚,乃召之。」〔註21〕

羅小虎:本篇共有九支完簡。從完簡的容字來看,除去合文符號,其容字分別為:簡二 41 字;簡三 42 字,簡七 41 字,簡八 42 字,簡九 41 字,簡十 40 字,簡十一 40 字,簡十二 41 字。簡十三 42 字。說明本篇完簡容字在 40 至 42 之間。簡一存 39 字。除去每隻簡開頭的空白,其殘損的長度差不多可容三字。如此,簡一容字 42,與整篇竹簡完簡容字的數目比較吻合。〔註22〕

子居:整理者讀為「蹢」的「迠」字,上博簡與清華簡等出土文獻已多次出現,陳佩芬《昭王毀室》注指出:「或讀為『適』,《集韻》:『適,往也。』」先秦傳世文獻中用為往義的「適」辭例甚多,但卻基本不見用「蹢」之例,故「或讀為『適』」當是。《說文·辵部》:「適,之也。從辵,啻聲。適,宋

〔註19〕李佩零等撰稿;沈寶春主編:《《首陽吉金》選釋》(臺北:麗文文化事業股份有限公司,2009 年),頁 269。

〔註20〕(東漢)許慎著;(清)段玉裁注:《說文解字注》,頁 221。

〔註21〕李學勤主編:《清華大學藏戰國竹簡(柒)》,頁 93。

〔註22〕見武漢網「簡帛論壇」〈清華七《子犯子餘》初讀〉86 樓,2017 年 7 月 1 日(2019 年 6 月 23 日上網)。

魯語。」《方音》卷一：「逝，秦晉語也；徂，齊語也；適，宋魯語也；往，凡語也。」而在《廣韻》中訓為往的「適」則有特殊讀音，《廣韻·之石切》：「適，往也。」可見，《廣韻》訓為往的「適」讀之石切，與蹠同音，其所記很可能為先秦方音，故「迠」字當可直接讀為「適」。〔註23〕

伊諾：簡首缺字，整理者補為「公子褈（重）」正確，下文簡 13 有「公子褈（重）耳旮（問）於邟（蹇）臾（叔）曰」等內容，可與之補證。整理者將「迠」讀為「蹠」，或以從辵與從足可通，又常見從庶之字有從石之異體，如《廣韻》之石切「隻」小韻下：「摭，拾也。拓，上同。蹠，足履踐也，楚人謂跳躍曰蹠。跖，上同，《說文》曰：『足下也。』」然考之本義，蹠，《說文》：「楚人謂跳躍曰蹠。」「引申有踩、至的意思。蹠也可作名詞，指腳或腳掌。蹠和跖二字常可通用，古音亦同。」《玉篇》卷第七足部：「跖，之石切，《說文》曰：『足下也。』蹠，同上，又楚人謂跳曰蹠。」是故蹠、跖二字可通，常指在「足下」義上可通，先秦傳世文獻鮮見二字用為「往」義。故子居之說可從。「適」字古籍常見，且《廣韻》訓往的「適」與蹠、跖同在「隻」小韻下，讀之石切，「與『蹠』同音，其所記很可能為先秦方音，故『迠』字當可直接讀為『適』」。〔註24〕

袁證：「迠」字見於包山簡和九店簡。陳偉先生認為包山簡 120 號、128 號及九店簡 32 號的「迠」即「跖」，古書往往寫作「蹠」，訓為「適」，往適之意。李家浩先生認為楚簡「迠」應當是「遮」字的異體，讀為「蹠」。古代「蹠」字有「適」、「至」義。九店簡「蹠四方野外」之「蹠」訓為「適」，包山簡「蹠楚」和「蹠郢」之「蹠」訓為至。上博簡《昭王毀室》亦見「迠」字，單育辰先生讀為「之」，往、去、到的意思。結合諸家意見，簡文「自楚迠秦」之「迠」讀為「蹠」，訓適，可信。〔註25〕

李宥婕：依羅小虎、伊諾說法，整理者補上「公子褈（重）」三字，字數符合簡文容字的字數；據後文簡 13「公子褈（重）耳旮（問）於邟（蹇）臾（叔）

〔註23〕子居：〈清華簡七《子犯子餘》韻讀〉，中國先秦史網站，2017 年 10 月 28 日（2019 年 7 月 9 日上網）。

〔註24〕伊諾：〈清華柒《子犯子餘》集釋〉，復旦網，2018 年 1 月 18 日（2019 年 7 月 3 日上網）。

〔註25〕袁證：《清華簡《子犯子餘》等三篇集釋及若干問題研究》，頁10。

曰」亦可與之補證，將主語確立。故此處整理者說法可從。「迡」字从辵，石聲。「蹠」字从足，庶聲。「庶」本從石聲，故「石」、「庶」二字作聲旁可以通用。然「迡」字在《繫年》第六、十四、十五、二十章中出現，其後均接國名，意思和用法與「適」無別，《繫年》整理者則將「迡」字直接括讀為「適」。張富海先生認為「迡」的聲旁「石」是鐸部字，而「適」屬於錫部，兩字的讀音有別，不能這樣通假過去。並且「迡」字已見於包山楚簡和九店楚簡。陳偉先生在考釋九店楚簡32號時說：「迡」，即「跖」，古書往往寫作「蹠」。……又包山簡120號、128號也有此字，亦為往、適之意。李守奎、賈連祥、馬楠三位先生編著的《包山楚墓文字全編》在「迡」字下注云：「當即《說文》之蹠，適也。」張富海先生也指出楚文字已有「適」作「㩉（適）」（凡甲05）、《卜書》01「而它方安（焉）適」。《湯處於湯丘》05「繙（適）逢道路之祟」（「適」，若也。）以上「適」字皆「啻」聲。可知楚文字中「迡（蹠）」與「適」本有不同寫法。據此，簡文中的「迡」應從整理者讀為「蹠」、訓為「適」。〔註26〕

金宇祥：「迡」字原考釋說可從。釋文可改為「迡（適）」，讀者較易理解。〔註27〕

鼎倫謹案：首先，關於缺字問題，原整理者認為簡首缺三字，並且根據後文認為宜在此補上「公子褈（重）」，伊諾的看法亦同。羅小虎則根據容字計算，推測殘損的長度大約也可容三字。

筆者觀察原大圖版，將殘損的簡1依序到簡6相互比對字數及文字位置，並且將這些竹簡分為簡首、中段和簡尾三部份，如下表：

〔註26〕李宥婕：《《清華大學藏戰國竹簡（柒）・子犯子餘》集釋》（彰化：國立彰化師範大學碩士論文，2018年9月），頁11、頁12～13。

〔註27〕金宇祥：《戰國竹簡晉國史料研究》（臺北：國立臺灣師範大學博士論文，2019年2月），頁48。

	簡6 簡5 簡4 簡3 簡2 簡1
簡首	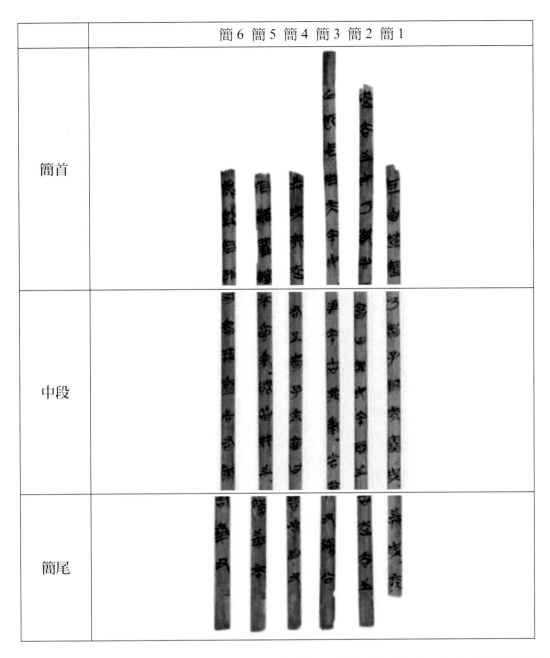
中段	
簡尾	

由此表可知，完簡的簡首大約都可容七個字，而簡1的「耳」字上方經過比對後，簡首明顯缺少三個字和天頭的部分。此外，中段的字數上簡1和完簡比對後大約相合，但是細看簡1的簡尾，在「而」字下方並無留下地尾的空間，目前尚無學者提出「而」字下有缺字的問題，因此簡1的簡尾部分是否有殘缺可待討論。

其次，關於簡首缺三字為何，原整理者認為是「公子𩵋（重）」，伊諾從之。筆者亦認為簡1殘損的三字為「公子𩵋」。簡1的「耳」字明顯是名詞，根據全篇內容可判斷為表示「重耳」，於前面再加上「公子」二字，如同〈子

犯子餘〉簡 13 的文例：「公子彊（重）耳」。此外，在此篇內容中，用來稱呼「重耳」的地方，除了簡 13 和簡 1 的「耳」之外，其他都是只用「公子」表示。因此，筆者贊成原整理者的說法，簡 1 首殘損的三字可補為「公子彊」。

其三，關於「迠」字，原整理者讀作「蹠」，釋作「適」，袁證、李宥婕從之；子居讀作「適」，伊諾、金宇祥從之。「迠」字在楚簡中常見，筆者整理如下表：

包山・2・120	包山・2・128 反	九店・56・32	上博四・昭王毀室與龔之準・1
上博五・三德・5	上博六・平王與王子木・1	上博九・邦人不稱・4	清華貳・繫年・37

由上表可知，本篇的「迠」的構形和《九店》相像，和《上博九・邦人不稱》及《清華貳・繫年》相同。文例如《上博九・邦人不稱》：「聞令尹、司馬既死，將迠郢。」《清華貳・繫年》：「乃迠齊，齊人善之。」筆者認為「迠」視為從辵石聲，其聲符「石」的上古音為「定紐鐸部」，[註28]「適」的上古音「透紐錫部」，[註29] 二字聲紐均為舌頭音，韻部旁轉。所以，筆者從子居之說，認為「迠」逕讀為「適」，釋為「往」，如《楚辭・離騷》云：「心猶豫而狐疑兮，欲自適而不可。」朱熹注：「意欲自往」，[註30]《史記・吳太伯世家》云：「（季札）去鄭，適衛。」[註31] 可參。

〔註28〕（東漢）許慎撰；（清）段玉裁注；李添富總校訂：《新添古音說文解字注》（三版）（臺北：洪葉文化，2016 年），頁 453。

〔註29〕（東漢）許慎撰；（清）段玉裁注；李添富總校訂：《新添古音說文解字注》，頁 71。

〔註30〕（南宋）朱熹撰；蔣甫立校點：《楚辭集注》（上海：上海古籍出版社，2001 年），頁 21〜22。

〔註31〕（西漢）司馬遷撰；（南朝宋）裴駰集解；（唐）司馬貞索隱；（唐）張守節正義：《史記》（北京：中華書局，2009 年），頁 682。

〔三〕尻（處）女（焉）三戠（歲）▶。

尻	女	三	戠

原整理者：焉，指示代詞，裴學海《古書虛字集釋》：「之也。」（中華書局，二〇〇四年，第九六頁）重耳在秦的時間，《左傳》、《史記·晉世家》、《秦本紀》等皆記為二年，與簡文的「三年」不同。〔註32〕

暮四郎：相關釋文當標點為（我們的改動之處用下劃線標出）：「……耳自楚適秦，<u>處焉。三歲，</u>秦公乃召子犯而問焉。」〔註33〕

羅小虎：整理報告的句讀似可商。有的學者認為，應該在「居焉」二字後面斷開，「三歲」屬下。筆者認為，「居焉三歲」之間斷開似乎是沒有必要的。簡文中的「居」字，整理報告理解為「處」，亦無必要，直接讀為「居」即可，居住。焉，指示代詞，指前面提到的秦國。「居焉三歲」，意思是說，在秦國住了三年。「居＋地點＋時間」的例子，古書甚夥：《尚書·金滕》：「周公居東二年，則罪人斯得。」《國語·越語下》：「居軍三年，吳師自潰。」《史記·孔子世家》：「孔子居陳三歲，陳常被寇。」《史記·晉世家》：「晉文公，古所謂明君也，亡居外十九年，至困約。」《史記·匈奴列傳》：「周襄王既居外四年，乃使使告急於晉。」這些例子都與「居焉三歲」結構相同。而且，除了《史記·晉世家》的例子除外，都是以小句的形式表示時間。筆者認為，整句話用現代漢語標點符號標識的話，似可以斷為：「『公子重』耳自楚（足庶）秦。居焉三歲，秦公乃召子犯而問焉，……」。「居焉三歲」屬下，表示時間。如此理解，後面的句子「乃」字才更為順暢，這句話與《史記·匈奴列傳》的例子近似。筆者也注意到，「歲」字後面有個標識符號，但這並不意味著前面部分一定是整句。縱觀整篇簡文標誌符號的使用情況，在小句後面也是可以的。〔註34〕

〔註32〕李學勤主編：《清華大學藏戰國竹簡（柒）》，頁93。

〔註33〕見武漢網「簡帛論壇」〈清華七《子犯子餘》初讀〉2樓，2017年4月23日（2019年6月23日上網）。

〔註34〕見武漢網「簡帛論壇」〈清華七《子犯子餘》初讀〉104樓，2017年10月10日（2019年6月23日上網）。

米醋：居焉三歲沒有主語。如果說省略主語的話，和下面分句的主語又不一樣。〔註35〕

子居：整理者斷句有誤，首句當讀為「公子重耳自楚適秦處焉」，類似的句式如〈孟子・梁惠王下〉：「昔者大王居邠，狄人侵之，去之岐山之下居焉。」關於重耳在秦的時間，《左傳》只是將重耳流亡事基本皆系于魯僖公二十三年，並非是整理者理解的「自楚適秦為僖公二十三年」、「記為二年」等情況，之所以系于魯僖公二十三年，是因為所記重耳流亡過程這一大段內容中最後的事件為「秦伯納女五人，懷嬴與焉」在魯僖公二十三年，而不是說「晉公子重耳之及於難也，晉人伐諸蒲城」及之後所記皆為魯僖公二十三年事，因此「自楚適秦為僖公二十三年」、「記為二年」等等，都只是整理者承襲自《史記》以來的觀點，與《左傳》無關。《史記》承《左傳》而來，但誤解秦妻重耳的時間為重耳至秦的時間，所以才會將重耳入秦記在秦穆公二十三年、晉惠公十四年。筆者在〈清華簡《繫年》5～7 章解析〉已指出：「重耳入秦大概是在魯僖公二十二年秋季……若按整年計算，自魯僖公二十二年重耳入秦至魯僖公二十四年重耳在晉國即位，正可如《韓非子・十過》所言「入秦三年」。清華簡《子犯子余》也記重耳入秦三年，恰與《韓非子》所記相合。〔註36〕

伊諾：《說文》：「𡰪，处也，從尸得几而止。「处，止也，得几而止。處，处或從虍聲。」段注「处」曰：「人遇几而止。引申之為凡𡰪处字。」注「𡰪」曰：「尸即人也。引申之為凡𡰪处之字。既又以蹲居之字代𡰪，別製踞為蹲居字，乃致居行而𡰪廢矣。《方言》、《廣雅》𡰪处字皆不作居，而或妄改之，許書如家𡰪也、宋𡰪也、宔𡰪之速也、妻無禮𡰪也、宭羣𡰪也之類皆改為居，而許書之脈絡不可知矣。」鄂君啓車節、舟節「𡰪」用為「處」，郭店簡、包山簡中亦多「𡰪」字，皆用為「處」。整理者括注為「處」可從。關於重耳在秦的時間，子居認為：「……（鼎倫案：此說於前面集釋可見，故此不贅錄）」即《左傳》所記重耳在秦的時間亦為「三年」，整理者以《左傳》記重耳在秦的時間為二年，當不確。說「秦穆公二十三年（前六三七）迎晉公子重耳，次年送

〔註35〕見武漢網「簡帛論壇」〈清華七《子犯子餘》初讀〉106 樓，2017 年 10 月 28 日（2019年 6 月 23 日上網）。

〔註36〕子居：〈清華簡七《子犯子餘》韻讀〉，中國先秦史網站，2017 年 10 月 28 日（2019年 7 月 9 日上網）。

其歸國為君」亦不確。子居之說或可從。我們認為網友米醋的懷疑是對的，羅小虎的斷讀在句法層面上不安。「處焉三歲」主語當為重耳，非秦公。子居的斷讀當可從。首先雖誠如羅小虎（104 樓）所述：「『居＋地點＋時間』的例子，古書甚夥：《尚書·金滕》：『周公居東二年，則罪人斯得。』《國語·越語下》：『居軍三年，吳師自潰。』《史記·孔子世家》：『孔子居陳三歲，陳常被寇。』《史記·晉世家》：『晉文公，古所謂明君也，亡居外十九年，至困約。』……這些例子都與「居焉三歲」結構相同。」然「居東二年」、「居軍三年」、「居陳三歲」、「亡居外十九年」，所「居」之地皆用實詞表具體地點、範圍或方向，但本簡的「焉」顯為指示代詞，指代前文「秦」地。古漢語「焉」確指前文地點、人物、事件時，通常附於句末或語末，其後未見有接其他成分者。本簡「秦公乃召子犯而問焉」即是其例。置於句首（包括小句句首）者，則通常作疑問代詞。比如下文子犯回答秦穆公答話的「主如曰疾利，焉不足」，即是說哪裡會不足呢？其次，子居還為我們列舉了《孟子·梁惠王下》「昔者大王邠，狄人侵之，去之岐山之下居焉」的例證。故其說可從。網友暮四郎將「處焉」與前後文皆斷讀，雖從語法上可通，但語感上停頓太多，亦不如子居的斷讀，即「耳自楚適秦處焉，三歲，秦公乃召子犯而問焉」。〔註37〕

　　淺潤齋主人：「處焉三年」，就是「呆（待）了三年」。羅小虎所舉諸例恰當可從，子居所舉句例後無時間，不怎麼恰當，而且是孤證。〔註38〕

　　袁證：「歲」字後有點斷符，《子犯子餘》各個點斷符皆在句末，此處亦不應例外。羅小虎先生對「焉」字的解釋可從。伊諾先生認為「焉」如果是指示代詞，祇能在句末。《呂氏春秋·季春》：「天子焉始乘舟」，高誘注：「焉，猶於此也。」「處焉三歲」的「焉」同樣可以解釋為「於此」。〔註39〕

　　李宥婕：簡文中「凥（處）女（焉）」的「凥」表示重耳現正在秦國，亦可支持劉信芳先生的說法（鼎倫案：此說法可參李宥婕論文頁14，此處不贅錄）。此處「凥」字依整理者括注為「處」可從。……《國語·晉語》：「公說，乃城

〔註37〕伊諾：〈清華柒《子犯子餘》集釋〉，復旦網，2018 年 1 月 18 日（2019 年 7 月 3 日上網）。

〔註38〕見伊諾：〈清華柒《子犯子餘》集釋〉，復旦網，文後「學者評論欄」1 樓，2018 年 2 月 10 日（2019 年 7 月 3 日上網）。

〔註39〕袁證：《清華簡《子犯子餘》等三篇集釋及若干問題研究》，頁11。

曲沃，太子處焉；又城蒲，公子重耳處焉；又城二屈，公子夷吾處焉。驪姬既遠太子，乃生之言，太子由是得罪。」《史記‧孔子世家》：「夏，衛靈公卒，立孫輒，是為衛出公。六月，趙鞅內太子蒯聵于戚。陽虎使太子絻，八人衰絰，偽自衛迎者，哭而入，遂居焉。冬，蔡遷于州來。是歲魯哀公三年，而孔子年六十矣。齊助衛圍戚，以衛太子蒯聵在故也。」亦有相似句式可相參。此處可依暮四郎斷句為「耳自楚迈（蹠）秦，尻（處）女（焉）。三散（歲），……」，其中「三散（歲），……」則可說明在第三年時秦公召子犯子餘問話之事。依《史記‧秦本紀》：「二十三年，晉惠公卒，子圉立為君。秦怨圉亡去，乃迎晉公子重耳於楚，……。二十四年春，秦使人告晉大臣，欲入重耳。晉許之，於是使人送重耳。二月，重耳立為晉君，是為文公。」《史記》中重耳在秦的時間記為二年。在此處記為三年，則依子居所言可與《韓非子‧十過》：「公子自曹入楚，自楚入秦。入秦三年，……，輔重耳入之于晉，立為晉君。」內容相印證。由於《史記》與《韓非子》文本性質不同，記年或有出入亦屬正常。本簡文主題重點實不在記年部分，在此處作為出土文獻輔助傳世文獻中歧異的分別與補充即可。〔註40〕

金宇祥：「處焉」可視為「公子橦（重）自楚蹠秦」的補語，典籍中相近的例子如《孟子‧梁惠王下》：「（周太王）去邠，踰梁山，邑于岐山之下居焉。」此句的「居焉」為「邑于岐山之下」的補語，其語法結構與簡文相同，據此，「處焉」可改和前句連讀，作「公子橦（重）耳自楚適秦處焉。三歲，秦公乃召子犯而問焉。」〔註41〕

鼎倫謹案：首先，簡文寫重耳在秦國待了三年，而原整理者發現《左傳》、《史記‧晉世家》、《秦本紀》皆記載重耳在秦國的時間為二年，均和簡文的「三年」不同。《左傳》記載公子重耳在魯僖公23年（637 B.C.）與楚成王談論「退避三舍」之事後，重耳遂自楚國被送往秦國，楊伯峻《春秋左傳注》對此事的年份提及：「《晉語四》及《楚世家》述此互有同異。《楚世家》及《年表》據載此事於楚成王三十五年，即此年。」〔註42〕隔年，魯僖公24年（636 B.C.）「二十四年春王正月，秦伯納之。……壬寅，公子入於晉師。丙午，入

〔註40〕李宥婕：《《清華大學藏戰國竹簡（柒）‧子犯子餘》集釋》，頁14、頁16。

〔註41〕金宇祥：《戰國竹簡晉國史料研究》，頁49～50。

〔註42〕楊伯峻：《春秋左傳注》，頁409。

于曲沃。丁未，朝于武宮。」〔註43〕公子重耳在這一年回到晉國成為晉文公。因此據《左傳》明文記載，重耳在秦國至少待二年。由於多種文獻上的記錄，一時之間容易混淆重耳待在秦國的時間，是以筆者整理《史記・楚世家》、《史記・秦本紀》、《左傳》、《國語・晉語三》、以及《國語・晉語四》中重耳到秦國以及回晉國的時間，以便清楚對照比對：

	《史記・楚世家》	《史記・秦本紀》	《左傳》	《國語・晉語三》、《國語・晉語四》
公子重耳至秦	楚成王 35 年（637 B.C.）〔註44〕	秦穆公 23 年（637 B.C.）〔註45〕	魯僖公 23 年（637 B.C.）〔註46〕	晉惠公 15 年（637 B.C.）〔註47〕
公子重耳回晉	無說	秦穆公 24 年（636 B.C.）〔註48〕	魯僖公 24 年（636 B.C.）〔註49〕	魯僖公 24 年（636 B.C.）〔註50〕

〔註43〕楊伯峻：《春秋左傳注》，頁 412～413。

〔註44〕《史記・楚世家》云：「三十五年，晉公子重耳過楚，成王以諸侯客禮饗，而厚送之於秦。」（西漢）司馬遷撰；（南朝宋）裴駰集解；（唐）司馬貞索隱；（唐）張守節正義：《史記》，頁 856。

〔註45〕《史記・秦本紀》云：「二十三年，晉惠公卒，子圉立為君。秦怨圉亡去，乃迎晉公子重耳於楚，而妻以故子圉妻。重耳初謝，後乃受。繆公益禮厚遇之。」（西漢）司馬遷撰；（南朝宋）裴駰集解；（唐）司馬貞索隱；（唐）張守節正義：《史記》，頁 164。

〔註46〕《左傳》云：「及楚，楚子饗之……乃送諸秦。秦伯納女五人，懷嬴與焉。」李學勤主編；《十三經注疏》整理委員會整理：《春秋左傳正義》，頁 473～474。

〔註47〕《國語・晉語三》云：「十五年，惠公卒，懷公立。秦乃召重耳於楚而納之。晉人殺懷公于高梁，而授重耳，實為文公。」徐元誥云：「惠公卒於十五年七月，時魯僖二十三年九月也。懷公，子圉也。魯僖二十二年自秦逃歸。」徐元誥撰；王樹民、沈長雲點校：《國語集解》，頁 317。

〔註48〕《史記・秦本紀》云：「二十四年春，秦使人告晉大臣，欲入重耳。晉許之，於是使人送重耳。二月，重耳立為晉君，是為文公。」（西漢）司馬遷撰；（南朝宋）裴駰集解；（唐）司馬貞索隱；（唐）張守節正義：《史記》，頁 164～165。

〔註49〕《左傳》：「二十四年，春，王正月，秦伯納之，不書，不告入也。」李學勤主編；《十三經注疏》整理委員會整理：《春秋左傳正義》，頁 475。

〔註50〕《國語・晉語四》云：「丙午，入於曲沃。丁未，入於絳，即位於武宮。」徐元誥云：「僖二十四年《左傳》杜《注》曰：『武宮，文公之祖武公廟。』」徐元誥撰；王樹民、沈長雲點校：《國語集解》，頁 346。

由上表可知，重耳至少在秦國待二年。根據《左傳》僖公二十二年云：「晉大子圉為質於秦，將逃歸」楊伯峻注：「圉逃歸晉也。」〔註51〕《國語・晉語三》云：「十五年，惠公卒，懷公立。秦乃召重耳于楚而納之。」〔註52〕因此筆者推測簡文寫「處焉三歲」，或許是重耳在秦國的時間有可能是涵蓋到魯僖公 22 年（638 B.C.），如《史記・晉世家》云：「子圉之亡，秦怨之，乃求公子重耳，欲內之。」〔註53〕魯僖公 22 年（638 B.C.）子圉一從秦國回晉國，秦穆公有很大的可能性馬上從楚國召重耳入秦國。又云：

> 是時晉惠公十四年秋。惠公以九月卒，子圉立。十一月，葬惠公。
> 十二月，晉國大夫欒、郤等聞重耳在秦，皆陰來勸重耳、趙衰等
> 反國，為內應甚眾。於是秦繆公乃發兵與重耳歸晉。晉聞秦兵來，
> 亦發兵拒之。然皆陰知公子重耳入也。唯惠公之故貴臣呂、郤之
> 屬不欲立重耳。重耳出亡凡十九歲而得入，時年六十二矣，晉人
> 多附焉。〔註54〕

重耳在秦國的時間自魯僖公 22 年（638 B.C.），再加上魯僖公 23 年（637 B.C.）及 24 年（636 B.C.），就有很大的可能性為三年。而先秦時人記年為求整數，所以於簡文就記「處焉三歲」。子居引《韓非子・十過》云「入秦三年」與之相呼應。然而確切的定論尚須更多的佐證研究，才可證實重耳在秦國待三年，現在可如李宥婕云：「在此處作為出土文獻輔助傳世文獻中歧異的分別與補充即可」，〈子犯子餘〉為語類文獻，其重要性在於對話及傳達出來的道理，而非著重於記事或記年，然而其記年內容可補充說明或驗證傳世文獻的記載。

其次，關於斷句問題，筆者先列點整理學者的說法，如下表所示：

原整理者主之，袁證從之	公子重耳自楚蹠秦，處焉三歲。秦公乃召子犯而問焉，
暮四郎主之，李宥婕從之	公子重耳自楚適秦，處焉。三歲，秦公乃召子犯而問焉。

〔註51〕楊伯峻：《春秋左傳注》，頁 394。

〔註52〕徐元誥撰；王樹民、沈長雲點校：《國語集解》，頁 317。

〔註53〕（西漢）司馬遷撰；（南朝宋）裴駰集解；（唐）司馬貞索隱；（唐）張守節正義：《史記》，頁 825。

〔註54〕（西漢）司馬遷撰；（南朝宋）裴駰集解；（唐）司馬貞索隱；（唐）張守節正義：《史記》，頁 829。

羅小虎主之，淺潤齋主人從之	公子重耳自楚踊秦。居焉三歲，秦公乃召子犯而問焉，
子居主之，伊諾從之	公子重耳自楚適秦處焉，三歲，秦公乃召子犯而問焉
金宇祥主之	公子重耳自楚適秦處焉。三歲，秦公乃召子犯而問焉，

就「處焉三歲」來看，原整理者的斷句強調重耳在秦國「待了三年」；暮四郎的斷句分別側重在重耳到秦國「居住」，以及「第三年」秦公召見子犯；羅小虎的斷句則分別側重在「重耳從楚國到秦國」，以及「在這裡居住三年」。但就羅小虎的說法，前後主語會不一致，因此排除此說。筆者則從原整理者之說，將此句斷讀為「公子重耳自楚適秦，處焉三歲。」以下先解決「處焉」的意思，「處」原整理者無說，筆者認為在此可釋為「安居、安身」，如《詩經・小雅・四牡》云：「豈不懷歸，王事靡盬，不遑啟處。」毛傳：「處，居也。」〔註55〕《史記・孝文本紀》云：「夫四荒之外不安其生，封畿之內勤勞不處，二者之咎，皆自於朕之德薄而不能遠達也。」〔註56〕李宥婕云：「『尻』不可以『居』代之」來更正羅小虎云：「『尻』直接讀為『居』即可」，其說可從。「」基本上就是「處」，於此可不必讀作「居」。「焉」，原整理者解釋為指示代詞，指秦國，筆者認為可從。「處焉」的相同用法如《國語・晉語一》云：「公說，乃城曲沃，太子處焉；又城蒲，重耳處焉；又城二屈，公子夷吾處焉。」韋昭注：「閔元年《左傳》杜注曰：『先是，莊公二十八年，（元誥按：即晉獻公十年。）使太子居曲沃，蓋未修城，至是使為之增築。』元誥按：城蒲，城二屈，殆同此義。」〔註57〕此外，本篇第七簡提到「公子之不能居晉邦」，「居」後面加上地方，和這裡的「處」後面加上地方用法相同，因此「處焉」為「居於某地」之意。關於「處焉三歲」在古籍中的使用情形，羅小虎引《尚書》、《國語》、《史記》，說明「居＋地點＋時間」有這種使用文例的語法結構，筆者認為實可備為一證。

　　其三，筆者發現在竹簡的「歲」字下方有一個句讀符號，如「」，可視

〔註55〕李學勤主編；《十三經注疏》整理委員會整理：《毛詩正義》，頁656。

〔註56〕（西漢）司馬遷撰；（南朝宋）裴駰集解；（唐）司馬貞索隱；（唐）張守節正義：《史記》，頁373。

〔註57〕徐元誥撰；王樹民、沈長雲點校：《國語集解》，頁262。

為一個語氣或是語句的停頓。筆者先整理本篇〈子犯子餘〉有句讀符號的字形以及其斷讀文例，有 23 處，如下表：

字　形	斷讀文例	字　形	斷讀文例
（簡1）	耳自楚適秦，處焉三歲。	（簡1）	秦公乃召子犯而問焉，
（簡1）	子若公子之良庶子，	（簡1）	夫晉邦有禍，公子不能止焉，
（簡2）	毋乃猷心是不足也乎？」	（簡2）	誠如主君之言。
（簡3）	誠我主固弗秉。」	（簡3）	子若公子之良庶子，
（簡4）	誠如主之言。	（簡5）	幸得有利不祈獨，
（簡5）	幸得有利不祈獨，欲皆僉之。	（簡5）	使有過焉，不祈以人，必身擅之。
（簡6）	主如此謂無良左右，誠殹獨其志。」	（簡7）	天禮謀禍於公子。」
（簡7）	乃各賜之劍、帶、衣、裳而善之，使還。	（簡8）	民心信難成也哉？」
（簡8）	信難成殹，或易成也。	（簡9）	上繩不失，近亦不僭。」

（簡10）	譬若從雉然，吾當觀其風。」	（簡11）	凡君之所問莫可聞。
（簡13）	懼不死刑以及於厥身，邦乃墜亡。	（簡13）	用凡君所問莫可聞。」
（簡15）	亦備在公子之心已，奚勞問焉。」		

由上表可知，句讀符號出現在對話結束有 9 處，另外有 8 處為標示一句的結束，5 處為句中的停頓，另外簡 8 的「信難成毆，或易成也。」的句讀符號在「成」和「毆」之間。高佑仁師認為今人有分句（。）讀（，），但古人沒分那麼細，句中、句末都用同樣的符號。〔註58〕由此可知，袁證云「《子犯子餘》各個點斷符皆在句末」，此說不太精準，不一定皆在一句話的結束，應該是指一句話的末尾，簡八「信難成毆，或易成也」，點斷符則在「毆」前面，不是在句末。「公子重耳自楚適秦，處焉三歲。」此句說明記事的背景緣由，而這裡的句讀符號可用來標示這一句的結束，並和下文區隔。「處焉三歲」用來補充說明重耳從楚國到秦國之後的狀況。

綜上所述，簡文此句解讀為：「晉國公子重耳從楚國到秦國，在這裡安居三年。」

〔四〕秦公乃訋（召）子軏（犯）而畱（問）女（焉）●，曰：「子若公子之良庶子■，

秦	公	乃	訋	子	軏
而	畱	女	曰	子	若

| 公 | 子 | 之 | 良 | 庶 | 子 |

原整理者：秦公，指秦穆公，名任好，在位三十九年（前六五九～前六二一）。秦穆公二十三年（前六三七）迎晉公子重耳，次年送其歸國為君。訋，讀為「召」。子軛（犯），與子犯編鐘（《近出殷周金文集錄》一〇～二五，中華書局，二〇〇二年）器主名寫法同。「子犯」係字，名偃，狐氏，狐突之子，重耳之舅，故史稱「舅犯」、「咎犯」，在重耳流亡以及入國後的稱霸中，都起了重要作用。《韓非子・外儲說右上》：文公「一舉而八有功。所以然者，無他故異物，從狐偃之謀」。《呂氏春秋・不廣》：「文公可謂智矣……出亡十七年，反國四年而霸，其聽皆如咎犯者邪。」子犯編鐘據傳出土於山西聞喜某墓，疑子犯即葬在附近。若，《國語・周語上》「若能有濟也」，韋昭注：「猶乃也。」庶子，職官名，《禮記・燕義》：「古者周天子之官有庶子官。庶子官職諸侯、卿、大夫、士之庶子之卒，掌其戒令，與其教治。」鄭玄注：「庶子，猶諸子也。《周禮》諸子之官，司馬之屬也。」《書・康誥》：「矧惟外庶子、訓人。」〔註59〕

陳偉：整理者這一解讀似可有兩點疑問。（「子若公子之良庶子」）第一，子犯、子餘未聞曾任「庶子」之職。第二，秦穆公在與子犯、子餘的分別交談中，通篇在說公子重耳之事。等到後來與子犯、子餘的同時談話時，才表示對二人的好感。因而此時不宜有對二人的稱譽之辭（「良庶子」）。頗疑相關文字應讀作：「子，若公子之良庶子，……」子，是對子犯、子餘的稱呼。若，代詞。《史記・項羽本紀》：「吾翁即若翁。」之，相當於「為」。《經詞衍釋》卷九「之」字條：「之，猶為也。《孟子》：『欲其子之齊語。』言欲子為齊語也。『賊仁者謂之賊。』」《左傳》成二年：『謂之君子而射之，非禮也。』凡言『謂之』，皆猶『謂為』也。襄十三年：『請謚之共。』言謚為共也。《禮記》：『其變而之吉祭也。』言而為吉祭也。」重耳為晉獻公庶子，「良庶子」大概是秦穆公對他的褒稱。〔註60〕

〔註59〕李學勤主編：《清華大學藏戰國竹簡（柒）》，頁93～94。

〔註60〕陳偉：〈清華七《子犯子餘》校讀〉，武漢網，2017年4月30日（2019年7月10

　　子居：狐毛也跟從重耳，且狐偃承認狐毛比自己更有智謀，自重耳流亡至其歸國卻未見狐毛的事蹟，這似乎說明狐毛與重耳較為疏遠，交往不多。整理者所注稱「庶子」，職官名，不確，此時重耳自己尚且是流亡公子，他的臣屬自然也不會有官職，所以這裡的「庶子」當只是指臣屬於重耳的侍從。「良庶子」又見北大簡《禹九策》，筆者在《北大簡〈禹九策〉試析》中已提到：「『良庶子』，不見於先秦兩漢傳世文獻，僅見於清華簡七《子犯子余》篇，故當是戰國末期秦地或楚地特有詞彙。庶子無爵，是有爵者的隨從、近侍，《商君書·境內》：「其有爵者乞無爵者以為庶子，級乞一人。其無役事也，其庶子役其大夫月六日；其役事也，隨而養之。」筆者在《北大簡〈堪輿〉所見楚王年略考》中已提到北大簡與清華簡對應的問題，《禹九策》此處的「良庶子」一詞當也是同樣的北大簡與清華簡可以互證的情況。這應該還可以說明，清華簡《子犯子餘》與北大簡《禹九策》的成文時間當較接近，因此清華簡《子犯子餘》的成文時間很可能是戰國末期。〔註61〕

　　滕勝霖：「庶子」本為官職名，但此時趙衰、狐偃追隨公子重耳尚未反國，未有官職，秦穆公稱「良庶子」乃敬稱。〔註62〕

　　伊諾：有關本簡「子犯」的身份，整理者之說可從，即為晉文公重耳的舅父狐偃。然「晉文公時，實際上有兩個同以『子犯』為字的大臣，一個是司空季子（臼季、胥臣），另一個是舅犯（狐偃）。」具體可參看郭永秉老師《春秋晉國兩子犯——讀清華簡隨札之一》一文。整理者釋「良庶子」為職官名，當不確。子居、陳偉先生皆已指出。……我們以為陳偉之說可從，此「良庶子」即指重耳，整個問話即是說：「子犯，你們的公子為良庶子，晉邦有禍，他卻不能焉而走去之，是猷心不足嗎？」如此語意通暢。若按整理者理解，即為「（子犯）你乃是公子的良庶子」，則從其語法位置和語義習慣說，下文所問內容當圍繞子犯展開，與簡文顯然不合。再者，誠如陳偉此文注釋

日上網）。

〔註61〕子居：〈清華簡七《子犯子餘》韻讀〉，中國先秦史網站，2017 年 10 月 28 日（2019 年 7 月 9 日上網）。

〔註62〕滕勝霖：〈簡帛語類文獻婉語初探——以《清華大學藏戰國竹簡》春秋語類文獻為例〉，《重慶市語言學會第十一屆年會論文集》（重慶：重慶市語言學會，2017 年 12 月），頁 223。

所舉之例（《左傳》僖公三十二年：「孟子，吾見師之出，而不見其人入也。」《論語・公冶長》：「女，器也。」本篇 9 號簡：「叔，昔之舊聖哲人之敷政令刑罰，……」），可與本句「子，乃公子之良庶子」參看，「子」與「孟子」、「女」、「叔」似是類似表述。〔註 63〕

　　袁證：清華簡（叁）《良臣》中將「子軛（犯）」「咎軛（犯）」并列，整理者認為皆指狐偃，簡文乃是誤書；羅小華先生提出「子犯」「咎犯」並非同一人，「子犯」乃是狐偃，「咎犯」乃是臼季；郭永秉先生則認為「子犯」是臼季，「咎犯」才是狐偃，文獻中提到「咎（舅）犯」時一定是指狐偃，但提到「子犯」時則應視情況而定。那麼，《子犯子餘》中的「子犯」是狐偃還是臼季呢？事實上，雖然狐偃和臼季都跟隨重耳流亡，但兩人的地位是不同的。狐偃在一行人中的地位僅次於重耳，而臼季的地位則相對較低，不僅不及狐偃，也不及趙衰（子餘）。據此，《子犯子餘》篇中似位在「子餘」之前的「子犯」，當是狐偃無疑。〔註 64〕

　　李宥婕：「秦」字甲金文從「午（杵）」從「廾」從二「禾」或三「禾」，金文、竹簡或加從「臼」，作從「舂」從「禾」之形。戰國竹簡用作國名，例如《清華簡二・繫年》簡 39：「秦晉焉始會好，穆（勠）力同心。」本簡中一共出現三處「秦」字：![秦](子犯 01)、![秦](子犯 01)、![秦](晉文公 01)，字形比對一般楚簡字形：![秦](楚居 11)、![秦](繫年 39)、![秦](包 2・132)、![秦](包 2・167)、、![秦](望山 2・13)、![秦](望山 2・13)上方的午（杵）形皆為 形形或 形形，與本簡文中三個「秦」字的上方的午作 形略有不同，其豎筆皆未出頭，看出其筆畫較一般「秦」字減省，值得注意。《廣雅・釋詁》：「訋，挐也。」《集韻・嘯韻》：「訋，聲也。」與簡文用法不合。簡文中的 字字與「王訋而予之裋袍（清華二・繫年 37）」中 字用法相同，從言，勺聲，與「召」通。故整理者讀為「召」可從。〔註 65〕

〔註 63〕伊諾：〈清華柒《子犯子餘》集釋〉，復旦網，2018 年 1 月 18 日（2019 年 7 月 3 日上網）。

〔註 64〕袁證：《清華簡《子犯子餘》等三篇集釋及若干問題研究》，頁 11～12。

〔註 65〕李宥婕：《《清華大學藏戰國竹簡（柒）・子犯子餘》集釋》，頁 17。

李宥婕：在北大簡《禹九策》之七簡 25「良庶子，從人月，繹蠶徹，長不來，直吾多歲」中有出現「良庶子」一詞，王寧先生認為此處的「庶子」當是庶人之子的簡稱，指平民家的女子，「良庶子」猶言「良家女子」。良家女子之意則與本簡簡文文意不合。……從《韓非子·外儲說右上》：文公「一舉而八有功。所以然者，無他故異物，從狐偃之謀」及《左傳》昭公十三年「（文公）有先大夫子餘、子犯，以為腹心。」可見子犯、子餘皆為重耳的輔臣，此處應可視為出土文獻簡文補充傳世文獻之不足，或互相參照。〔註 66〕

金宇祥：簡文中的「公子」皆指重耳。此處「庶子」為家臣，「良庶子」意為「賢良的家臣」。〔註 67〕

鼎倫謹案：首先，關於這裡的「子犯」，原整理者認為是「狐偃」，伊諾、袁證及李宥婕皆從之，筆者亦認為其說可從。關於「子犯」的考證，筆者已於「題解」加以論述，故此處不多贅述。郭永秉〈春秋晉國兩子犯──讀清華簡隨札之一〉認為晉文公時期「子犯」可能只兩個人，一是司空季子（臼季、胥臣），另一個是舅犯（狐偃）。〔註 68〕筆者則認為此處的「子犯」就地位、字形及名字字義相關應該是指「狐偃」無誤。

其次，關於「秦」字，李宥婕提出本簡文中三個「秦」字上方的午作「午」，因為其豎筆皆未出頭，所以和楚簡可見的「秦」字上方略有不同，可看出筆畫減省。筆者整理楚簡中的「秦」字在上部有六種寫法：

從「午」從「臼」					
	清華壹·楚居·11	清華壹·楚居·12	清華壹·楚居·12	清華壹·楚居·13	清華叁·良臣·12
從「午」					
	上博一·孔子詩論·29	包山·2·174	包山·2·168	天卜	

〔註 66〕李宥婕：《《清華大學藏戰國竹簡（柒）·子犯子餘》集釋》，頁 20～21。

〔註 67〕金宇祥：《戰國竹簡晉國史料研究》，頁 51。

〔註 68〕郭永秉：〈春秋晉國兩子犯──讀清華簡隨札之一〉，360doc 個人圖書館，2017 年 2 月 3 日（2019 年 11 月 5 日上網）。

「午」豎筆未出頭	清華陸·子儀·2	清華陸·子儀·17	包山·2·141	清華柒·子犯子餘·1	清華柒·子犯子餘·1	清華柒·晉文公入於晉·1
「午」下方作「木」形	郭店·窮達以時·7					
「午」省略橫筆	清華貳·繫年·39	包山·2·180	清華貳·繫年·48	清華貳·繫年·16	包山·2·167	
「午」省略豎筆	天卜	天卜				

由上表可以發現「秦」在楚簡的字形演變，可能是上方先從「午」從「臼」，〔註69〕逐漸省「臼」形，保留「午」形後，有的字會多一撇筆，如「▨」（天卜）；也有「午」形豎筆未出頭，例如本篇的「▨」、「▨」；「午」形下方作的豎筆也有和「禾」的「木」形訛混，如「▨」（郭店·窮達以時·7）；「午」形也有省略橫筆以及豎筆之形。因此，本篇的「秦」字可視為該字在戰國文字字形演變中的過程現象。除此之外，許文獻師認為陶文有「▨」（陶彙5·313），和簡文該字字形接近，「午」形寫法大致接近，關於其寫法是否承襲陶文，是否與楚文字無關等問題，〔註70〕皆可待後續更多資料佐證討論。

〔註69〕關於「臼」形，許文獻師在筆者學位口試當天提到可能是裝飾用法，抑或是具有特殊意涵，如「▨」（郭店·成之聞之·14）、「▨」（郭店·語叢4·21），皆有可持續討論等空間。

〔註70〕許文獻師在筆者學位口試當天提點此寶貴意見，2019年12月23日。

　　其三，原整理者認為「訋」，讀為「召」，筆者認為可從。進一步而言，筆者認為可釋為「召見」，如：《詩經・小雅・出車》云：「召彼僕夫，謂之載矣。」〔註71〕《史記・司馬穰苴列傳》云：「景公召穰苴，與語兵事，大說之，以為將軍。」〔註72〕可參。因此，「訋」釋為「召見」可和前後的字詞連貫解讀：「秦穆公召見子犯來，問說」云云。高佑仁師《《上海博物館藏戰國楚竹簡（四）曹沫之陣》研究》亦有對「訋」提及：「△1～△4等四個『訋』字，是筆者於楚簡中僅見的四個字例，而且皆出於《上博（四）》一冊中。字形上諸家皆釋作从言、勺聲，僅俞志慧以為《昭王毀室》△2、△3字應釋作『召』……此處讀『召』在文義上也可通，音韻亦近，『勺』字定紐、藥部，『刀』端紐蕭部」，〔註73〕因此「訋」讀為「召」是可通的。然而根據文句以及字義上而言，在《上博四・曹沫之陣》讀為「約」較恰當，而筆者認為就此處讀為「召見」是最適合的。除此之外，「乃」在此有「於是」，表示承接之意，如《尚書・堯典》云：「乃命羲和。」孔傳作「故」；〔註74〕《史記・陳涉世家》云：「守丞死，乃入據陳。」〔註75〕可參。

　　其四，討論「䜌」字，「䜌」在全篇中共出現13次，整理如下：

A					
	簡1	簡3	簡7	簡9	簡9
	簡10	簡10	簡11		

〔註71〕李學勤主編；《十三經注疏》整理委員會整理：《毛詩正義》，頁698。

〔註72〕（西漢）司馬遷撰；（南朝宋）裴駰集解；（唐）司馬貞索隱；（唐）張守節正義：《史記》，頁1216。

〔註73〕高佑仁師：《《上海博物館藏戰國楚竹簡（四）曹沫之陣》研究（下）》，頁233。

〔註74〕李學勤主編；《十三經注疏》整理委員會整理：《尚書正義》，頁33。

〔註75〕（西漢）司馬遷撰；（南朝宋）裴駰集解；（唐）司馬貞索隱；（唐）張守節正義：《史記》，頁1045。

B					
	簡 13	簡 13	簡 13	簡 14	簡 15

由上可見，「韽」在全篇中，可依字形結構分為二類。A 字是保有上面「尔」為聲符，共 8 例；B 字是省略上面的「尔」聲，以左半部的「昏」為聲符，共 5 例。在一篇楚簡中，會出現不同字形來表達同一字的例子不少見，此為其中一例。此外，筆者發現此篇的「韽」字字形不同的區別界線可以簡 13 前後來區分，在簡 13 前，都是 A 字形來表示「韽」，在簡 13 後，則用 B 形表示「韽」。筆者推測或許這可和〈子犯子餘〉竹簡簡背的竹節位置可分為二組有關，透過竹簡簡背的竹節位置來看，簡 1～12 是一組，簡 13～15 是一組，恰巧在簡 13 前都用「韽」，在簡 13 後則用「韽」，因此筆者推測或許有所關聯。

其五，討論「子若公子之良庶子」的釋讀，筆者先整理學者的斷讀如下：

1. 「子若公子之良庶子」：你（子犯）就像是公子重耳的優良的屬官。（原整理者主之，李宥婕、金宇祥從之。）

2. 「子，若公子之良庶子」：子犯，你的公子是晉獻公優良的庶子。（陳偉主之，伊諾從之。）

「子」原整理者無說，陳偉認為是對子犯、子餘的稱呼。「若」原整理者釋為「猶乃」；陳偉則認為是代詞，釋為「你的」。「之」原整理者無說；陳偉認為是「為」。「庶子」原整理者認為是「職官名」，為下文子犯和簡 3 的子餘所就任的職位；陳偉認為是指嫡子以外的眾子，在此為秦穆公指稱重耳。由此可見，兩者之說差距很大，若是照原整理者之說，此句解讀為：「你（子犯）就像是公子重耳的優良的屬官」；若照陳偉之說，此句「子，若公子之良庶子」則解讀為：「子犯，你的公子是晉獻公優良的庶子」。關於「庶子」的釋讀，筆者將在下一段討論，此處先解決其他部分。這裡的「公子」就是「重耳」，因為重耳出亡及簡文下文提到的「走去之」。若是照陳偉之說，「子」如果已經是稱「子犯」，何以後面還要重複一個「若」（你的），這樣一來，就會重複兩個「你」。因此筆者認為從原整理者之說對於全篇行文較適切。「子」是敬

稱，《詩經・衛風・氓》云：「匪我愆期，子無良媒。」〔註76〕《史記・趙世家》云：「趙武啼泣頓首固請，曰：『武願苦筋骨以報子至死，而子忍去我死乎！』」〔註77〕可參。因此筆者認為「子犯」、「子餘」不能隨便省略成「子」。「若」從原考釋者之說，釋為「猶乃」，筆者補充用例如《尚書・秦誓》云：「我心之憂，日月逾邁，若弗云來。」〔註78〕《國語・周語中》云：「《書》有之曰：『必有忍也，若能有濟也。』」韋昭注：「若，猶乃也。」〔註79〕可參。

其六，「良庶子」在出土文獻中，出現於北大秦簡《禹九策之七（一）》：「七曰：良庶子，從人月，繹（釋）蠶徹，長不來，直吾多歲，吉。」李零認為「良庶子」的「良」是指貞良，「庶子」是眾子。王寧則認為「庶子」是庶人之子的簡稱，指平民家的女子，「良庶子」猶後言「良家女子」。〔註80〕然而該解釋卻無法套用到此處，因為這裡的「庶子」是指子犯、子餘。「庶子」在先秦古籍所代表的意涵有許多種：一是身分，指嫡長子以外的眾子，亦指妾所生之子。如《春秋左傳注》中，杜注：「庶子，妾子也。」〔註81〕《儀禮・喪服》云：「庶子不得為長子三年，不繼祖也。」鄭玄注：「庶子者，為父後者之弟也，言庶者，遠別之也。」賈公彥疏：「庶子，妾子之號，適妻所生第二者，是眾子，今同名庶子，遠別於長子，故與妾子同號也。」〔註82〕《禮記・內則》云：「適子、庶子見於外寢。」鄭玄注：「庶子，妾子也。」〔註83〕陳偉云：「重耳為晉獻公庶子，『良庶子』大概是秦穆公對他的褒稱。」可見陳偉是從此思路考量。二是指妾子亦擔任公行之職，如《左傳・宣公二年》云：「初，麗姬之亂，詛無畜羣公子，自是晉無公族。及成公即位，乃宦卿之

〔註76〕李學勤主編；《十三經注疏》整理委員會整理：《毛詩正義》，頁269。

〔註77〕（西漢）司馬遷撰；（南朝宋）裴駰集解；（唐）司馬貞索隱；（唐）張守節正義：《史記》，頁920。

〔註78〕李學勤主編；《十三經注疏》整理委員會整理：《尚書正義》，頁669。

〔註79〕徐元誥撰；王樹民、沈長雲點校：《國語集解》，頁49。

〔註80〕王寧：〈北大秦簡《禹九策》補箋〉，復旦網，2017年9月27日（2019年9月16日上網）。

〔註81〕楊伯峻：《春秋左傳注》（臺北：洪葉文化，1993年），頁665。

〔註82〕李學勤主編；《十三經注疏》整理委員會整理：《儀禮注疏》，頁640～641。

〔註83〕李學勤主編；《十三經注疏》整理委員會整理：《禮記正義》，頁1008。

適而為之田，以為公族。又宦其餘子，亦為餘子，其庶子為公行。」楊伯峻注：「為亦宦其庶子為公行，此承上之省文也。杜注：『庶子，妾子也。掌率公戎行。』」〔註84〕因此「庶子」一般是第一說，指嫡長子以外的眾子，但是放在這邊卻不適用，因為是指稱「子犯」、「子餘」。如果照第二說，指擔任公行之職，也不適切，因為指稱對象「子犯」、「子餘」並無擔任公行之職的記載。

　　進一步而言，原整理者認為「庶子」是職官名，引《禮記·燕義》云：「古者周天子之官有庶子官。庶子官職諸侯、卿、大夫、士之庶子之卒，掌其戒令，與其教治。」鄭玄注：「庶子，猶諸子也。《周禮》諸子之官，司馬之屬也。」陳偉一開始則認為這裡的「庶子」是指職官名，但是觀察子犯、子餘皆未擔任過此職位，故放棄此說法。根據金宇祥的整理歸納，「庶子」在文獻中的記載，依職務來分，可分四種：

　　　　1. 宿衛王宮（《周禮》「庶子」）2. 掌教國子（《周禮》「諸子」、〈燕義〉「庶子官」）3. 家臣（《戰國策》〈子犯子餘〉「庶子」）4. 地位較低的庶子（《商君書》「庶子」）〔註85〕

金宇祥認為簡文的「良庶子」可解釋為「家臣」，關於「良」字亦認為：

　　　　「良」字用來形容「庶子」，可從上文僖負羈之妻、叔詹、楚成王對重耳臣子的稱讚得到印證。所以簡文此句之意為：你們（子犯、子餘）乃是公子賢良家臣。〔註86〕

筆者認為其說可從，但是對於「子若公子之良庶子」的「子」解讀為「你們（子犯、子餘）」，筆者認為較不明確，此處的「子」應該是只有指「子犯」。第二段秦穆公在對子餘說話時的「子」才指「子餘」。此外，筆者認為這裡的「庶子」為中性名詞，在前面加上「良」，代表好的意思。如滕勝霖云：「秦穆公稱『良庶子』乃敬稱」，可從。這裡為政治語言的手法，此處秦穆公向子犯說：「您就像是公子的良庶子，怎麼晉國有禍患，公子卻不能阻止它，而且還逃離晉國。」意指子犯沒有做到良庶子應有的責任，秦穆公表面上稱讚他「良」，但內心上卻

〔註84〕楊伯峻：《春秋左傳注》，頁663～665。
〔註85〕金宇祥：《戰國竹簡晉國史料研究》，頁115。
〔註86〕金宇祥：《戰國竹簡晉國史料研究》，頁113。

是相反。綜上所述，簡文此句解讀為：「秦穆公召見子犯並問他說：『您是公子賢良的家臣……』」。

〔五〕者（胡）晉邦又（有）禍（禍），公子不能㞢（止）女（焉）
　　▼，而【一】走去之，

者	晉	邦	又	禍	公
子	不	能	㞢	女	而
走	去	之			

原整理者：者，讀為「胡」，表疑問或反詰。晉邦有禍，指驪姬之亂，《國語・晉語二》：「殺大子申生」，「盡逐羣公子，乃立奚齊焉」。㞢，從止，之聲，讀為同音的「止」。《詩・玄鳥》「維民所止」，鄭玄箋：「止，猶居也。」與下文問蹇叔「公子之不能居晉邦」意同。〔註87〕

Xiaosong：簡2～3中的子犯答語，是在說明為何重耳不從晉國驪姬之亂中謀取利益。所以【之＋止】似當讀為「恃」，字或是「寺」之異體。「不能恃焉，而走去之」的「焉」指代晉國的禍亂，「之」指代晉國，這句話是說，晉國有禍亂，重耳不能趁著禍端從中為自己謀取利益，卻離國出走，大概是你們的謀略心思太不夠用了吧。這樣發問方能與答語切合。〔註88〕

劉偉浠：【之＋止】整理者讀「止」可從，但訓「居」語義似不通暢，疑可訓「停止」、「阻止」。《廣韻・止韻》：「止，停也。」晉國有禍，不但沒

〔註87〕 李學勤主編：《清華大學藏戰國竹簡（柒）》，頁94。

〔註88〕 見武漢網「簡帛論壇」〈清華七《子犯子餘》初讀〉3樓，2017年4月23日（2019年6月23日上網）。

阻止它，反而逃離晉國。「胡……而」包含這種轉折關係。〔註89〕

難言：「【之＋卄】」也可能讀作「待」，訓禦。《管子‧大匡》：「今若殺之，此鮑叔之友也，鮑叔因此以作難，君必不能待也，不如與之。」可以參考。〔註90〕

趙嘉仁：「止」還應訓為阻止、制止之「止」。〔註91〕

紫竹道人：這裏秦公要問的是「猷心是不是不足」的問題，其詰問語氣是由「毋乃」引出來的；前面晉邦有禍、公子不能久待云云，乃陳述事實，不得在「晉邦有禍」前就加「胡」起問。這只要跟簡 3－4 秦穆公召子餘而問的話比較一下，就可以看得很明白：「子若公子之良庶子，晉邦有禍，公……（殘去三字）止焉，而走去之，毋乃無良左右也乎？」竊疑「乄＋古」當讀為「夫」，其語音關係猶郭店簡《窮達以時》從「古」聲之字讀為「浦」等，是大家很熟悉的。「夫晉邦有禍」的「夫」是發語詞，用不用無所謂，所以下面問子餘的話裏就沒有。簡 7 有此種發語詞「夫」，這裏寫作「乄＋古」，也不足為怪。從《越公其事》等篇可以看到，上下文裏同一個詞確有用不同的字表示之例。〔註92〕

lht：應該讀「故」吧，過去的意思。這個字是表示高壽義之「胡」的專字，引申有過去的意思。簡文用此字，而不用「古」，或「夫」，應該是想表達過去的意思。與「昔」同義。〔註93〕

明珍：〔之卄〕，此字從卄、從之，不從止，讀為「止」似乎不妥。之、止二字少有互通的例子，參季師旭昇〈從戰國文字中的「〔之止〕」字談詩經

〔註89〕見武漢網「簡帛論壇」〈清華七《子犯子餘》初讀〉5 樓，2017 年 4 月 23 日（2019 年 6 月 23 日上網）。

〔註90〕見武漢網「簡帛論壇」〈清華七《子犯子餘》初讀〉7 樓，2017 年 4 月 23 日（2019 年 6 月 23 日上網）。

〔註91〕趙嘉仁：〈讀清華簡（七）散札（草稿）〉，復旦大學出土文獻與古文字研究中心網學術討論區，2017 年 4 月 24 日（2019 年 7 月 15 日上網）。

〔註92〕見武漢網「簡帛論壇」〈清華七《子犯子餘》初讀〉24 樓，2017 年 4 月 25 日（2019 年 6 月 23 日上網）。

〔註93〕見武漢網「簡帛論壇」〈清華七《子犯子餘》初讀〉33 樓，2017 年 4 月 27 日（2019 年 6 月 23 日上網）。

中「之」字誤為「止」字的現象〉。簡文當讀為「持」，掌握、把握之義。此句言晉邦有禍，而重耳不能「掌握」時機從中得利。「持焉（「焉」代指「禍」）」與下文之「秉禍利身」之「秉禍」同義。〔註94〕

　　苦行僧：「[之＋廾]」，我們認為應釋為「置」。甲骨文中的「置」字或從「臼」從「之」，「[之＋廾]」從「廾」從「之」，兩者十分相似，只是一個從「臼」，一個從「廾」，而這種歷時的差異有時不具有區別性，可參「夯」字甲骨文與戰國文字形體的差異。該「置」字在這裡應訓為立。「公子不能置焉」，是說重耳不能被立為太子。「置」字的這種用法古書中常見，如：《呂氏春秋·當務》：「紂之父，紂之母，欲置微子啟以為太子。太史據法而爭之曰：『有妻之子，而不可置妾之子。』紂故為後。」高誘注：「置，立也。」又《恃君》：「置君非以阿君也，置天子非以阿天子也，置官長非以阿官長也。」〔註95〕

　　張崇禮：之＋廾，當為丞之形聲字，之表聲，簡文中讀為拯，救也。〔註96〕

　　趙平安：乎，原作　、　之形，確實由廾和之兩部分組成。它和同篇出現的「寺」字在字形上和用法上都有明顯的區別，不可能是同一個字。此字係首見，我們認為它與甲骨文「置」應該是同一個字。

甲骨文「置」作：

合19896 㠯組　　　合1989 賓組　　　英365 賓組

合32419 歷組　　　合23603 出組　　　合27589 無名組

一般隸作帚，裘錫圭先生解釋說：「自應該分析從『臼』，從『臼』從『之』聲或『止』聲。『之』『止』二字古音同聲母同韻部，所以作為聲旁可以通用。從字形看，『冂』當象器物的架座，從『臼』從『冂』可以解釋為象徵以兩手置物於架座。從字音看，『之』『止』與『置』的古音也很接近。所以『帚』

〔註94〕見武漢網「簡帛論壇」〈清華七《子犯子餘》初讀〉43樓，2017年4月27日（2019年6月23日上網）。

〔註95〕見武漢網「簡帛論壇」〈清華七《子犯子餘》初讀〉49樓，2017年4月29日（2019年6月23日上網）。

〔註96〕見武漢網「簡帛論壇」〈清華七《子犯子餘》初讀〉50樓，2017年4月30日（2019年6月23日上網）。

應該是置立之『置』的本字。」……甲骨文冪字較晚出現的从廾从之的寫法，和《子犯子餘》構件相同，只是前者兩隻手在「之」之上，後者兩隻手在「之」字下面。而這種差異，在異體字中很常見。置可以訓為止。《文選·稽康〈與山巨源絕交書〉》「足下若嬲之不置」，呂向注：「置，止也。」《資治通鑑·周紀五》「毋置之」胡三省注：「置，止也。」簡文「置」除理解為止外，還可以理解為「棄置」或「處置」。〔註97〕

　　心包：A字（圖）與《六德》簡31中B（圖）應該是一字異體，A，趙平安先生及網友「苦行僧」都將其與甲骨文中的「置」字聯繫，應該是可信的（趙文見：清華簡第七輯字詞補釋，載《出土文獻》10輯）。《六德》的文例為「仁類柔而速，義類B而絕（？斷？），仁柔而猛，義剛而簡……」，B《十四種》疑或可讀為「直」（《合集》同），此說可從，正可與A合觀。陳劍先生曾指出B的意義應該跟「剛」、「強」或「堅」一類詞接近（郭店簡《六德》用為「柔」之字考釋），從這一點看，也是很合適的（學者已經指出「柔自取束，剛自取柱」亦可類參）。A釋讀為「置」，讀本字即可，即文獻常見的「自置」之省，處也，這裡傾向於籠統的安身。《文子·上仁》「……柔而直，猛而仁」全句兩兩相對成文，「直」為「柔」的反面。「……直而不剛，故聖人體之」，「剛」與「直」是相類的屬性，以「直」來歸納「義」，應該是可以的。〔註98〕

　　羅小虎：止，似可理解為停止、阻止。《商君書·開塞》：「刑不能去亂、姦而賞不能止過者，必亂。」《史記·樂書》：「始奏以文，止亂以武」4樓劉偉浠先生已指出，似可從。〔註99〕

　　王寧：从屮从廾的字，當是从廾屮聲，應該是「持」的或體，傳抄古文中「持」字寫法多是將屮放在最上，手、寸（或攴）放在下面，此字二手形在下，

〔註97〕趙平安：〈清華簡第七輯字詞補釋（五則）〉，李學勤主編：《出土文獻》（第十輯）（上海：中西書局，2017年4月），頁140～141。

〔註98〕見武漢網「簡帛論壇」〈清華七《子犯子餘》初讀〉79樓，2017年6月12日（2019年6月23日上網）。

〔註99〕原見武漢網「簡帛論壇」〈清華七《子犯子餘》初讀〉86樓，2017年7月1日（2019年6月23日上網，經筆者回查後發現此說似已刪除）。

會意當同。在《子犯子餘》中「持」當是把握、利用之意。〔註100〕

　　子居：此字從「又」從「寺」，而「又」形本即是手形，故「㞢」當即「持」字。下文中，子餘說「吾主弱寺而強志」，揣測文意，即是因秦穆公所問「晉邦有禍，公子不能持焉」而做的回應，這也可以說明「㞢」此字從「又」從「寺」，當即「持」字，訓為守，《國語・越語下》：「夫國家之事，有持盈，有定傾，有節事。」韋昭注：「持，守也。」《呂氏春秋・慎大》：「勝非其難者也，持之其難者也。」高誘注：「持，猶守。」〔註101〕

　　伊諾：紫竹道人之說可從。古籍慣用「昔」、「古」等詞表「過去」義，鮮見以「胡」字引申之義來表示之例。再者，本簡下文亦有「昔之」、「昔者」之例，可參證。……以「」為「持」字，訓為「把握」可從，不必破讀為「待」或「恃」，亦非「丞」字。此句言晉邦有禍，而重耳不能把握時機（從中獲取因這場禍亂帶來的利益）。……上文趙平安先生文已論說清楚：「它和同篇出現的『寺』字在字形和用法上都有明顯的區別，不可能是同一個字」，此說可從。釋為「置」雖字形上說得通，但於語義不安，故以「持」字說為是。〔註102〕

　　袁證：此字當為「寺」之繁寫，從「xiaosong」先生意見讀「恃」，《莊子・秋水》：「不恃其成」的「恃」與此處用法相同。〔註103〕

　　李宥婕：簡文「者（胡）晉邦又（有）禯（禍），公子不能㞢（持）女（焉），而走去之，母（毋）乃猷心是不趹（足）也𧭫（乎）」中若「者（胡）」若依整理者「表疑問或反詰」解釋，則「者晉邦有禍，公子不能㞢（持）女（焉），而走去之」即為疑問句，與簡文文意不符。應從紫竹道人所說，分析「者」為從「古」聲，可讀為「夫」，放句首為發語詞。……故本簡文中「者」字從「屮」「古」確可讀為「夫」聲。此處秦公要問的是「猷心是不是不足」的問題，其詰問語氣是由「毋乃」引出來的。故「者（胡）晉邦又（有）禯（禍），

〔註100〕見武漢網「簡帛論壇」〈清華七《子犯子餘》初讀〉110樓，2017年11月22日（2019年6月23日上網）。

〔註101〕子居：〈清華簡七《子犯子餘》韻讀〉，中國先秦史網站，2017年10月28日（2019年7月9日上網）。

〔註102〕伊諾：〈清華柒《子犯子餘》集釋〉，復旦網，2018年1月18日（2019年7月3日上網）。

〔註103〕袁證：《清華簡《子犯子餘》等三篇集釋及若干問題研究》，頁14。

公子不能异（持）女（焉），而走去之」中，「耆」為「胡」，讀為「夫」，表發語詞。當隸定為「胡」，讀為「夫」，表發語詞。

……「（异）」減省一個「又」即為「寺」，在簡文中當讀為「持」，掌握、把握之義。此句當從明珍：言晉邦有禍，而重耳不能掌握時機從中得利。「持焉」即可呼應下文的「秉禍利身」之事。〔註104〕

金宇祥：對照下文簡 3 穆公問子餘所言，紫竹道人之說可從。「耆」字作，類似字形又見（《清華壹‧皇門》簡1），〈皇門〉此字復旦網帳號「llaogui」認為「從老省、古聲」，或許是「胡壽」之專字。「古」與「夫」聲音相近，可參考銘文中的「盬」作：（伯公父盬《集成》4628），從「古」聲。又作（季宮父盬《集成》4572），「害」、「夫」皆聲。故此處「耆」可讀為「夫」。

「晉邦有禍」的「禍」很自然就會聯想到著名的「驪姬之亂」，但若考量後文的「不秉禍利」，那麼此處的「禍」恐怕不會是「驪姬之亂」，而可能是「里丕之亂」或是泛指驪姬至里丕所發生的亂。〔註105〕

金宇祥：「公不能△焉」，△字圖版作，又見（簡3）（應為簡4）。趙平安釋為「置」有其道理，但「置」訓為「止」所引的文例時代略晚。（《郭店‧六德》簡31）「仁類柔而束，義類岜而絻（斷）」「岜」字與△字相近，「岜」字《楚地出土戰國簡冊合集》的按語讀為「直」，「義類岜（直）而絻（斷）」一句可參考《荀子‧法行》：「溫潤而澤，仁也；栗而理，知也；堅剛而不屈，義也；廉而不劌，行也；折而不撓，勇也；瑕適並見，情也」其中「堅剛而不屈，義也」的「不屈」與「直」義近。據此，△字可分析從屮、之聲，讀為「直」，訓為正直、正義，如《孟子‧滕文公上》：

人之有道也，飽食煖衣，逸居而無教，則近於禽獸。聖人有憂之，使契為司徒，教以人倫：父子有親，君臣有義，夫婦有別，長幼有序，朋友有信。放勳曰：「勞之來之，匡之直之，輔之翼之，使自得

〔註104〕李宥婕：《《清華大學藏戰國竹簡（柒）‧子犯子餘》集釋》，頁22～24、頁28～29。
〔註105〕金宇祥：《戰國竹簡晉國史料研究》，頁52。

之，又從而振德之。」

「匡之直之」的「直」作使動用法，意為「使正直」。簡文「晉邦有禍，公子不能羋（直）焉」意為晉國有難，文公不能讓晉國得到正直、正義。〔註106〕

鼎倫謹案：首先，關於「」，在戰國文字中可見六例，筆者先羅列其字形及文例：

1.「」：《荊門左冢楚墓》漆棋局「十」字線上第三欄。〔註107〕

2.「」（上博五・鮑叔牙與隰朋之諫・3）文例為：「犧牲、珪璧，必全如著（故），加之以敬」。〔註108〕

3.「」（清華壹・皇門・1）：「胡壽」的專字，「胡壽」即長壽、大壽。〔註109〕

4.「」（清華陸・鄭武夫人規孺子・15）文例為：「著（胡）寧君寔有臣而蟄娶」。〔註110〕

5.「」（清華陸・子產・14）文例為：「此為因前遂著（故）」。〔註111〕

6.「」（清華柒・越公其事・55）文例為：「群物品采之怨于著（故）常」。〔註112〕

〔註106〕金宇祥：《戰國竹簡晉國史料研究》，頁53～54。

〔註107〕湖北省文物考古研究所等編著：《荊門左冢楚墓》（北京：文物出版社，2006年），頁183。

〔註108〕顏至君：《〈上海博物館藏戰國楚竹書（五）〉〈競建內之〉與〈鮑叔牙與隰朋之諫〉研究》（臺北：國立臺灣師範大學碩士論文，2007年），頁230。

〔註109〕馬嘉賢：《清華壹《尹至》、《尹誥》、《皇門》、《祭公之顧命》研究》（彰化：國立彰化師範大學博士論文，2015年1月），頁138。

〔註110〕王瑜楨云：「意思是『為什麼』、『何能』反詰語氣」。參王瑜楨：《〈清華大學藏戰國竹簡（陸）〉鄭國史料三篇研究》（臺北：國立臺灣師範大學博士論文，2018年1月），頁172。

〔註111〕王瑜楨：《〈清華大學藏戰國竹簡（陸）〉鄭國史料三篇研究》，頁388。

〔註112〕李學勤主編：《清華大學藏戰國竹簡（柒）》，頁141。

由上述的文例可知，「耂」有讀作「故」或「胡」的用例。高佑仁師云此字：「當是一個上從『老』，下從『古』聲的字」，[註113] 所以聲音可透過「古」聲通假。回到這裡的「耂」字，字形結構和楚簡所見皆相同，學者們大致有三種說法，筆者列點整理如下，便於一覽：

1. 讀為「胡」，表示疑問或反詰。原整理者主之。
2. 讀為「夫」，表示發語詞，無義。紫竹道人主之，伊諾、李宥婕、金宇祥從之。
3. 讀為「故」，表示過去之義，如「昔」。lht 主之。

在此處的「耂」字釋讀，必須考量到兩個地方。第一，簡文「耂晉邦有禍，公子不能異焉，而走去之」中的特殊句式為「耂……而……」，「而」在此可視為連接詞，表示「所以」，為因果複句，前面的「晉邦有禍」如同紫竹道人所說為陳述事實，在晉國發生禍亂，因為「公子不能異焉」，所以才離開國家。第二，同樣的句型可見〈子犯子餘〉第二段，也就是簡三至簡四的「子若公子之良庶子，晉邦有禍，公……異焉，而走去之」，我們可以發現在這裡的「晉邦有禍」前並沒有「耂」，所以筆者認為「耂」在此篇的用法中是可有可無的。就這一點而言，第三說讀為「故」，表示過去之義，可不考慮。此外，如伊諾所云下文亦有「昔之」、「昔者」之例，此處就沒必要用另外一種字形來表示同一個意思。再來看第二說，如果讀為發語詞「夫」，文意當然可通，而且，「古」、「夫」聲系可通。然而就用字習慣來看，「夫」一般有專屬的古文字形，很少用假借，並且在簡七已有「夫」字，如「夫」。因此，第二說亦不考慮。最後，關於第一說，原整理者認為讀為「胡」表示疑問或反詰，筆者認為該字在第一段有出現，第二段則無，因此如果表示疑問或反詰語氣的話，讀為「胡」在第二段省略，也可以使文通句順。所以，筆者贊成原整理者之說讀為「胡」。文例有《詩經·魏風·伐檀》：「不稼不穡，胡取禾三百廛兮？」[註114]《呂氏春秋·察今》：「上胡不法先王之法？非不賢也，為其不可得而法。」[註115]《史記·平原君

〔註113〕高佑仁師：〈釋左冢楚墓漆棋局的「事故」〉，簡帛網，2008 年 5 月 17 日（2019 年 9 月 22 日上網）。

〔註114〕李學勤主編；《十三經注疏》整理委員會整理：《毛詩正義》，頁 432。

〔註115〕許維遹撰；梁運華整理：《呂氏春秋集釋》（北京：中華書局，2009 年），頁 390。

虞卿列傳》云：「楚王叱曰：『胡不下！吾乃與而君言，汝何為者也！』」〔註116〕可參。此外，這裡「禍」指的是「驪姬之亂」，歷史上確實因為這個災亂讓公子重耳出亡，筆者將在後文論述。

　　其次，關於這裡的「㞢」字，筆者對於此字上半部有疑慮，是以比較古文字中的「之」和「止」字。以下先整理古文字中的「止」字：

合集 13683	琱生簋／集成 04292	天卜	郭店・六德・26
郭店・語叢 3・57	上博一・緇衣・16	郭店・語叢 3・53	說文解字

季旭昇云：「『止』字都是三筆，和『㞢（之）』字作四筆者，區別非常嚴格。」〔註117〕由古文字出現的「止」字形可以發現，和「㞢」字上部不同。另外，筆者再整理古文字中的「之」字：

合集 5365	小克鼎／集成 02798	楚王酓忑鼎／集成 02794	其次句鑃／集成 00421
□右盤／集成 10150	王之女叔觥／集成 09287	說文解字	

季旭昇云：「之、止二字，形音義俱近，或以為偏旁可以互作。其實在古文字中，除秦文字中偶見互作外，二者區別極嚴，尟見互作者。」〔註118〕由此可見，「止」在古文字中多是三筆，「之」則是四筆，是以有區別。筆者更發現「之」在戰國文字中可依撇筆貫穿左斜筆方式大致分為四類：

〔註116〕（西漢）司馬遷撰；（南朝宋）裴駰集解；（唐）司馬貞索隱；（唐）張守節正義：《史記》，頁 1370。

〔註117〕季旭昇：《說文新證》，頁 109。

〔註118〕季旭昇：《說文新證》，頁 499。

沒貫穿					
	包山・2・16	包山・2・15	包山・2・241	包山・2・259	
貫穿第一斜筆					
	包山・2・156	包山・2・7	包山・2・13		
貫穿第二斜筆					
	包山・2・7	包山・2・13	包山・2・22	包山・2・125反	上博二・容成氏・17
成豎筆					
	郭店・老乙・9	郭店・語叢3・23			

在〈子犯子餘〉中總共出現 26 個「之」字，全部都是撇筆沒有貫穿左斜筆的寫法，如下：

簡 1	簡 2	簡 2	簡 2	簡 3	簡 4	簡 4
簡 4	簡 5	簡 5	簡 6	簡 7	簡 7	簡 7
簡 8	簡 9	簡 9	簡 10	簡 11	簡 12	簡 12
簡 12	簡 12	簡 13	簡 14	簡 15		

「䒑」字上部和這些「之」字形相同，因此經筆者考察後，確實「䒑」字形上部為「之」。原整理者隸作「屰」無誤。另外，學者們對此字亦有多種說法，筆者列點整理如下，便於一覽：

1. 讀為「止」，釋為「居」。原整理者主之。（「焉」釋作晉邦）

2. 讀為「恃」，釋為「憑藉」。Xiousong 主之，袁證、黃聖松師從之。

〔註119〕（「焉」釋作晉國的禍亂）

3. 讀為「止」（從原整理者之說），釋為「停止」、「阻止」。劉偉浠主之，趙嘉仁、羅小虎從之。（「焉」釋作晉國的禍亂）

4. 讀為「待」，訓為「禦」。難言主之。

5. 讀為「持」，釋為「掌握」、「把握」。明珍主之、王寧、伊諾、李宥婕從之。

6. 釋為「置」，訓為「立」。苦行僧主之。

7. 讀為「拯」，釋為「救」。張崇禮主之。

8. 讀為「置」，訓為「止」，或「棄置」、「處置」。趙平安主之。

9. 讀為「置」（從趙平安之說），釋為「安身」。心包主之。

10. 讀為「持」，訓為「守」。子居主之。

11. 讀為「置」（從趙平安之說），訓為「使正直」。金宇祥主之。

總的來說，「𢍰」根據文義有讀作「止」、「恃」、「待」、「持」、「拯」及「置」等六種可能性。觀察其字形，實為从之从廾，若照第六、八、九、十一的說法，和「置」連結，雖然於字形上的構形而言，可能有關聯，就像趙平安所言：「和《子犯子餘》構件相同，只是前者兩隻手在『之』之上，後者兩隻手在『之』字下面。而這種差異，在異體字中很常見。」但是如果就文意上的通讀而言，可能就會有些問題。第九說如果釋為「安身」，倒不如直接讀為「止」，訓作「居」義來得直接。第六說訓為「立」會是主動用法，在苦行僧引用的文例中也是主動用法，但是在簡文中則解釋為「重耳不能『被立為』太子」，視為被動用法，不太妥當。第十一說，將「置」視作使動用法，一般都是放在補語前面，但簡文「置」在補語後面，不合語法。另外，第四說引「君必不能待也，不如與之」和本篇簡文意思差異很大，不能相互看待，故此說法可刪除。第一、三說讀為「止」，但是本篇竹簡已有「居」和「處」字，此處已用另一種字，是以筆者認為應該不會釋為「居」，不考慮第一說。第二說讀為「恃」，解讀為「趁著禍端從中為自己謀取利益」，可能會有增字解釋之虞。

〔註119〕黃聖松師在筆者學位口試當天認為可讀為「恃」，釋為「憑藉」。「恃焉」之「焉」為代詞，代前句「晉邦有禍」。而且晉之禍亂已生，重耳又如何阻止之乎？此說可備為一說。2019 年 12 月 23 日。

第七說讀為「拯」，釋為「救」，於文義的解釋無法落實，故可排除。第五、十說讀作「持」，雖然在字形較接近，本篇簡五有寺字：「」，此處「」則多一手形，但是如果釋為「把握」，放入文意中解讀為「把握禍患」，意思上說不太通，故此說不考慮。第十說釋為「守」，於文意不合。除此之外，明珍「之、止二字少有互通」的說法有誤，觀察以下文例後可知。《上博九‧靈王遂申》簡2：「虎三徒出，執事人志〓（止之）」，「志」（「」）本從「之」，卻可讀「止」；〔註120〕心包引「」（郭店‧六德‧31））「仁類柔而束，義類芇而絲（斷）」，陳劍認為該字有可能分析為從「止」得聲；〔註121〕季旭昇提到在《郭店簡》有「𡇒」，可根據文例讀為「止」或「之」，如《郭店‧尊德義》簡20：「可教也而不可迪其民，而民不可𡇒（止）也」（「」）以及《郭店‧五行》簡10：「亦既見𡇒（止，之），亦既詢（遄）𡇒（止，之）。」（「」），並認為這個字可以讀為「之」，也可以讀為「止」，如果要假借為「寺」，此類字應該先讀為「之」，若讀為「之」可通，則不必經過假借為「寺」的這一個過程，〔註122〕是以藉此說法可證上述簡文本疑難字不應假借為從「寺」之字。總的來說，「之」「止」二字相通，視簡文文例而釋讀，筆者贊成原整理者的說法，將「」讀為「止」，釋為「阻止」，因為承接上文「晉邦有禍」，公子重耳不能夠阻止驪姬之亂，所以才離開晉國。

其三，關於這裡的「走去之」，Xiaosong 解釋為「離國出走」，劉偉浠解釋為「逃離晉國」。筆者認為劉偉浠的意見可從，但並沒有解釋得很精確。筆者認為「走」是強調動作狀態，表示「逃跑」，如《孟子‧梁惠王上》云：「棄甲曳兵而走。」〔註123〕成語「走投無路」的「走」也表示動作狀態。「去」則是指

〔註120〕季旭昇、高佑仁師主編：《《上海博藏戰國楚竹書（九）》讀本》（臺北：萬卷樓圖書公司，2017年），頁65。

〔註121〕陳劍：〈郭店簡《六德》用為「柔」之字考釋〉，復旦網，2008年1月24日（2019年11月25日上網）。

〔註122〕季旭昇：〈從戰國文字中的「𡇒」字談詩經中「之」字誤為「止」字的現象〉，復旦網，2009年3月21日（2019年11月25日上網）。

〔註123〕李學勤主編；《十三經注疏》整理委員會整理：《孟子注疏》（北京：北京大學出版

離開晉國的事實，或是方向，表示「離開，遠離」，如《說文‧去部》云：「去，人相違也。」段玉裁注：「違，離也。」〔註124〕這裡的「走去之」表示「逃離晉國」。

其四，金宇祥云：「此處的『禍』恐怕不會是『驪姬之亂』，而可能是『里丕之亂』或是泛指驪姬至里丕所發生的亂。」其說不太正確，筆者考察《左傳》，《左傳‧僖公四年》云：

> 初，晉獻公欲以驪姬為夫人，卜之，不吉；筮之，吉。公曰：「從筮。」卜人曰：「筮短龜長，不如從長。且其繇曰：『專之渝，攘公之羭。一薰一蕕，十年尚猶有臭。』必不可！」弗聽，立之。生奚齊，其娣生卓子。及將立奚齊，既與中大夫成謀，姬謂大子曰：「君夢齊姜，必速祭之！」大子祭于曲沃，歸胙于公。公田，姬寘諸宮六日。公至，毒而獻之。公祭之地，地墳。與犬，犬斃。與小臣，小臣亦斃。姬泣曰：「賊由大子。」大子奔新城。公殺其傅杜原款。或謂大子：「子辭，君必辯焉。」大子曰：「君非姬氏，居不安，食不飽。我辭，姬必有罪。君老矣。吾又不樂。」曰：「子其行乎？」大子曰：「君實不察其罪，被此名也以出，人誰納我？」十二月戊申，縊于新城。姬遂譖二公子曰：「皆知之。」重耳奔蒲，夷吾奔屈。〔註125〕

晉獻公要納驪姬為夫人，占卜為不吉，但是筮為吉，晉獻公以筮的結果為依據，仍堅持要立驪姬為夫人。後來驪姬生了奚齊，驪姬欲立奚齊為太子，於是和中大夫計謀要讓申生無法成為太子。接著，晉獻公以為申生要毒害自己，因此要追殺申生。申生擔心自己的父親居不安、食不飽，於是在新城上吊自殺。申生死後，驪姬再誣陷重耳和夷吾，導致重耳奔蒲，夷吾奔屈。是以，造成重耳在簡文「走去之」的原因就是國內局勢混亂，驪姬蠱惑晉獻公誅殺諸子。這裡的「禍」應該就是「驪姬之亂」，而非之後才發生的「里丕之亂」。然而，金宇祥推斷是「里丕之亂」的根據，懷疑是根據簡文「不秉獲利」解

社，2000 年），頁 11。

〔註124〕（東漢）許慎著；（清）段玉裁注：《說文解字注》，頁 213。

〔註125〕楊伯峻：《春秋左傳注》，頁 295～299。

釋而來，而非從《左傳》正文而來。〔註126〕

　　綜上所述，簡文此句解讀為：「『怎麼晉國有禍亂發生，公子重耳不能阻止它，反而逃離晉國』」。

〔六〕母（毋）乃猷心是不跂（足）也虖（乎）■？」

母	乃	猷	心	是
不	跂	也	虖	

　　原整理者：猷，圖謀，《爾雅・釋言》：「圖也。」《爾雅・釋詁》：「謀也。」西周晚期及春秋金文中「猷」與「心」有對稱，如大克鼎（《殷周金文集成》二八三六，中華書局，一九八四年）銘云：「恩逸厥心，宇靜于猷。」戎生鐘（《近出》二七）：「啟厥明心，廣經其猷。」〔註127〕

　　暮四郎：相關釋文當讀為（我們的改動之處用下劃線標出）：「*毋乃猷心是（寔）不足也乎*？」〔註128〕

　　ee：簡2的「*毋乃猷心是（寔）不足也乎*？」對應簡3的「*主如曰疾利焉不足*。」〔註129〕

　　其中的「猷」應是助詞，還是的意思，可參簡10「猷（猷）叔是（寔）聞遺老之言」，「猷」也置于句前，二者句法位置和意義應一致。〔註130〕

〔註126〕許文獻師在筆者學位口試當天指點此寶貴意見，2019年12月23日。

〔註127〕李學勤主編：《清華大學藏戰國竹簡（柒）》，頁94。

〔註128〕見武漢網「簡帛論壇」〈清華七《子犯子餘》初讀〉2樓，2017年4月23日（2019年6月23日上網）。

〔註129〕見武漢網「簡帛論壇」〈清華七《子犯子餘》初讀〉12樓，2017年4月24日（2019年6月23日上網）。

〔註130〕見武漢網「簡帛論壇」〈清華七《子犯子餘》初讀〉16樓，2017年4月24日（2019年6月23日上網）。

　　紫竹道人：這裏秦公要問的是「猷心是不是不足」的問題，其詰問語氣是由「毋乃」引出來的；前面晉邦有禍、公子不能久待云云，乃陳述事實，不得在「晉邦有禍」前就加「胡」起問。這只要跟簡 3－4 秦穆公召子餘而問的話比較一下，就可以看得很明白：「子若公子之良庶子，晉邦有禍，公……（殘去三字）止焉，而走去之，毋乃無良左右也乎？」〔註131〕

　　羅小虎：是，或可讀為「寔」。《大學》：「人之有技，媢疾以惡之，人之彥聖，而違之俾不通，寔不能容。」簡 10：「猶叔是聞遺老之言」，此處「是」，亦可讀為「寔」。2 樓暮四郎先生已指出，可從。〔註132〕

　　心，思慮之義。《爾雅・釋言》：「謀，心也。」王引之經義述文：「心者，思也。」《呂氏春秋・精諭》：「紂雖多心，弗能知矣。」猷心，即謀心，謀劃的思慮、心思。這幾句話的意思是秦穆公嘲諷子犯不是良庶子，不能輔佐重耳止禍，而只能出逃在外。之所以如此，「恐怕是因為你謀劃的思慮實在是不足吧」？〔註133〕

　　子居：整理者所言不確，《子犯子餘》並非西周或春秋作品，因此整理者引彼時銘文「猷」的用法來注《子犯子餘》的「猷」字是不成立的。網友 ee……所說是，戰國末期「猷」字基本都是用為「猶」，此處當也讀為「猶」，「猶心是不足」就是說還是沒有足夠用心，指晉亂時沒有盡力去維護自身權益。〔註134〕

　　伊諾：整理者釋猷為圖謀，可從，猷心即謀心。「毋乃猷心是不足也乎」言重耳恐怕是圖謀之心不足吧。暮四郎（2 樓）、羅小虎（86 樓）將「是」讀為「寔」，亦可從。可與《大學》：「人之有技，媢疾以惡之，人之彥聖，而違之俾不通，寔不能容。」參看。本篇簡 10：「猶叔是聞遺老之言」之「是」，

〔註131〕見武漢網「簡帛論壇」〈清華七《子犯子餘》初讀〉24 樓，2017 年 4 月 25 日（2019 年 6 月 23 日上網）。

〔註132〕見武漢網「簡帛論壇」〈清華七《子犯子餘》初讀〉87 樓，2017 年 7 月 1 日（2019 年 6 月 23 日上網）。

〔註133〕見武漢網「簡帛論壇」〈清華七《子犯子餘》初讀〉100 樓，2017 年 8 月 7 日（2019 年 6 月 23 日上網）。

〔註134〕子居：〈清華簡七《子犯子餘》韻讀〉，中國先秦史網站，2017 年 10 月 28 日（2019 年 7 月 9 日上網）。

亦可讀為「寔」。〔註135〕

　　李宥婕：若如 ee 所謂「猶」為助詞，還是的意思，則與「是（寔）」意重複，不妥。此處從整理者將「猷心」釋為圖謀之心較為妥當。「是」本可通假為「寔」，如《正亂》：「吾將遂是（寔）其逆而僇（戮）其身」。將簡文釋讀為「毋乃猷心是（寔）不足也乎？」前句有「不能…」，後句接「恐怕實在是＋原因」的連接，可見秦穆公的疑問，或稍有諷刺意味。故以上將簡文釋讀為「毋乃猷心是（寔）不足也乎？」確可從。〔註136〕

　　金宇祥：「毋乃猶心寔不足乎」，「毋乃……乎」為一測度問句，常置於謂語前。……「是」字，在先秦有：1. 指代詞、2. 形容詞「正確」、3. 副詞「確實」等詞性用法。「是」在句中不作指代詞用，應為副詞來修飾「不足」，意為「確實、實在」，而「是」與「寔」皆有此義項，但考慮此處若讀為「是」會被誤以為是指代詞，故通讀為「寔」。此句意思是：「莫非（公子的）圖謀真的不夠嗎？」〔註137〕

　　鼎倫謹案：首先，關於「毋乃……乎」，紫竹道人認為此句的詰問語氣是由「毋乃」引出來的，筆者認為可從。對於此句型，金宇祥亦云：

> 此句用否定副詞來表示肯定，可算是反問句，但「毋乃」還帶有委婉的語氣，等於是說在表達肯定的同時，再加上一點不確定的揣測來達到語氣和緩的目的，若屬反問句，就失去了委婉的語氣，故此句介於測度和反問句之間，但偏向測度問句多一些。〔註138〕

「毋乃猷心是不足也乎？」像是政治語言的用法，表面上看來是反問句，但實際上帶有委婉的語氣，一方面表達肯定，另一方面也帶有不確定的揣測。筆者進一步將「毋乃」釋為「豈不是」，如《上博二・魯邦大旱》簡一：「邦大旱，毋乃失諸刑與德乎？」《禮記・檀弓下》云：「君反其國而有私也，毋乃不可乎！」〔註139〕《漢書・董仲舒傳》云：「今廢先王德教之官，而獨任

〔註135〕伊諾：〈清華柒《子犯子餘》集釋〉，復旦網，2018 年 1 月 18 日（2019 年 7 月 3 日上網）。

〔註136〕李宥婕：《清華大學藏戰國竹簡（柒）・子犯子餘》集釋》，頁 33～34。

〔註137〕金宇祥：《戰國竹簡晉國史料研究》，頁 54。

〔註138〕金宇祥：《戰國竹簡晉國史料研究》，頁 116。

〔註139〕李學勤主編；《十三經注疏》整理委員會整理：《禮記正義》，頁 343。

執法之吏治民，毋乃任刑之意與！」〔註140〕可參。因此下面的「猷心」應為名詞，而非 ee 將「猷」視為助詞，更非釋作「還是」。

其次，關於「猷」，楚文字可見，如「」（上博三·周易·14）、「」（清華壹·楚居·16）、「」（清華叁·芮良夫毖·3）、「」（清華伍·湯處於湯丘·5）、「」（清華陸·鄭武夫人規孺子·11），左半字形的下方和此處「猷」一樣裡面皆是二橫筆，字形相同。對於此處，原整理者釋作「圖謀」，羅小虎、伊諾、李宥婕、金宇祥從之；ee 讀作「猷」，釋作「還是」，子居從之。筆者從原整理者說法，將「猷」釋作「圖謀」，亦如「謀略、計劃」，此為《尚書》常用的字詞，《尚書·盤庚上》云：「各長于厥居，勉出乃力，聽予一人之作猷。」孔穎達疏：「聽從遷徙之謀。」〔註141〕又如《清華壹·耆夜》簡七：「毖精謀猷」〔註142〕，《清華叁·芮良夫毖》簡三：「迪求聖人，以申爾謀猷」及簡十一「謀猷為戒」，〔註143〕由此可證戰國文字還是有讀為「猷」的寫法，並且都和「謀」連讀，代表「謀」和「猷」詞意接近。子居云：「戰國末期『猷』字基本都是用為『猶』，此處當也讀為『猶』」，可以排除。總的來說，「猷」為「計畫」、「圖謀」之義。羅小虎認為「心」在此表示「思慮」之義，並引《爾雅·釋言》：「謀，心也。」王引之經義述文：「心者，思也。」及《呂氏春秋·精諭》：「紂雖多心，弗能知矣。」為證，再將「猷心」解釋為謀心，謀劃的思慮、心思，筆者從之。筆者認為「猷」和「心」兩者皆表示心理活動，意義相近，故於此連用。雖然於古籍未可見其用例，筆者認為此處的「猷心」為秦穆公用來稱呼重耳的圖謀之心。

其三，關於「忌」字在本篇有兩種寫法，筆者整理如下：

〔註140〕（東漢）班固撰；（唐）顏師古注：《漢書》（北京：中華書局，1962 年），頁 2502。

〔註141〕李學勤主編：《十三經注疏》整理委員會整理：《尚書正義》，頁 278。

〔註142〕李學勤主編：《清華大學藏戰國竹簡（壹）》（上海：中西書局，2010 年），頁 150。

〔註143〕李學勤主編：《清華大學藏戰國竹簡（叁）》（上海：中西書局，2013 年），頁 145。

簡 2	簡 8	簡 10	簡 10	簡 7
左側有曲筆				左側無曲筆

由上表可以發現，可依「是」字的左側有無曲筆來分為二類，這二類都是楚簡常見的寫法，在同一篇竹簡中可以同時見得這二種寫法的「是」，可以發現戰國文字的多元樣貌。另外關於「是」的釋讀，筆者將上述學者的說法整理如下：

1. 讀為「寔」。暮四郎主之、羅小虎、伊諾、李宥婕、金宇祥從之。

2. 讀為「實」。ee 主之。

這兩種說法其實是相同的，因為「寔」是「實」的異體字，《說文解字注》云：「古多有以實為寔者，……實寔同聲，故相假借耳。」〔註144〕然而，筆者則認為「」可直接照本字讀為「是」，表示「加重語氣之詞」，文字通假不用再往外延伸，如《尚書‧金縢》云：「史乃冊祝曰：『惟爾元孫某，遘厲虐疾。若爾三王，是有丕子之責于天，以旦代某之身。……』」〔註145〕可參。

其四，關於「趀」，簡文「」在出土文獻中可見「」（夫趀申鼎 / NA1250）、「」（兆域圖銅版 / 集成 10478）、「」（包山‧2‧162）、「」（新蔡‧193）、「」（侯馬盟書：326）、「」（清華壹‧程寤‧9）。古文字中有「趒」，為「趀」異體，如《楚文字編》云：「趒，或作趀。」〔註146〕《說文解字‧走部》云：「從走，次聲。」〔註147〕《戰國古文字典》云：「從足，次聲（或次省聲）。字書作趀」。〔註148〕「趀」在夫趀申鼎中表示人名，在侯馬盟書中，屬單字人名。在包山簡中「趀」也釋作人名。〔註149〕

〔註144〕（東漢）許慎著；（清）段玉裁注：《說文解字注》，頁 339。

〔註145〕李學勤主編；《十三經注疏》整理委員會整理：《尚書正義》，頁 395～396。

〔註146〕李守奎：《楚文字編》（上海：華東師範大學出版社，2003 年），頁 80。

〔註147〕（東漢）許慎著；（清）段玉裁注：《說文解字注》，頁 65～66。

〔註148〕何琳儀：《戰國古文字典：戰國文字聲系》（北京：中華書局，1998 年），頁 1255。

〔註149〕曾憲通、陳偉武主編；楊澤生編撰：《出土戰國文獻字詞集釋》（北京：中華書局，

朱德熙及裘錫圭認為「」（兆域圖銅版／集成 10478）從欠足聲，當讀為「足」，黃盛璋則認為銘文該字從足欠聲，讀為「坎」，何琳儀則改釋「跂」，讀為「埅」，釋為「火燒」。〔註 150〕曾志雄認為一般都視為「足」之假借字；何琳儀認為從足次聲（或次省聲）；黃德寬認為從足次聲（或次省聲），為「趑」的異體；張道升認為從欠足聲，有的加止形，並且上移訛變。〔註 151〕《出土戰國文獻字詞集釋》中的按語提到「跂」讀為「足」。〔註 152〕《清華壹・程寤》簡 9 文例「愛日不跂（足）」，原整理者認為即「足」字，李學勤將該文例釋作「惜日之短」，劉洪濤認為戰國楚系文字「跂」從欠足聲，為「足」的異體字，〔註 153〕王瑜楨亦讀作「足」，並將文例釋作「要珍惜日子，日子不夠用」。〔註 154〕綜上所述，筆者認為「跂」、「趑」、「跂」、「趑」皆為一字之異體，古文字中「次」、「欠」作為偏旁可以通用，〔註 155〕所以此處從足從欠的字，「足」視為聲符，「欠」為意符，從欠足聲，在此處依照前後文意的釋讀，假借為「足」，表示「充足、足夠」的意思。

　　其五，簡文「」為从「口」「虍」聲之字，讀為「乎」，表示疑問詞。

在戰國文字中，關於疑問詞「乎」的寫法，高佑仁師將其分為八類，其中一類就是从「口」作「唬」，出現於〈孔子詩論〉、〈容成氏〉、〈成之聞之〉、〈郭店・民之父母〉、〈仲弓〉、〈相邦之道〉等簡中。〔註 156〕是故，本篇此字可再作為一證。綜上所述，簡文此句解讀為：「難道圖謀之心不夠嗎？」

2018 年），卷八，頁 4394。

〔註 150〕曾憲通、陳偉武主編；楊澤生編撰：《出土戰國文獻字詞集釋》，卷八，頁 4394～4935。

〔註 151〕張道升：《侯馬盟書文字研究（上）》（新北：花木蘭文化出版社，2014 年），頁 184～185。

〔註 152〕曾憲通、陳偉武主編；楊澤生編撰：《出土戰國文獻字詞集釋》，卷八，頁 4936。

〔註 153〕季旭昇主編；王瑜楨等合撰：《《清華大學藏戰國竹簡（壹）》讀本》（臺北：藝文印書館股份有限公司，2013 年），頁 72。

〔註 154〕季旭昇主編；王瑜楨等合撰：《《清華大學藏戰國竹簡（壹）》讀本》，頁 37～38。

〔註 155〕曾憲通、陳偉武主編；楊澤生編撰：《出土戰國文獻字詞集釋》，卷八，頁 4935。

〔註 156〕高佑仁師：《《上海博物館藏戰國楚竹簡（四）曹沫之陣》研究（下）》，頁 362～363。

〔七〕子軛（犯）合（答）曰：「誠女（如）宔（主）君之言▼。

子	軛	合	曰	誠
女	宔	君	之	言

子居：「誠如」或「誠若」于傳世文獻所見皆不早于戰國末期，因此當可推測，清華簡《子犯子餘》很可能也是在戰國末期成文的。泛稱「主君」為戰國才形成的稱謂習慣。因此這就說明，《子犯子餘》篇當是戰國時期成文的。〔註157〕

金宇祥：季師旭昇指導時認為此句「誠如主君之言」和後句「主如曰：『疾利焉不足？』」兩處的「主」指主人，即《孟子‧萬章》：

> 萬章問曰：「或謂孔子於衛主癰疽，於齊主侍人瘠環，有諸乎？」孟子曰：「否，不然也。好事者為之也。於衛主顏讎由。彌子之妻與子路之妻，兄弟也。彌子謂子路曰：『孔子主我，衛卿可得也。』子路以告。孔子曰：『有命。』孔子進以禮，退以義，得之不得曰『有命』。而主癰疽與侍人瘠環，是無義無命也。孔子不悅於魯、衛，遭宋桓司馬將要而殺之，微服而過宋。是時孔子當阨，主司城貞子，為陳侯周臣。吾聞觀近臣，以其所為主；觀遠臣，以其所主。若孔子主癰疽與侍人瘠環，何以為孔子？」

當中「吾聞觀近臣，以其所為主；觀遠臣，以其所主。」的「主」。〔註158〕

鼎倫謹案：在春秋時，周王室的尊嚴逐漸衰萎，各諸侯國開始稱呼自己或是對方的領袖為「主君」，因此筆者認為這裡的「主君」指「諸侯間互相稱呼的主國之君」。然而子居云：「泛稱『主君』為戰國才形成的稱謂習慣」，此

〔註157〕子居：〈清華簡七《子犯子餘》韻讀〉，中國先秦史網站，2017 年 10 月 28 日（2019 年 7 月 9 日上網）。

〔註158〕金宇祥：《戰國竹簡晉國史料研究》，頁 54～55。

說有誤，因為在先秦文獻中可以見得「主君」的用例，如《墨子・貴義》云：「且主君亦嘗聞湯之說乎」，〔註159〕《墨子・魯問》云：「吾願主君之合其志功而觀焉」，〔註160〕可參。是以，不能以此斷定本篇簡文是在戰國時期成文的。因此，簡文此句解讀為：「子犯回答說：『真的就像是君主您所說的一樣。……』」。

〔八〕虗（吾）宔（主）好定（正）而敬訂（信），

| 虗 | 宔 | 好 | 定 | 而 | 敬 | 訂 |

原整理者：定，《說文》：「安也。」此處指定身、安身。《左傳》文公五年：「犯而聚怨，不可以定身。」敬信，慎重而守信。《韓非子・飾邪》：「賞罰敬信。」好定指品性，敬信指行為。《國語・晉語二》：「定身以行事謂之信。」〔註161〕

厚予：「好定」當讀為「好正」，正、定通假古書習見，「好正」亦習見。〔註162〕

趙嘉仁：「好定」並非指「定身」、「安神」，「好定」應讀為「好正」。「定」字從「正」得聲，「定」自然可以讀「正」。「好正」的「好」表示的是物性的一種趨向，「正」就是「正直」、「質直」的「正」。《管子・水地》說：「宋之水，輕勁而清，故其民閑易而好正。」《呂氏春秋・期賢》謂：「於是國人皆喜，相與誦之曰：「吾君好正，段干木之敬；吾君好忠，段干木之隆。」作為兩種品性，「正直」和「忠信」密切相關，只有「正直」，才能「忠信」，所以典籍中兩者往往並提。《潛夫論・忠貴》說：「然衰國危君繼踵不絕者，豈世無忠信正直之士哉？誠苦忠信正直之道不得行爾。」《漢書》卷九八《元

〔註159〕（清）孫詒讓撰；孫啟治點校：《墨子閒詁》（北京：中華書局，2001年），頁441。

〔註160〕（清）孫詒讓撰；孫啟治點校：《墨子閒詁》，頁472。

〔註161〕李學勤主編：《清華大學藏戰國竹簡（柒）》，頁94。

〔註162〕見武漢網「簡帛論壇」〈清華七《子犯子餘》初讀〉19樓，2017年4月24日（2019年6月23日上網）。

后傳》:「于是章奏封事,薦中山孝王舅琅邪太守馮野王『先帝時曆二卿,忠信質直,知謀有餘。』」上引《呂氏春秋》之例也是「好正」緊接著「敬」,可以充分說明「正」與「忠信」的關係。〔註163〕

子居:「定」當讀為「正」,網友趙嘉仁《讀清華簡(七)散札》已指出。「好正」在傳世文獻中始見於戰國末期,「敬信」於先秦傳世文獻更是只見於《韓非子·飾邪》:「賞罰敬信,民雖寡,強」。因此《子犯子餘》稱「好正而敬信」,同樣說明其最可能成文於戰國末期。〔註164〕

伊諾:趙說可從。〔註165〕

袁證:此句乃子犯對秦穆公的回應,目的是要打消其疑慮,故「定」若訓安,恐不合語境。當依諸位學者意見改讀「正」。〔註166〕

李宥婕:整理者將「定」釋為「定身、安身」;「敬信」釋為「慎重而守信」。然「好定而敬信」應看為並列關係:「好定」對「敬信」,其中「好、敬」皆為動詞,「定、信」皆為良好品行。《說文》:「定,安也。从宀,从正。」依《帛甲老子·道經》:「不辱以情(靜),天地將自正(定)。」見「正」、「定」可通假。依厚予將「好定」讀為「好正」,用法同於《呂氏春秋·期賢》:「於是君請相之,段干木不肯受。則君乃致祿百萬,而時往館之。於是國人皆喜,相與誦之曰:『吾君好正,段干木之敬;吾君好忠,段干木之隆。』」、《列女傳·仁智·晉羊叔姬》:「羊舌子好正,不容於晉,去而之三室之邑。三室之邑人相與攘羊而遺之,羊舌子不受。」以上二處「正」,皆可視為廉正,廉潔。據此,「好定」則可解釋為愛好廉正,並可以呼應下文「不秉禍利」。「敬」則可參照《禮記·祭統》:「身致其誠信,誠信之謂盡,盡之謂敬,敬盡然後可以事神明,此祭之道也。」中用法。「敬信」即指「盡誠信」。據此,「好定而敬信」在此以重耳的美好品行為愛好廉正並且敬盡誠信,為子犯駁斥秦穆公詰

〔註163〕趙嘉仁:〈讀清華簡(七)散札(草稿)〉,復旦大學出土文獻與古文字研究中心網學術討論區,2017年4月24日(2019年7月15日上網)。

〔註164〕子居:〈清華簡七《子犯子餘》韻讀〉,中國先秦史網站,2017年10月28日(2019年7月9日上網)。

〔註165〕伊諾:〈清華柒《子犯子餘》集釋〉,復旦網,2018年1月18日(2019年7月3日上網)。

〔註166〕袁證:《清華簡《子犯子餘》等三篇集釋及若干問題研究》,頁15。

問的開端。〔註167〕

　　金宇祥：典籍中「好定」見《管子·形勢》：「有聞道而好定萬物者，天下之配也。」「好定」意思接近「善於安定、支配」，重耳此時還談不上治理國家，故此處「好定」應讀為「好正」，如《呂氏春秋·期賢》：「吾君好正，段干木之敬。吾君好忠，段干木之隆。」《管子·水地》：「宋之水，輕勁而清，故其民閒易而好正。」意思是喜好正直。〔註168〕

　　鼎倫謹案：首先，關於「定」，原考釋者釋作「定身、安身」；厚予讀作「正」，趙嘉仁從之，釋作「正直」，子居、伊諾、袁證、李宥婕、金宇祥從之。金宇祥引《管子·形勢》：「有聞道而好定萬物者，天下之配也。」解釋倘若讀作「好定」，其意義則接近「善於安定、支配」，但是重耳此時還沒有治理國家，所以「好定」一詞不太貼切。筆者亦贊成將「定」讀作「正」，釋作「正直」的說法，用例如學者引《呂氏春秋·期賢》、《管子·水地》，還有《管子·權脩》云：「凡牧民者，欲民之正也。欲民之正，則微邪不可不禁也。」〔註169〕可參。《古字通假會典》云「定」與「正」可相互通假。〔註170〕筆者認為「好」可釋作「表示物性或事理的傾向」，如《爾雅·釋草》云：「竹萹蓄」，晉郭璞注：「似小藜，赤莖節，好生道旁」。〔註171〕雖然「好正」一詞始可見於戰國時期的文獻，但也不能如子居所言斷定成文時間為戰國末期。

　　其次，關於「敬信」，原整理者釋作「慎重而守信」；李宥婕「敬盡誠信」。「敬」與「信」於古籍中時常並舉，如《禮記·檀弓下》云：「有虞氏未施信於民，而民信之。夏后氏未施敬於民，而民敬之。」〔註172〕《禮記·禮器》云：「故作事不以禮，弗之敬矣；出言不以禮，弗之信矣。」〔註173〕《禮記·郊特牲》云：「大夫執圭而使，所以申信也。不敢私覿，所以致敬也。」〔註174〕《左

〔註167〕李宥婕：《〈清華大學藏戰國竹簡（柒）·子犯子餘〉集釋》，頁33～34。

〔註168〕金宇祥：《戰國竹簡晉國史料研究》，頁55。

〔註169〕黎翔鳳撰；梁運華整理：《管子校注》（北京：中華書局，2004年），頁56。

〔註170〕高亨：《古字通假會典》（北京：齊魯書社，1989年），頁60。

〔註171〕李學勤主編；《十三經注疏》整理委員會整理：《爾雅注疏》（北京：北京大學出版社，2000年），頁265。

〔註172〕李學勤主編；《十三經注疏》整理委員會整理：《禮記正義》，頁363。

〔註173〕李學勤主編；《十三經注疏》整理委員會整理：《禮記正義》，頁875。

〔註174〕李學勤主編；《十三經注疏》整理委員會整理：《禮記正義》，頁908。

傳・文公十八年》云：「孝、敬、忠、信為吉德」〔註175〕、《論語・學而》云：「敬事而信」，包曰：「為國者，舉事必敬慎，與民必敬信。」〔註176〕《論語・衛靈公》云：「言忠信，行篤敬」，〔註177〕可參。「敬」在文例中為名詞，表示「嚴肅」。「信」在先秦時期是君臣間重要的操守標準，表示「誠信」。〔註178〕在簡文中「敬信」和「好正」相對，「好」和「敬」皆為動詞，「正」為「正直」，「信」為「誠信」。綜上所述，「好正而敬信」可解釋為「個性正直而且謹慎誠信」。

〔九〕不秉禨（禍）利身，不忍人，古（故）走去之【二】，

| 不 | 秉 | 禨 | 利 | 身 | 不 |
| 忍 | 人 | 古 | 走 | 去 | 之 |

原整理者：秉，《逸周書・謚法》：「順也。」《國語・晉語二》「吾秉君以殺大子」，王引之《經義述聞》：「吾順君之意以殺大子。」身，自身。不忍人，《國語・晉語一》「而大志重，又不忍人」，韋昭注：「不忍施惡於人。」〔註179〕

趙嘉仁：「秉」應用為「稟」。典籍中「秉」、「稟」相通很常見。「稟」謂「領受」、「承受」也。「禍利」意為因禍而生之利，這裡的禍具體即指晉國驪姬之亂。「不秉（稟）禍利」是說公子重耳不承受因晉國之亂帶來的好處。也就是不藉禍占便宜的意思。

〔註175〕李學勤主編；《十三經注疏》整理委員會整理：《春秋左傳正義》，頁663。

〔註176〕李學勤主編；《十三經注疏》整理委員會整理：《論語注疏》（北京：北京大學出版社，2000年），頁5。

〔註177〕李學勤主編；《十三經注疏》整理委員會整理：《論語注疏》，頁236。

〔註178〕洪鼎倫：〈《左傳》「忠」、「信」考〉，《第38屆南區八校中文系碩博士論文研討會會議論文集》（屏東：屏東大學，2018年1月），頁6、頁18。

〔註179〕李學勤主編：《清華大學藏戰國竹簡（柒）》，頁94。

「身不忍人」注釋引韋昭注：「不忍施惡於人。」不妥。韋昭注是隨文施注，並不貼切。且很顯然韋注是把「忍」訓為「忍心」之「忍」了。這裡的「忍人」的「忍」就是殘忍的「忍」。「身不忍人」就是「身不殘忍」的意思。……《子犯子餘》篇【說明】中的「陳說重耳的流亡是不順遂禍患私利的發生而『節中於天』的行為」一句，「順遂」和「私利」都是因為誤解簡文中的「秉」和「利」兩字而生發出來的，看來也應該加以改正。〔註180〕

紫竹道人：「秉禍利」似不辭，「不忍人」前加「身」亦無必要，因為此句主語本即「吾主」。按此句當斷作「不秉禍利身，不忍人」。「秉禍」與「利身」結構相同，「利身」與「忍人」相對。大意是說吾主既不願順禍利己，又不願殘忍於人，所以去國。〔註181〕

劉釗：釋文中個別文字的讀法和斷句根據筆者的理解略有改動：

> 誠如主君之言，吾主好定（正）而敬信，不秉禍利，身不忍人，故走去之，以即中（衷）於天。主如曰疾利，焉不足？誠我主，故弗秉！

「不秉禍利」的「秉」就應該訓為秉持之「秉」，如果從所秉之事來自天之所賜出發，還可以將「秉」讀為「稟」，義為「承受」。「不秉禍利」中的「禍利」不是並列關係，「禍」是修飾「利」的，「不秉禍利」就是「不持有或不承受因禍帶來的利益」的意思。鄔可晶先生認為「不秉禍利，身不忍人」中的「身」字應屬上讀，作「不秉禍利身，不忍人。」視「秉禍」和「利身」為兩個動賓結構。但是如此斷讀，一是「秉禍」的說法不見於典籍，文義也不好講，而「秉利」的說法則見於典籍和出土文獻。《國語·吳語》載越王勾踐的話說：「夫諺曰：『狐埋之而狐搰之，是以無成功。』今天王既封植越國，以明聞於天下，而又刈亡之，是天王之無成勞也。雖四方之諸侯，則何實以事吳？敢使下臣盡辭，唯天王秉利度義焉！」清華柒《越公其事》第十一章說：「吳王乃懼，行成，曰：『昔不穀先秉利於越，越公告孤請成，男女〔服〕……』」

〔註180〕趙嘉仁：〈讀清華簡（七）散札（草稿）〉，復旦大學出土文獻與古文字研究中心網學術討論區，2017 年 4 月 24 日（2019 年 7 月 15 日上網）。

〔註181〕見武漢網「簡帛論壇」〈清華七《子犯子餘》初讀〉25 樓，2017 年 4 月 25 日（2019 年 6 月 23 日上網）。

二是上引簡文最後的「故弗秉」的「秉」與前文的「不秉禍利」是相呼應的，否定詞「不」只對應「秉」，如果按照「不秉禍利身」斷讀，則「利」字就沒有著落了。故筆者認為還是讀為「不秉禍利，身不忍人」更為穩妥。「身不忍人」其實也並非不通，《孟子・盡心下》：「曾晳嗜羊棗，而曾子不忍食羊棗。公孫醜問曰：『膾炙與羊棗孰美？』」趙注：「羊棗，棗名也。曾子以父嗜羊棗，父沒之後，唯念其親不復食羊棗，故身不忍食也。」趙注文中的「身不忍食」與簡文的「身不忍人」句式近似，可以對比。〔註182〕

易泉：下文說到「走去之」，那麼禍、利都未曾沾身。這裡「不秉禍利身」之「秉」疑是「及」之誤。楚簡「及」寫法有接近「秉」的例子，如郭店《唐虞之道》24號簡、《語叢二》19號簡的「及」字，寫法即頗近似「秉」。「秉（及）禍」見於《史記・項羽本紀》：「公徐行即免死，疾行則及禍。」〔註183〕

羅小虎：秉，秉持。《國語》：「唯天王秉利度義焉。」「不秉禍利」，意思是說不會秉持由禍患帶來的好處。趙嘉仁先生《讀〈清華簡七〉散札》已經指出，可從。〔註184〕

子居：網友紫竹道人已指出此處「利身」當連讀，所說是。此段以信、身、人、天押真部韻。「利身」之說始見於戰國末期，如《管子・任法》、《戰國策・趙策二》、《呂氏春秋・先己》等篇皆有。「不忍人」不只是指「不忍施惡於人」，實際上還包括不忍見人受傷害，用現在的話說就是富有同情心。《左傳・僖公五年》：「公使寺人披伐蒲，重耳曰：『君父之命不校。』乃徇曰：『校者，吾讎也。』踰垣而走。披斬其袪，遂出奔翟。」《左傳・僖公二十三年》：「晉公子重耳之之於難也，晉人伐諸蒲城，蒲城人欲戰，重耳不可，曰：『保君父之命，而享其生祿，於是乎得人，有人而校，罪莫大焉，吾其奔也。』遂奔狄，從者狐偃，趙衰，顛頡，魏武子，司空季子。」對比《史記・晉世家》：「使人伐屈，屈城守，不可下。」可見，重耳雖然名義上是說「君父之

〔註182〕劉釗：〈利用清華簡（柒）校正古書一則〉，復旦網，2017年5月1日（2019年7月16日上網）。

〔註183〕見武漢網「簡帛論壇」〈清華七《子犯子餘》初讀〉69樓，2017年5月6日（2019年6月23日上網）。

〔註184〕見武漢網「簡帛論壇」〈清華七《子犯子餘》初讀〉88樓，2017年7月1日（2019年6月23日上網）。

命不校」，但去蒲不守實則還使蒲人免於戰火，因此《子犯子余》說重耳「不秉禍利身，不忍人」確有所據。〔註185〕

　　伊諾：「秉」字各家多釋為秉持之秉，或讀為「稟」，義為「承受」、「領受」。「禍利」並非並列關係，是指因禍而生之利。「不秉禍利」就是「不持有或不承受因禍（即晉國驪姬之亂）帶來的利益。」將「身不忍人」連讀可從。……故子居（2017）所謂「『不忍人』不只是指『不忍施惡於人』，實際上還包括不忍見人受傷害」之說亦不確。〔註186〕

　　袁證：當從「紫竹道人」先生意見斷作「不秉禍利身，不忍人」。此句是子犯對穆公「胡晉邦有禍，公子不能恃焉」的回應。「忍人」「不忍人」在傳世文獻中並不鮮見，如《韓非子·內儲說上》：「王太仁，太不忍人」，《史記·越王句踐世家》：「伍員貌忠而實忍人」等，「忍人」皆訓為「對人殘忍」。至於「子居」先生所言「不忍見人受傷害」之意，傳世文獻中也有文例，如《孟子·公孫丑上》：「先王有不忍人之心，斯有不忍人之政矣。」但「吾主好定而敬信，不秉禍利身」都與重耳對自身的要求有關，若「不忍人」理解為「不忍見人受傷害」，則是重耳對他人的態度，似乎在語境上不甚相符。〔註187〕

　　李宥婕：此處「不秉禍利」的「秉」字，易泉疑是「及」之誤，易泉所舉楚簡「及」寫法有接近「秉」的例子，例如：「及」在郭店竹簡中簡文作（郭·唐·15）。整理者釋為「秉」，認為乃「及」字之誤寫。李零先生謂非「秉」字，而是「及」字的古文，正史石經、《汗簡》、《古文四聲韻》中可見。李家浩先生則認為此字上部跟「秉」字有別。「秉」字的上部是「禾」字頭。原釋文將其釋為「秉」，顯然是錯誤的。其實這個字是古文「及」字，《正使石經》和《古老子》等古文「及」與此寫法相似可證。《語叢二》一九號簡有一個被釋為迖的字，此字是《說文》古文「及」第三體。上錄《唐虞之道》古文「及」，及此古文「及」的偏旁。這也可證明那個字是古文「及」，而不

〔註185〕子居：〈清華簡七《子犯子餘》韻讀〉，中國先秦史網站，2017 年 10 月 28 日（2019 年 7 月 9 日上網）。

〔註186〕伊諾：〈清華柒《子犯子餘》集釋〉，復旦網，2018 年 1 月 18 日（2019 年 7 月 3 日上網）。

〔註187〕袁證：《清華簡《子犯子餘》等三篇集釋及若干問題研究》，頁 16～17。

是「秉」。簡文中 字，很明確為上從手持禾的「秉」字，非從手觸擊人的「及」字。解釋部分，整理者訓為「順」，趙嘉仁、劉釗、羅小虎皆釋為「承受、領受」之「秉」或「稟」，紫竹道人（鄔可晶）將「身」上讀，即「順禍利己」之意。若依趙嘉仁、劉釗所謂「秉禍利」目前在文獻中尚未找到相同用法。此處應從紫竹道人（鄔可晶）認為「不秉禍利，身不忍人」中的「身」字屬上讀，作「不秉禍利身，不忍人」，視「秉禍」和「利身」為兩個動賓結構。《管子‧勢篇》：「故不犯天時，不亂民功。秉時養人。先德後刑。」其中「秉時養人」的句型結構即同於「秉禍利身」。「不秉禍利身」亦可回應「公子不能畀（持）女（焉），而走去之」的「不能畀（持）女（焉）」，《晏子春秋》：「且嬰聞君子之事君也，進不失忠，退不失行。不苟合以隱忠，可謂不失忠；不持利以傷廉，可謂不失行。」中「退不失行」的「退」可對應簡文「去走之」；「不持利以傷廉」也能對應簡文「不秉禍（禍）利身」，因為虘（吾）宔（主）「好定」尚好廉正，當然「不秉禍利身以傷廉」。故，此處「秉」字從整理者之意，釋為「順」。斷句則從紫竹道人作「不秉禍利身，不忍人」。〔註188〕

此處依紫竹道人：「不忍人」前加「身」亦無必要，因為此句主語本即「吾主」。按此句當斷作「不秉禍利身，不忍人」。「秉禍」與「利身」結構相同，「利身」與「忍人」相對。故「不忍人」可依整理者。〔註189〕

金宇祥：「身不忍人」從原考釋。「秉」字，武漢網帳號「易泉」提到 《郭店‧唐虞之道》簡24、《郭店‧語叢二》簡19的「及」字寫法接近「秉」字，但本篇簡13已有「及」字作 ，故不考慮此說。

在《清華柒‧越公其事》簡69有「昔不穀先秉利於越」一句，〈越公其事〉原考釋：「秉利於越，即第二章『越邦之利』，擁有戰勝越國之利。秉利，《國語‧吳語》作『委制』。」參考此例，「秉」字可訓為持有或擁有。「禍利」，趙嘉仁認為意為因禍而生之利，劉釗認為「禍」修飾「利」，「不秉禍利」就是「不持有或不承受因禍帶來的利益」的意思。趙、劉二人對「禍利」的理解皆可從，此處略為補充並一併討論前文「晉邦之禍」的問題。

〔註188〕李宥婕：《《清華大學藏戰國竹簡（柒）‧子犯子餘》集釋》，頁36～37。

〔註189〕李宥婕：《《清華大學藏戰國竹簡（柒）‧子犯子餘》集釋》，頁38。

「禍利」，典籍中較常見「禍」與「福」；「利」與「害」對舉，「禍利」十分少見，但仍有幾例或可為證：

> 《左傳·昭公二十七年》：「鄢氏、費氏自以為王，專禍楚國，弱寡王室，蒙王與令尹以自利也，令尹盡信之矣，國將如何？」
>
> 《戰國策·魏三》：「王欲得故地，而今負強秦之禍也，王以為利乎？」
>
> 《管子·侈靡》：「眾而約寡，取而言讓，行陰而言陽。利人之有禍，害人之無患，吾欲獨有是，若何！」

其中《管子·侈靡》：「利人之有禍」，尹知章注：「謂因禍而生利。」此說便與簡文「禍利」之意十分貼近。

前文認為「晉邦之禍」的「禍」非「驪姬之亂」。原因是此處簡文「不秉禍利」的「禍」與「晉邦之禍」呼應，而「驪姬之亂」的結果是申生自縊於新城，重耳奔蒲，夷吾奔屈。然後奚齊立為太子。對於重耳而言，還怕逃不出晉國了，怎麼會有「禍利」可圖？而驪姬的權力來源是晉獻公，此時晉獻公尚在世，重耳也沒有機會奪權。所以此「禍」非「驪姬之亂」，可能是「里丕之亂」見於《左傳·僖公九年》、《國語·晉語二》、《史記·晉世家》等典籍，里克、丕鄭二人於晉獻公死後，便以三公子的名義舉亂，殺了奚齊、公子卓和驪姬。之後里丕二人便要請重耳回國，但重耳聽從舅犯所言而沒有回國，此事見《國語·晉語二》……從《國語·晉語二》的記載可知，里克和丕鄭以「得國在亂」請重耳回國，重耳原本也認為這是回國的好機會，但在舅犯勸阻後，轉為同意舅犯所說不能「因亂以入」。而「得國在亂」或「因亂以入」即是簡文所說的「禍利」。或者擴大範圍來說，此禍指從驪姬至里丕所發生的亂事。

從秦穆公問子犯、子餘二人的問題來看，穆公一開始的想法應和重耳相同，亦認為在晉國動亂時，這是一個回國的好機會，但是為什麼重耳不趁此時機回國呢？穆公有此疑問於是詢問子犯和子餘，而在聽完子犯和子餘的回答後，也認同重耳為何婉拒回國。〔註190〕

鼎倫謹案：首先，關於學者們對於「不秉禍利身不忍人」的斷句說法，可

分為二類，整理如下：

1. 「不秉禍利，身不忍人」：原整理者主之，趙嘉仁、劉釗、羅小虎、伊諾、金宇祥從之。〔註191〕

2. 「不秉禍利身，不忍人」：紫竹道人主之，易泉、子居、袁證、李宥婕從之。

支持第一種說法「不秉禍利，身不忍人」的學者們大多將「禍利」視作「因禍而生之利」，「利」是隨著「禍」而來，重點在於「利」。支持第二種說法「不秉禍利身，不忍人」的學者則認為「秉禍」與「利身」結構相同，「利身」與「忍人」相對。筆者認為第一種說法「不秉禍利，身不忍人」會有一些問題。第一，如紫竹道人所說「秉禍利」似不辭，也如李宥婕所說「秉禍利」目前在文獻中尚未找到相同用法。此外，筆者認為「禍利」視作「因禍而生之利」有增字解釋之虞。第二，如紫竹道人所說「不忍人」前加「身」亦無必要，因為如袁證所說「不忍人」於傳世文獻中可見，而且筆者認為三個字表達的意義和「身不忍人」四字所表達的意義相同，所以如果在「不忍人」前加上「身」貌似冗贅。筆者認為第二種說法「不秉禍利身，不忍人」於斷讀理解上較通順，原因有二：第一，如子居所說「利身」之例可見傳世文獻記載；第二，「不秉禍利身」的重點會在「利身」，如李宥婕所說可回應「公子不能弄焉，而走去之」。

其次，關於「秉」的釋讀，大致上有四種說法，筆者先將學者意見整理成表格，如下：

順	稟、承受	及的誤寫	持有、擁有
原整理者主之，紫竹道人、李宥婕從之。	趙嘉仁主之，劉釗、羅小虎、伊諾從之。	易泉主之	金宇祥主之

第一，「秉」釋作「承受」、「持有」之義時，斷句都是「不秉禍利」，解讀成「不承受因禍而得的利益」，筆者認為於文不辭，「禍」字無法妥善表達其意思。第二，易泉認為「秉」是「及」之誤，筆者認為不妥當，因為直接照本字釋讀即可，不用再去思考誤寫。如李宥婕所說「![秉]」很明確為「秉」字，也如金宇祥所說本篇簡13已有「及」字作「![及]」，易泉的說法是偏向齊魯文字，如「![秉]」

〔註191〕金宇祥：《戰國竹簡晉國史料研究》，頁56。

（郭店・唐虞之道・24）、「」（中山王鼎）。但〈子犯子餘〉大多文字屬於楚文字的風格，所以易泉說法於此不合適。是以，筆者認為「秉」釋作「順」、「依循」之意，從原整理者的說法。「不秉禍利身」是指重耳不隨著禍亂圖利自身。

　　其三，關於「不忍人」，原考釋者引《國語・晉語一》韋昭注，釋為「不忍施惡於人。」筆者認為解釋中的「施惡」可能是過多的解釋，是故不妥。趙嘉仁釋為「不願殘忍於人」，認為這裡的「忍人」的「忍」就是殘忍的「忍」，紫竹道人、劉釗、伊諾及袁證皆從之，筆者亦從之。「忍人」的用法可見《左傳・文公元年》：「且是人也，蠭目而豺聲，忍人也」杜預注：「能忍行不義。」〔註192〕《韓非子・內儲說上》：「王太仁於薛公，而太不忍於諸田。太仁薛公則大臣無重，太不忍諸田則父兄犯法。」〔註193〕《孟子・公孫丑上》：「人皆有不忍人之心。先王有不忍人之心，斯有不忍人之政矣。」〔註194〕都是用來形容君王不願殘忍於人。高佑仁師亦認為「不忍人」是「不殘害別人」之意。〔註195〕另外，子居認為是「不忍見人受傷害」之意，亦有增字解釋之虞，故不考慮。除此之外，「不秉禍利身，不忍人」和前文的「好正」相呼應。

　　其四，「古」釋為「故」，季旭昇《說文新證》：「『故也』為假借義。」〔註196〕「故」為「所以」之意。此句子犯答話「吾主好定而敬信，不秉禍利身，不忍人，故走去之」回應秦穆公先前的問話「夫晉邦有禍，公子不能异焉，而走去之」。

　　綜上所述，簡文此句解讀為：「不順隨禍亂圖利自身，也不殘害別人，所以逃離晉國」。

〔十〕以即（節）中於天。

〔註192〕李學勤主編；《十三經注疏》整理委員會整理：《春秋左傳正義》，560。

〔註193〕（清）王先慎撰；鍾哲點校：《韓非子集解》（北京：中華書局，1998 年），頁227。

〔註194〕李學勤主編；《十三經注疏》整理委員會整理：《孟子注疏》，頁112。

〔註195〕高佑仁師指導筆者時，提供此寶貴意見，2019 年 11 月 18 日。

〔註196〕季旭昇：《說文新證》，頁154。

以	即	中	於	天

原整理者：即，讀為「節」。《禮記・樂記》「好惡無節於內」，鄭玄注：「節，法度也。」節中，即折中。《楚辭・離騷》「依前聖以節中兮」，《楚辭・惜誦》「令五帝以折中兮」，朱熹《集注》：「折中，謂事理有不同者，執其兩端而折其中，若《史記》所謂『六藝折中於夫子』是也。」〔註197〕

馬楠：「即」當讀如字，不必破讀為「節」，訓為就。〔註198〕

趙嘉仁：「即」不煩改讀，就是「靠近」的意思。「節中」好理解，可為何要向天「節中」呢？我們認為還存在另一種解釋的可能，即「中」應讀為「衷」。「衷」，善也，福佑也。《書・湯誥》：「惟皇上帝，降衷於下民。」孔傳：「衷，善也。」《國語・吳語》：「今天降衷於吳，齊師受服。」又《國語・吳語》：「天舍其衷，楚師敗績，王去其國，遂至於郢。」又《國語・吳語》：「楚申包胥使于越，越王句踐問焉，曰：『吳國為不道，求殘我社稷宗廟，以為平原，弗使血食。吾欲与之徼天之衷，唯是車馬、兵甲、卒伍既具，無以行之。』」可見天可「降衷」、「舍衷」，人還可以向天「徼衷」。因此「即衷於天」就是「向天靠近善」的意思。「靠近善」，與前邊所說公子重耳的「正直忠信」、「不忍人」等品性正相呼應。〔註199〕

羅小虎：「即」可釋讀為「冀」，希冀、希望、冀幸。即，精母質部；冀，精母脂部。脂質對轉，二字音近可通。中，在古代有「適合、適應、對應」之義。如《論語・微子》：「言中倫，行中慮。」中於天，其意與「合諸天道」、「順天之道」等意思相近：《禮記・祭義》：「是故君子合諸天道，春禘秋嘗。」《呂氏春秋・孟秋紀・懷寵》：「以除民之讎而順天之道也。」《論衡・辯祟篇》：「道德仁義，天之道也。」晉文公不秉禍利身，不忍人，正是有仁義的表現。

〔註197〕李學勤主編：《清華大學藏戰國竹簡（柒）》，頁94。

〔註198〕清華大學出土文獻讀書會（石小力整理）：〈清華七整理報告補正〉，清華網，2017年4月23日（2019年7月10日上網）。

〔註199〕趙嘉仁：〈讀清華簡（七）散札（草稿）〉，復旦大學出土文獻與古文字研究中心網學術討論區，2017年4月24日（2019年7月15日上網）。

所以離開晉國，從而希望能夠順應、合乎天道。〔註200〕

子居：整理者所說，實際上並不能合理解釋後面的「於天」二字。馬楠即指出：「『即』當讀如字，不必破讀為「節」，訓為『就』。」趙嘉仁《讀清華簡（七）散札》又指出「中」當讀為「衷」，所說皆是。《左傳·僖公二十八年》：「今天誘其衷，使皆降心以相從也。」《左傳·成公十三年》：「天誘其衷，成王隕命。」《左傳·襄公二十五年》：「天誘其衷，啟敝邑之心。」《左傳·定公四年》：「天誘其衷，致罰於楚。」《左傳·哀公十六年》：「天誘其衷，獲嗣守封焉。」等等皆是其例。「衷」雖然在很多舊注中皆說就是「中」，但由上舉諸例及《國語·周語上》：「考中度衷以蒞之，昭明物則以訓之。」可見，二者顯然有別，「衷」在多數情況下都是指內心，《子犯子餘》此處也當訓為內心。〔註201〕

伊諾：羅小虎將「即」讀為「希冀、希望」，破讀稍遠。我們從馬楠、趙嘉仁之說。〔註202〕

李宥婕：以，可釋為「使、令」。如《書·君奭》：「我不以後人迷。」《戰國策·秦策一》：「向欲以齊事王攻宋也。」高誘注：「以，猶使也。」「即」，從整理者讀為「節」。但應釋為人的志氣、操守、節操、氣節，例如《左傳·成公十五年》：「聖達節，次守節，下失節。」《楚辭·離騷》：「汝何博謇而好脩兮，紛獨有此姱節。」《說苑·立節》：「夫士之所恥者，天下舉忠而士不與焉，舉信而士不與焉，舉廉而士不與焉；三者在乎身，名傳於後世，與日月並而不息，雖無道之世不能污焉。」《說苑·立節》中可見「節」包含「忠、信、廉」，正可呼應簡文中「虗（吾）宔（主）好定而敬訏（信）」的「定、訏」。「中」可釋「符合」，如《管子·四時》：「不中者死，失理者亡。」伊之章注：「中猶合也。不合三政者則死。」「天」即天道。猶《孔子家語·哀攻問政》：「誠者、天之道也；誠之者、人之道也。」「中於天」句型同於《後漢書·梁

〔註200〕見武漢網「簡帛論壇」〈清華七《子犯子餘》初讀〉109樓，2017年11月7日（2019年6月23日上網）。

〔註201〕子居：〈清華簡七《子犯子餘》韻讀〉，中國先秦史網站，2017年10月28日（2019年7月9日上網）。

〔註202〕伊諾：〈清華柒《子犯子餘》集釋〉，復旦網，2018年1月18日（2019年7月3日上網）。

統列傳》：「夫宰相運動樞極，感會天人，中於道則易以興政，乖於務則難乎御物。」的「中於道」。據此，「以即（節）中於天」即「使其節操符合天道」。〔註203〕

金宇祥：「節中」即「折中」，原考釋已有例證，意為「取正，用為判斷事物的準則」，故「以即（節）中於天」意思是「用天道做為判斷事物的準則」。〔註204〕

鼎倫謹案：關於「即」，原整理者讀為「節」，釋為「法度」，金宇祥從之，李宥婕從原整理者的讀法，但釋作「氣節」；馬楠讀如本字，訓為「就」，趙嘉仁也讀如本字，釋作「靠近」，子居、伊諾從之；羅小虎讀為「冀」，釋為「希冀」。筆者認為讀如本字的說法不妥，因為此句有「以」，是用來承接前文「吾主好定而敬信，不秉禍利身，不忍人，故走去之」，筆者先將「以」釋為「則」，用例如《國語・吳語》云：「今大夫老，而又不自安恬逸，而處以念惡，出則罪吾眾。」韋昭注：「居則念為惡於吳國。」〔註205〕《文子・上義》云：「故有道以御人，無道則制於人矣。」〔註206〕由此可知，「則」和「就」二字意思接近，因此「即」訓為「就」的說法可排除。此外，羅小虎認為「即」讀為「冀」，釋為「希望」；「中」釋為「適合、適應、對應」。筆者認為若「以即中於天」解讀為「希望能順應天道」，必定會忽略掉簡文「以……於……」之句式，不妥，故可不考慮此說。

總的來說，筆者贊成原整理者的說法，引《楚辭・離騷》、《楚辭・惜誦》將「節中」釋為「折中」。筆者在補充文例如《楚辭・離騷》：「依前聖以節中兮，喟憑心而歷茲。」林雲銘注：「節，折中，乃持本之意。」〔註207〕根據簡文所述，重耳不圖利自己也不殘害於人民，所以離開晉國，也因此子犯說重耳的行為舉止為折中、持平。「即」的上古音為「精紐沒部」〔註208〕和「節」的上古

〔註203〕李宥婕：《《清華大學藏戰國竹簡（柒）・子犯子餘》集釋》，頁41。

〔註204〕金宇祥：《戰國竹簡晉國史料研究》，頁58。

〔註205〕徐元誥撰；王樹民、沈長雲點校：《國語集解》，頁544。

〔註206〕王利器：《文子疏義》（北京：中華書局，2000年），頁467。

〔註207〕（清）林雲銘著；劉樹勝校勘：《楚辭燈校勘》（保定：河北大學出版社，2012年），頁7。

〔註208〕（東漢）許慎撰；（清）段玉裁注；李添富總校訂：《新添古音說文解字注》，頁219。

音「精紐質部」〔註209〕聲紐相同，韻部旁轉，因此二字可相通。「於天」意涵為將判斷的準則交給天。除此之外，黃聖松師認為「以節中於天」亦可解讀作「以即天衷」，意為「就符合天衷」，筆者此說亦可通。〔註210〕因此，筆者亦贊同黃聖松師及金宇祥的釋讀，將此句解讀為：「用天道作為判斷（判斷晉國國君將會是誰）」。

〔十一〕宔（主）女（如）曰疾利女（焉）不跂（足），誠我宔（主）
　　　　古（固）弗秉▼。」

宔	女	曰	疾	利
女	不	跂	誠	我
宔	古	弗	秉	

原整理者：疾，《左傳》昭公九年「辰在子卯，謂之疾日」，杜預注：「疾，惡也。」焉，《墨子・非攻下》「焉率天下之百姓」，孫詒讓《閒詁》：「戴云『焉猶乃也』。」「疾利焉不足」與上文「不秉禍利」呼應。弗秉，即上文「不秉禍利」的略語。〔註211〕

馬楠：疾當訓為急。雖然「秉」下有斷讀符號，但「省（少）公」不辭，「省（少）」似當上屬為句。《論語義疏》引顏延之有「秉小居薄」之語。「秉小」與「秉」文義相類，猶《國語》所謂「以喪得國」。也可以破讀為從小、少、肖得聲的表示負面意義的名詞，如「痟」等。句謂主（秦穆公）若謂我

〔註209〕（東漢）許慎撰；（清）段玉裁注；李添富總校訂：《新添古音說文解字注》，頁191。

〔註210〕黃聖松師在筆者學位口試當天指點此寶貴意見，2019年12月23日。

〔註211〕李學勤主編：《清華大學藏戰國竹簡（柒）》，頁95。

主（重耳）趨利不速，誠如所言，我主固不秉禍。〔註212〕

鄭邦宏：「誠我主古弗」之「古」，當讀為「固」，楚簡習見，《上博五·鬼神之明》：「抑其力古（固）不能至焉乎？」此表判斷的副詞。〔註213〕

石小力：與上文「不秉禍利」呼應的應該是「誠我主故弗秉」，「弗秉」後省略了賓語「禍」。「疾利焉不足」中的「疾」字，當訓為「急」或「速」，急利，以利為急，即眼中只有利益。如《韓非子·難四》：「千金之家，其子不仁，人之急利甚也。」本句話是子犯回應秦穆公的，大意是您如果認為我的主君對於禍利的追求不夠急切，確實我的主君沒有秉持禍亂所帶來的好處。〔註214〕

趙嘉仁：「疾利」之「利」無疑相當于「不秉禍利」之「利」，但是「焉不足」的「不足」卻是與上文提到的「母（毋）乃猷心是不跂（足）」中的「不跂（足）」相呼應。此句其實應該斷為「宔（主）女（如）曰疾利，女（焉）不跂（足）」。「焉不足」的「焉」應該用為疑問代詞，這是對秦公所謂「不跂（足）」的反駁和回應。「誠我宔（主）古（故）弗秉」一句應該斷為「誠我宔（主），古（故）弗秉。」〔註215〕

ee：簡2的「毋乃猷心是（實）不足也乎？」對應簡3的「主如曰疾利焉不足。」〔註216〕

lht：「疾利」之疾不是惡的意思，而是「力」的意思。《漢語大詞典》收有很多「疾」＋動詞的詞，很多都有相當致力於做某事，或勤奮做某事的意

〔註212〕清華大學出土文獻讀書會（石小力整理）：〈清華七整理報告補正〉，清華網，2017年4月23日（2019年7月10日上網）。

〔註213〕清華大學出土文獻讀書會（石小力整理）：〈清華七整理報告補正〉，清華網，2017年4月23日（2019年7月10日上網）。另可見鄭邦宏：〈讀清華簡（柒）札記〉，李學勤主編：《出土文獻》（第十一輯）（上海：中西書局，2017年10月），頁248。

〔註214〕清華大學出土文獻讀書會（石小力整理）：〈清華七整理報告補正〉，清華網，2017年4月23日（2019年7月10日上網）。

〔註215〕趙嘉仁：〈讀清華簡（七）散札（草稿）〉，復旦大學出土文獻與古文字研究中心網學術討論區，2017年4月24日（2019年7月15日上網）。

〔註216〕見武漢網「簡帛論壇」〈清華七《子犯子餘》初讀〉12樓，2017年4月24日（2019年6月23日上網）。

思。〔註217〕

　　悅園：「如此」係偏義複詞，「如」表示假設，「此」沒有意義。「主如此謂無良左右」，與簡3「主如曰疾利焉不足」可以對看，「主如（此）謂」即「主如曰」。因言「如」而連言「此」，「此」字只起到陪襯作用。〔註218〕

　　羅小虎：首先，這句話應點斷為：「主如曰疾利，焉不足？誠我主故弗秉。」主，指秦穆公而言。疾，亟、盡力。《楚辭·九章·惜誦》：「疾親君而無它兮，有招禍之道也。」朱熹注：「疾，猶力也。」《呂氏春秋·尊師》：「凡學，必務進業，心則無營，疾諷誦，謹司聞。」高誘注：「疾，力。」簡文中的「疾利」，即「盡力於利」，指下很大的功夫追求利益。「焉不足」的主語是「猶心」，因為前面穆公問的是「無乃猷心是不足也乎？」誠，確實。古訓「故」，可從，故意。所以，這句話可理解為，如果穆公您說的是盡力追求利益這方面的話，我們的謀慮之心怎麼會不足呢？實在是我的國君故意不秉持由禍患帶來的利益罷了。縱觀此段話，主要是說，秦穆公召見子犯，諷刺他「猶心不足」，不能輔佐重耳止晉國之禍，反而流亡它國。子犯回答說，公子重耳「不秉禍利，身不忍人」，所以「走去之」。若非如此，如果盡力追求利益的話，「猶心」怎麼會不足呢？〔註219〕

　　子居：網友lht指出所說是，「疾」當訓盡力、努力，《呂氏春秋·尊師》：「疾諷誦，謹司聞。」高誘注：「疾，力也。」「焉」相當於「之」，「疾利焉不足」就是沒有盡力於利益。前文寫秦穆公問「猷心是不足也乎」，此處子犯的回答就是一種形式上的認同。先秦傳世文獻皆稱「吾主」，未見有稱「我主」者，稱「我主」者據筆者所見，最早為古樂府《臨高臺》中的「令我主萬年」句，由此可見，清華簡《子犯子餘》篇當是非常接近口語的，而且其時間很接近漢代，因此最可能是戰國末期成文的。〔註220〕

〔註217〕見武漢網「簡帛論壇」〈清華七《子犯子餘》初讀〉35樓，2017年4月27日（2019年6月23日上網）。

〔註218〕見武漢網「簡帛論壇」〈清華七《子犯子餘》初讀〉76樓，2017年6月5日（2019年6月23日上網）。

〔註219〕見武漢網「簡帛論壇」〈清華七《子犯子餘》初讀〉102樓，2017年8月30日（2019年6月23日上網）。

〔註220〕子居：〈清華簡七《子犯子餘》韻讀〉，中國先秦史網站，2017年10月28日（2019年7月9日上網）。

　　袁證：「疾」當依「lht」先生意見訓為力。「焉」可訓為於，《孟子・盡心上》：「人莫大焉亡親戚君臣上下。」「古」可讀「故」，作「過去」講。《左傳》昭公十三年：「蔓成然故事蔡公」，杜預注：「故，猶舊也。」子犯要打消穆公對送他們一行回國的疑慮，所以他要表明：重耳過去確實在「利身」方面不足，但現在已經不是這樣了。如果讀「固」，就有一層重耳現在仍「不秉禍利身」的含義在，這樣恐怕不能令穆公放心。〔註221〕

　　李宥婕：「疾」，整理者訓為「惡」，認為「疾利焉不足」與上文「不秉禍利身」呼應。羅小虎將此句點斷為「主如曰疾利，焉不足？誠我主故弗秉。」不確。前穆公已問「公子不能㫃（持）女（焉），而走去之（七），母（毋）乃猷心是不趹（足）也虖（乎）？」若斷句為「主如曰疾利」則已與穆公所問「不能㫃（持）女（焉）」相牴觸。lht、羅小虎、子居皆將「疾」訓為「力」，如此則「疾」後應加動詞。故此處應從馬楠先生、石小力先生之說，訓為「急」。「疾利」即「急利」，以利為急。「疾利焉不足」則對應穆公認為重耳「猷心不足」的詰問句。〔註222〕

　　馬楠先生認為此處的「小」應上讀為「秉小」與簡文中的「秉禍」文義相類。其所據「秉小居薄」一詞見於《論語義疏》，端詳全文：「子曰：『以約失之者，鮮矣。鮮少也。』言以儉約自處，雖不得中，而失國家者少也。故顏延之云：『秉小居薄，眾之所與，執多處豐，物之所去也。』」其中「秉小居薄」文義應近於儉約自處，並非馬楠先生所謂表示負面意義。「弗秉」當從原釋文。「古（故）」若依羅小虎釋為「故意」，則反而會使「虘（吾）宔（主）好定而敬訐（信），不秉禍（禍）利，身不忍人」的描述不夠真誠。袁證先生認為「古」可讀「故」，作「過去」講，然而此句為子犯為回應穆公的問題，並且強調在重耳的品格節操；若依袁證先生所言，重耳過去確實在「利身」方面不足，但現在已經不是這樣了，及牴觸子犯先前鋪敘重耳的品格。此處應從鄭邦宏所釋，讀為「固」，也說明因為公子襠（重）秉性實在良善，本來就不會做出「秉禍利身」之事。〔註223〕

〔註221〕袁證：《清華簡《子犯子餘》等三篇集釋及若干問題研究》，頁18。

〔註222〕李宥婕：《《清華大學藏戰國竹簡（柒）・子犯子餘》集釋》，頁43。

〔註223〕李宥婕：《《清華大學藏戰國竹簡（柒）・子犯子餘》集釋》，頁44。

　　金宇祥：但前文已云「不秉禍利」，此句又云「故弗秉」，可知重耳原本就沒有接受這個「利」的想法，所以也不會有要去求取此「利」的行動，故從原考釋之說訓為「惡」，和前文的「禍利」呼應。「焉」可解為反詰副詞，如《戰國策・齊策四》：「宣王曰：『嗟乎！君子焉可侮哉？』」前文「不秉禍利」處提到秦穆公對於重耳不趁此禍利得國感到疑惑。故這句話應是子犯從秦穆公的問話中推測穆公有此疑問，所以用「主如曰」。不過前面簡文子犯已經用重耳好正敬信、身不忍人來回答穆公，此二句（「主如曰」至「故弗秉」）略嫌重複。會如此重複，有可能是要表示子犯回話的尊敬吧。

　　「誠我宔（主）古（故）弗秉」，簡 3 此處的「我」字作：，簡 10「我」字作：，寫法不同。「古」，讀為「固」可表示事情或情況本應如此或本已如此，可譯為「本來」、「原來」，以此解釋文意可通。而原考釋讀為「故」，也可表示事態原本或確實就此，義同「固」。在意思相同的情況下，此仍以原考釋的通讀。

　　綜上，「宔（主）女（如）曰疾利女（焉）不跂（足），誠我宔（主）古（故）弗秉」意思是：主（秦穆公）如果說：「惡利怎麼不足呢？」確實是我的主人（重耳）原本就不會去承受（禍利）。〔註224〕

　　鼎倫謹案：首先，關於「疾利」的釋讀，學者們的看法眾說紛紜，筆者列點如下，便於一覽：

　　1.「疾」訓為「惡」。原整理者主之，金宇祥從之。

　　2.「疾」訓為「急」。馬楠主之，石小力、李宥婕從之。

　　3.「疾」釋為「力」，表示「致力於某事」。lht 主之，羅小虎、子居、伊諾、〔註225〕袁證從之。

關於「疾利焉不足」，原整理者認為和「不秉禍利」呼應，李宥婕從之；趙嘉仁認為「疾利」跟「不秉禍利」呼應，「焉不足」跟「毋乃猷心是不足」呼應，並將此句斷句為「主如曰疾利，焉不足」，羅小虎從之；ee 認為和「毋乃猷心是（實）不足也乎？」呼應，羅小虎、子居從之。筆者認為子犯在這裡的答

〔註224〕金宇祥：《戰國竹簡晉國史料研究》，頁 59～60。

〔註225〕伊諾：〈清華柒《子犯子餘》集釋〉，復旦網，2018 年 1 月 18 日（2019 年 7 月 6 日上網）。

話「疾利焉不足」主要是呼應秦穆公所問的「毋乃猷心是不足也乎」,「疾利」和「猷心」的概念接近,「猷心」為圖謀之心,「疾利」則為對利益採取某種行為之意。趙嘉仁認為「疾利」跟「不秉禍利」呼應,此說可從。如果照原整理者的說法,將「疾」釋作「惡」,也就是子犯認為秦穆公說重耳厭惡利益不足,換句話說,就是喜愛利益之意,然而如此解讀會和「不秉禍利身」、「以節中於天」相矛盾,可見此說疑似忽略掉後面的「不足」,故不可信。另外,lht 將「疾」釋作「力」,舉《漢語大詞典》中有很多「疾」加上動詞的詞為例,但是此處「疾」後文的「利」是名詞,則文意不合。所以,筆者贊成馬楠的說法,將「疾」釋作「急」,「疾利」就是「急切去追求利益」。趙嘉仁將其斷句為「主如曰疾利,焉不足」,將「焉」視作疑問代詞,筆者推測如果趙嘉仁將「焉」視為「猷心」的話,則在文意釋讀上冗贅。筆者認為此處斷句應為「主如曰疾利焉不足」,金宇祥釋為「主(秦穆公)如果說:『惡利怎麼會不足呢?』」〔註226〕將「焉」釋作「怎麼」,筆者則認為「焉」可釋作語氣詞,表示停頓,如《莊子・則陽》云:「君為政焉勿鹵莽,治民焉勿滅裂。」〔註227〕《公羊傳・莊公元年》云:「於其出焉,使公子彭生送之。」〔註228〕可參。子犯答話中的「疾利焉不足」則和秦穆公問句中的「猷心是不足」相呼應。除此之外,「𤺈」字形左半有點漫漶,楚簡中常寫為「疾」(新乙・3・22)、「疾」(包山・2・223)、「疾」(包山・2・236)、「疾」(天策),可相做比照。

其次,悅園認為簡文「如」後面省略連言「此」,表示假設,但筆者認為「如」單字就可表示假設,如《詩經・秦風・黃鳥》云:「如可贖兮,人百其身!」〔註229〕《史記・李將軍列傳》云:「而文帝曰:『惜乎,子不遇時!如令子當高帝時,萬戶侯豈足道哉!』」〔註230〕可參。

〔註226〕金宇祥:《戰國竹簡晉國史料研究》,頁 60。

〔註227〕(清)王先謙:《莊子集解》(北京:中華書局,1987 年),頁 230。

〔註228〕李學勤主編;《十三經注疏》整理委員會整理:《春秋公羊傳注疏》(北京:北京大學出版社,2000 年),頁 132。

〔註229〕李學勤主編;《十三經注疏》整理委員會整理:《毛詩正義》,頁 501~502。

〔註230〕(西漢)司馬遷撰;(南朝宋)裴駰集解;(唐)司馬貞索隱;(唐)張守節正義:

其三，關於「古」，原整理者讀為「故」，趙嘉仁、羅小虎、袁證、金宇祥從之，羅小虎釋作「故意」，袁證釋作「過去」。鄭邦宏讀為「固」表示「判斷的副詞」，李宥婕從之，其說可從。用例如《左傳·襄公九年》云：「貞固足以幹事。」〔註231〕楊伯峻《春秋左傳注》云：「『故』同『固』，一本作『固』。」〔註232〕此外，季旭昇認為「古」為「固」的古字，只是再加上「口」形表示，〔註233〕可做為一證。倘若此處「古」釋作「故意」會和「好正而敬信」相抵觸，釋作「過去」則有可能看作子犯否定重耳未來的品德，因此兩種說法皆不妥。因此筆者認為讀作「固」表示「判斷的副詞」，為肯定的語氣。

其四，「秉」在前面的「不秉禍利身」已釋為「順隨」，此處後文則省略。「誠我主固弗秉」說明公子重耳確實不會汲汲營營追求利益。

其五，關於「我」字在本篇〈子犯子餘〉中共有兩處，並有兩種不同的寫法，筆者整理如下表：

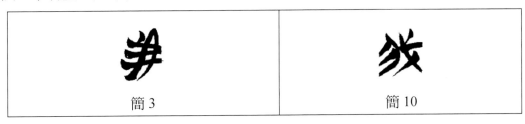

簡 3	簡 10

這兩種「我」字的寫法在出土文獻中都可見，其中簡 10 的「我」形在楚簡中最為常見，簡 3 的「我」形有三橫筆較為特別，只見於《清華壹·皇門》，如「　」（清華壹·皇門·2）、「　」（清華壹·皇門·2）、「　」（清華壹·皇門·8）。關於「我」字的戰國字形演變脈絡，高佑仁師整理如下圖：

圖 4　「我」字戰國字形演變脈絡圖〔註234〕

第 1 形　　第 2 形　　第 3 形

《史記》，頁 1743。

〔註231〕李學勤主編；《十三經注疏》整理委員會整理：《春秋左傳正義》，頁 998。

〔註232〕楊伯峻：《春秋左傳注》，頁 965。

〔註233〕季旭昇：《說文新證》，頁 154。

〔註234〕參高佑仁師：《上博楚簡莊、靈、平三王研究》，頁 304。

簡 3 的「我」字可能存在於第 1 形到第 2 形之間。簡 10 則還保留原始的「戈」形，甲骨文「𢨗」（合集 376 正）、金文「我」（毓且丁卣／集成 05396）、戰國文字「㦰」（郭店・緇衣・18）皆可見到「戈」形，可見由其演變而來。除此之外，關於戰國文字的「我」形還有很多種形體變化，賈連翔〈談〈厚父〉中的「我」〉將「我」形分為三大類，每一大類中各有著不同的寫法，可參。〔註 235〕

　　最後，筆者認為這裡的大意是指，子犯說重耳個性正直，慎重而守信，不順隨禍亂圖利自身，不殘害別人，所以離開晉國，以此對天持中庸之道，這樣重耳真的是像秦穆公所說的沒有圖謀之心。高佑仁師認為此處大意則是指：「如同君主您說『對謀求利益不夠積極』，那我們公子確實不汲汲營營追求（利益）。」這是政治語言，表面上不否定穆公的話，但事實上是不贊成穆公對重耳的批評。子犯的說法在表面上看起來雖然接受，但事實上是幫自己的君主捍衛的，本篇作者的寫作手法突顯秦穆公「疾利」和重耳「節中於天」，兩相有差。〔註 236〕金宇祥將「主」解釋為「主人」，筆者從之。〔註 237〕綜上所述，簡文此句解讀為：「君主（秦公）您如果說追求利益啊還不夠急切，我的主人（重耳）確實不會去順隨的。」

〔註 235〕賈連翔：〈談〈厚父〉中的「我」〉，《古文字研究》第 31 輯（北京：中華書局，2016
　　　　年 10 月），頁 370～371。

〔註 236〕高佑仁師指導筆者時，提供此寶貴意見，2019 年 11 月 18 日。

〔註 237〕金宇祥：《戰國竹簡晉國史料研究》，頁 60。

第伍章　釋文考證──秦公問子餘

（一）釋　文

　　省（少），公乃訋（召）子余（餘）而饂（問）女（焉），〔一〕曰：「子若公子之良庶子◗，晉邦又（有）禣（禍），〔二〕公【三】子不能屰（止）女（焉），而走去之，母（毋）乃無良右（左）右也唐（乎）？」〔三〕子余（餘）含（答）曰：「誠女（如）宔（主）之言◗。〔四〕虗（吾）宔（主）之弍（二）晶（三）臣，〔五〕不閈（扞）良託（規），〔六〕不謪（蔽）又（有）善，〔七〕必出又（有）【四】過，〔八〕□□於難，翟（劬）轀（留）於志。〔九〕幸曼（得）又（有）利不忻（祈）蜀（獨）◗，欲皆僉之◗。〔十〕事（使）又（有）訛（過）女（焉），不忻（祈）以人，必身麞（擅）之◗。〔十一〕虗（吾）宔（主）弱寺（時）而愣（強）志，〔十二〕不【五】□□□，募（顧）監（鑒）於訛（過），而走去之。〔十三〕宔（主）女（如）此胃（謂）無良右（左）右，誠殹蜀（獨）亓（其）志◗。」〔十四〕

（二）文字考釋

〔一〕肖（少），公乃訋（召）子余（餘）而䎧（問）女（焉），

肖	公	乃	訋	子
余	而	䎧	女	

原整理者：肖，疑為「少」字異體，表時間短，少頃、不久。《孟子‧萬章上》：「少則洋洋焉。」「子余」係字，即趙衰，謚號「成子」，亦稱「成季」、「孟子餘」、「原季」。與子犯常並稱，《國語‧晉語四》「（公子重耳）父事狐偃，師事趙衰」，《左傳》昭公十三年「（文公）有先大夫子餘、子犯，以為腹心。」〔註1〕

馬楠：雖然「秉」下有斷讀符號，但「肖（少）公」不辭，「肖（少）」似當上屬為句。《論語義疏》引顏延之有「秉小居薄」之語。「秉小」與「秉」文義相類，猶《國語》所謂「以喪得國」。也可以破讀為從小、少、肖得聲的表示負面意義的名詞，如「痟」等。句謂主（秦穆公）若謂我主（重耳）趨利不速，誠如所言，我主固不秉禍。〔註2〕

心包：「少」後疑脫一「間」或「頃」字。〔註3〕

子居：「少」後當有句讀，即讀為「少，公乃召子余而問焉」。晉文公之臣，狐偃為首，趙衰次之，《國語‧晉語四》：「重耳日載其德，狐趙謀之。」《太平御覽》卷四六九引《說苑》：「晉文公伐楚，歸國行賞，狐偃為首。」皆可證明。〔註4〕

〔註1〕 李學勤主編：《清華大學藏戰國竹簡（柒）》，頁95。

〔註2〕 清華大學出土文獻讀書會（石小力整理）：〈清華七整理報告補正〉，清華網，2017年4月23日（2019年7月10日上網）。

〔註3〕 見武漢網「簡帛論壇」〈清華七《子犯子餘》初讀〉73樓，2017年5月26日（2019年7月2日上網）。

〔註4〕 子居：〈清華簡七《子犯子餘》韻讀〉，中國先秦史網站，2017年10月28日（2019

伊諾：整理者釋「省」為「少」是。……我們認為，「省」不必上讀，亦不必補字，可從子居之說，於其後點斷即可通。即秦穆公問完子犯不久後便召子餘問話。〔註5〕

雲間：少公僅一見。金文有小學，小輔，難以味其意思。今作合觀，金文通作修，竹書讀為繆。〔註6〕

李宥婕：「省（少）」要表示為時間副詞多用「少頃」、「少間」、「少選」。然而簡3共42字，依羅小虎：本篇完簡容字在40至42之間。是書手或許刻意使簡文字數控制。若因字數限制後，即使未補上「間」或「頃」字，文意仍須完整，則應從子居之說加上句讀，讀為「少，公乃召子余而問焉。」較為適切。〔註7〕

金宇祥：「少」表示時間短暫，先秦典籍中常與時間名詞結合作「少頃」，如《呂氏春秋‧重言》：「少頃，東郭牙至。」或與助詞結合，如《莊子‧徐无鬼》：「少焉，徐無鬼曰：『嘗語君，吾相狗也。』」未與時間名詞和助詞結合，僅單用「少」字來表示時間短暫的，如原考釋所引的《孟子‧萬章上》：「少則洋洋焉。」此例在相關著作中皆列為書證，但解釋略有不同，如《詞詮》：「時間副詞，猶言少頃。」《助字辨略》：「『少則』、『少焉』猶云少頃也。」《古書虛詞通解》：「此項用法亦形容詞不多義之虛化。又『少則』，『則』為連詞，應切分作『少，則……』，與『少焉』不同。」從《詞詮》所言似認為「少」同於「少頃」。《助字辨略》和《古書虛詞通解》的差異在於對「則」的看法不同，但應以《古書虛詞通解》為是，「則」為連詞用。故簡文「少」字可結合《詞詮》和《古書虛詞通解》之說，可用來表示時間短暫，不用視為後有脫字。並在「少」後斷讀，不和「公乃召子餘而問焉」作一句讀。重新斷讀的簡文作：「少，公乃召子餘而問焉」。〔註8〕

年7月10日上網）。

〔註5〕伊諾：〈清華柒《子犯子餘》集釋〉，復旦網，2018年1月18日（2019年7月3日上網）。

〔註6〕見武漢網「簡帛論壇」〈清華七《子犯子餘》初讀〉112樓，2018年3月8日（2019年7月2日上網）。

〔註7〕李宥婕：《《清華大學藏戰國竹簡（柒）‧子犯子餘》集釋》，頁45。

〔註8〕金宇祥：《戰國竹簡晉國史料研究》，頁61。

鼎倫謹案：簡文「」可見於《清華肆・筮法・41》「」，隸定作「省」。《說文解字》段注：「古少小互訓通用。」〔註9〕原整理者認為「省」即是「少」字異體，釋為「少頃、不久」，表示「時間短」，伊諾從之，筆者亦從。馬楠認為「省」應該讀為「小」，並且上讀，和上一段的最後一句連讀為「誠吾主固弗秉小」。但筆者查證古籍，發現「小」並沒有單獨釋為「禍」，而且如果當時書手要呈現此用意為和不直接像前面的文句一樣寫「禍」即可，還要再另寫新字呢？另外，在簡12「」根據文意讀作「小」，此處「」從「口」可能不讀作「小」，而是「少」。因此，馬楠之說可排除，「少」應該往下讀，置於「公乃召子餘而問焉」之前，表示為秦穆公問完子犯之後，不久再召見子餘。此外，心包認為「少」後疑脫一「間」或「頃」字，筆者認為「少」本字就可以釋為「少頃、不久」，不必在其後加多一字，如李宥婕云：「即使未補上『間』或『頃』字，文意仍須完整」，此說可從。除此之外，對於斷句問題，原整理者對「少公乃召子餘而問焉」，並無斷句，子居斷讀為「少，公乃召子餘而問焉」，伊諾、李宥婕、金宇祥從之，筆者亦從之，因為這樣可以更清楚了解秦穆公召見子餘的時間狀態。

其次，關於「訋」，此處亦和簡1相同，讀為「召」，釋為「召見」。

其三，這裡的句式「少，公乃召子餘而問焉，曰」和簡一的「秦公乃召子犯而問焉，曰」幾乎相同。不同處有三：第一，第二段記載秦穆公召見子餘的時間是在子犯之後，所以增加「少」；第二，此處省略第一段已記載「秦公」的「秦」，這裡書手則直接稱他為「公」；第三，第二段秦穆公的召見對象為子餘，第一段則是子犯，可見秦穆公是先對二人分別進行單獨問答，在第三段才同時召見。綜上所述，簡文此句解讀為：「不久，秦穆公於是召見子餘並問他」。

〔二〕曰：「子若公子之良庶子●，晉邦又（有）禍（禍），

日	子	若	公	子
曰	子	若	公	子

〔註9〕（東漢）許慎著；（清）段玉裁注：《說文解字注》，頁48。

之	良	庶	子	晉
邦	又	禍		

　　鼎倫謹案：首先，這裡的句式和簡1的「曰：『子若公子之良庶子，胡晉邦有禍……』」幾乎完全一樣，只是缺少「胡」。如同筆者在上一段考釋中所述，「胡」為表示疑問或反詰，在第一段的問句中「胡晉邦有禍，公子不能止焉，而走去之，毋乃猷心是不足也乎？」的「毋乃……也乎？」本身就有詰問語氣，所以「胡」反而可有可無。此處的問句為「晉邦有禍，公……止焉，而走去之，毋乃無良左右也乎？」亦有「毋乃……也乎？」來表示詰問語氣，所以第一段問句有「胡」，而此處則沒有「胡」是可以接受的。

　　其次，這裡的「子」秦穆公為對子餘的稱呼；「若」釋為「猶乃」；「之」釋為「的」；「庶子」釋為「家臣」，「良庶子」即為「賢良的家臣」。秦穆公在召見重耳的家臣時，先對子犯稱「良庶子」，之後也對子餘稱「良庶子」，筆者認為這可視為是政治語言的表現，在問句的開頭先稱讚對方，後面再正式切入主題，以此可以先取得對方的信任。

　　再者，觀察此篇〈子犯子餘〉出現的兩個「庶」，字形結構能與一般常見的「庶」做區分，「庶」的字形結構在楚文字中，可分為二：一是左右結構，二是上下結構。筆者先整理本篇出現的「庶」如下：

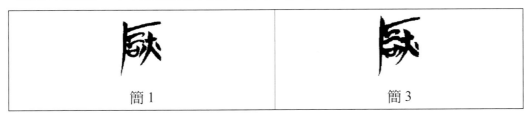

簡 1	簡 3

　　「庶」在本篇中均為左右結構，雖在楚文字中亦可見左右結構的「庶」字，如「![庶]」（包山·2·257）、「![庶]」（清華壹·程寤·6）。然而在楚文字中「庶」則多見上下結構，如「![庶]」（包山·2·258）、「![庶]」（上博一·緇衣·

20)、「![字]」（清華叁・芮良夫毖・1）、「![字]」（清華伍・厚父・4），簡文此字則可替左右結構再添一例。

　　最後，秦穆公在本篇簡文第一段及第二段分別召見子犯、子餘，並且進行問答，在秦穆公的問句中有出現重複句式。由於秦穆公問答對象不同，再加上記載接近，所以才會重複句式。筆者整理如下，並先將不同處標示出來：

第一段	第二段
秦公乃召子犯而問焉，曰：「子若公子之良庶子，胡晉邦有禍，公子不能止焉，而走去之，毋乃猷心是不足也乎？」	少，公乃召子餘而問焉，曰：「子若公子之良庶子，晉邦有禍，公□□□止焉，而走去之，毋乃無良左右也乎？」

由上表可以發現不同之處有三，第一為省略指稱「秦」再加上時間「少」；第二為省略疑問語氣字「胡」，由此可再證，簡1的「![字]」釋成「胡」，即便刪除，還是可以代表疑問句，因為一、二段的這兩句均有「毋乃」，以及「乎」；第三為因為問話對象的不同：「子犯」或「子餘」，在最後的提問內容也會不同，如「猷心是不足也乎」、「無良左右也乎」。除此之外，其他語句都是相同而且重複的。綜上所述，簡文此句解讀為：「說：『您是公子賢良的家臣，晉國有禍亂發生……』」。

〔三〕公【三】⬛子不能⬛异（止）女（焉），而走去之，母（毋）乃無良右（左）右也唇（乎）？」

公	异	女	而	走
去	之	母	乃	無
良	右	右	也	唇

原整理者：簡首缺三字，據後文可補為「子不能」。〔註10〕

子居：前面寫秦穆公問子犯是不是重耳心力不足，然後子犯否定，這裡秦穆公轉而問子餘是否左右無良臣，由所問可見，狐偃與重耳關係較近，趙衰則和同僚關係更好一些，《左傳・文公七年》：「酆舒問于賈季，曰：『趙衰、趙盾孰賢？』對曰：『趙衰，冬日之日也；趙盾，夏日之日也。』」也可見趙衰給人的印象是非常有親和力。〔註11〕

伊諾：第四簡簡首所缺三字，整理者說「據後文可補為『子不能』」，所補是，但不如說據前文補更貼切，簡一「公子不能焉」與簡四此句句式相同，且都是秦穆公問話。當然後文簡七「夫公子之不能居晉邦」亦可共同參看。〔註12〕

李宥婕：簡1已出現「者（胡）晉邦又（有）褅（禍）（五），公子不能异（持）女（焉）」，對照本句「晉邦又（有）褅（禍），公子不能异（持）女（焉）」據前、後文，補為「子不能」確可。〔註13〕

鼎倫謹案：首先，關於簡首缺三字，原整理者認為據後文可補為「子不能」，可從。伊諾認為原整理者倒不如說「據前文補」更貼切，因為簡一和簡四當中的句式相同，然筆者認為原整理者說「據後文補」的意思應為根據此句後面的「止焉，而走去之，毋乃無良左右也乎？」和簡一句式相同，才補上「子不能」，所以原整理者之說合理。此外，透過同篇竹簡的文例來看，這裡的句式「公□□□止焉，而走去之」和第一段中的「公子不能止焉，而走去之」相同，因此此處殘缺的三字，確實為簡一的「子不能」。

其次，關於「异」的考證，和上一段的釋讀相同，讀為「止」，釋為「阻止」。

其三，關於「左」的字形，季旭昇《說文新證》云：「甲骨文『𠂇』象左手之形。其引伸義為佐助，金文加『言』、『口』、『工』分化出『左』字。『言』、

〔註10〕李學勤主編：《清華大學藏戰國竹簡（柒）》，頁95。

〔註11〕子居：〈清華簡七《子犯子餘》韻讀〉，中國先秦史網站，2017年10月28日（2019年7月10日上網）。

〔註12〕伊諾：〈清華柒《子犯子餘》集釋〉，復旦網，2018年1月18日（2019年7月6日上網）。

〔註13〕李宥婕：《《清華大學藏戰國竹簡（柒）・子犯子餘》集釋》，頁47。

『口』、『工』都有表意功能」，〔註14〕因此，「左」在戰國文字中可以依照下面的部件不同再進一步區別，一是加「工」，如「」（清華壹・良臣・8）、「」（清華壹・祝辭・2），而且「工」的一豎筆還可以分化為二筆，如「」（曾侯乙・25）；二是加「口」，如「」（上博六・用曰・15）、「

」（上博四・陳公治兵・13）。而本篇的「」是屬於「手」形偏左，下面部件加「口」的構形。

其四，「左右」的文例可見古籍《左傳・宣公十二年》云：「（楚子）左右曰：『不可許也，得國無赦。』」〔註15〕《韓詩外傳・卷九》云：「景公色媿，離席而謝，曰：『寡人不仁無良，左右淫涵寡人，以至於此，請殺左右，以補其過。』」〔註16〕《晏子春秋・外篇第七》云：「公曰：『寡人不敏無良，左右淫蠱寡人，以至于此，請殺之。』」〔註17〕釋為「輔臣」。此外，「左右」一詞屬於中性，所以簡文才會在該字前面加「良」，特別強調是優良的輔臣，「良左右」可和「良庶子」一詞相應。

其五，再看到第一段及第二段的重複句式：

秦公乃召子犯而問焉，曰：「子若公子之良庶子，胡晉邦有禍，公子不能止焉，而走去之，毋乃猷心是不足也乎？」	少，公乃召子餘而問焉，曰：「子若公子之良庶子，晉邦有禍，公□□□止焉，而走去之，毋乃無良左右也乎？」

第一段的語句轉譯成白話文為：「你是重耳賢良的家臣，『胡（怎麼）』晉國有禍亂發生，重耳逃離晉國，難道不是他沒有堅決的意志嗎？」第二段為：「你是重耳賢良的家臣，晉國有禍亂發生，重耳逃離晉國，難道不是他沒有良好的輔臣嗎？」由此可見，將第一段出現的「者（胡）」刪除，對句意並沒有影響，還是帶有疑問及反詰的語氣，如第二段。另外，可由此處的「良左右」得知「良庶子」肯定就是指子犯及子餘。綜上所述，簡文此句解讀為：「公子

〔註14〕季旭昇：《說文新證》，頁380。

〔註15〕李學勤主編：《十三經注疏》整理委員會整理：《春秋左傳正義》，頁730。

〔註16〕（西漢）韓嬰著；徐芹庭、徐耀環註譯：《韓詩外傳》（新北：聖環圖書股份有限公司，2013年），頁738。

〔註17〕吳則虞：《晏子春秋集釋》（北京：中華書局，1962年），頁431。

不能阻止它，反而還逃離晉國，豈不是沒有優秀的輔臣嗎？」

〔四〕子余（餘）含（答）曰：「誠女（如）宔（主）之言━。

子	余	含	曰	誠
女	宔	之	言	

羅小虎：「如主君之言」。如以此為據，疑此句「主」之後似脫一「君」字。有無「君」字，不影響句義。本文的某些對應的句子其實並不整飭，脫字云云，亦不能確定。〔註18〕

李宥婕：此處子余（餘）回應秦公的「誠女（如）宔（主）之言。」似乎與接下來反駁秦公所謂「母（毋）乃無良右（左）右也虖（乎）」的應答相抵觸。對此蘇師建洲來信指出：鄔可晶先生指出：「子餘實際上是要反駁秦穆公的話，但在反駁之前先肯定一下，不好正面衝突。就是說實際上重耳的二三臣都是很能幹的。」〔註19〕

鼎倫謹案：筆者將此篇竹簡使用到「主」的詞語用例整理如下：

主君	吾主／我主	主
誠如「主君」之言（簡2）	「吾主」好正而敬信（簡2）	「主」如曰疾利焉不足（簡3）
	誠「我主」固弗秉（簡3）	誠如「主」之言（簡4）
	「吾主」之二三臣（簡4）	「主」如此謂無良左右（簡6）
	「吾主」弱時而強志（簡5）	

〔註18〕見武漢網「簡帛論壇」〈清華七《子犯子餘》初讀〉89樓，2017年7月1日（2019年7月2日上網，經回查後發現該文章疑似已刪除）。

〔註19〕李宥婕：《《清華大學藏戰國竹簡（柒）·子犯子餘》集釋》，頁47~48。

〈子犯子餘〉中用「主君」和「主」來稱呼「秦穆公」，用「吾主／我主」稱呼「公子重耳」。此處子餘答話稱呼秦穆公為「主」，以及答話最後的簡 6 也是稱呼「主」，用法一致性。羅小虎認為「疑此句『主』之後似脫一『君』字」，此脫文之說並不可信。然云「其後有無『君』一字並不影響句義」，可從。此外，觀察子犯及子餘一開始回應秦穆公的答話，子犯開頭說「誠如『主君』之言」，子餘則是說「誠如『主』之言」，可見兩人一開始對秦穆公的稱呼不同。最後結尾子犯回「『主』如曰疾利焉不足」，子餘回「『主』如此謂無良左右」，可見兩人最後皆以「主」稱呼秦穆公，而非「主君」。

除此之外，鄔可晶言：「子餘實際上是要反駁秦穆公的話，但在反駁之前先肯定一下，不好正面衝突。就是說實際上重耳的二三臣都是很能幹的。」筆者認為此說可從，這屬於政治語言，口氣婉轉、含蓄。從語感來看，帶有極為恭敬及客套的語氣。綜上所述，簡文此句解讀為：「子餘回答說：『真的就像是君主您所說的。……』」。

〔五〕虐（吾）宔（主）之弍（二）晶（三）臣，

| 虐 | 宔 | 之 | 弍 | 晶 | 臣 |

蕭旭：「吾主之」下疑奪「於」字，「不閒良譱，不有善」云云是吾主（重耳）對於二三臣的態度，言其能納諫從善。[註20]

李宥婕：若依蕭旭先生將「吾主之」加「於」字，則「不閒良譱，不誧有善」是吾主（重耳）對於二三臣的態度。然而子餘的回答應是回復秦公所問：「母（毋）乃無良右（左）右也唐（乎）」，故「不閒良譱，不誧有善」等詞應是子餘辯駁公子（重耳）身邊左右皆為良臣的說詞，不須再加上「於」字才是。[註21]

鼎倫謹案：首先，簡文「」原整理者隸定作「弍」，不夠精確，筆者

〔註20〕蕭旭：〈清華簡（七）校補（一）〉，復旦網，2017 年 5 月 27 日（2019 年 7 月 16 日上網）。

〔註21〕李宥婕：《《清華大學藏戰國竹簡（柒）·子犯子餘》集釋》，頁 48。

認為此字應改隸作从戈的「弍」。觀察楚簡「弍」，有从「戈」，如「」（上博三・彭祖・8）、「」（上博八・李頌・1）、「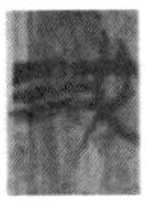」（清華肆・筮法・20）；也有从「弋」，如「」（清華壹・程寤・6）。取決於它的撇形如果是較長且完整的，就是从「戈」，若是短到偏向橫筆，就是从「弋」。因此，此字「」的撇形為偏長又完整，筆者認為此處隸定作从戈的「弍」較為精準。另外，本篇竹簡中同時有「」（簡 6）和「」（簡 4）表示「二」，可見書手在書寫時的文字規範較自由。

其次，關於「晶」，高佑仁師在〈〈靈王遂申〉譯釋〉認為：「原考釋指出此形為『晶』（鼎倫案：「」（上博九・靈王遂申・2）），楚文字中屢見，皆用作『三』。」〔註 22〕簡文的「弍」、「晶」在楚文字中常見，故釋作「二」、「三」合理。此外，在本篇竹簡中有二種「三」的字形，一是「」（簡 1）、「」（簡 12）、「」（簡 12）；二是「」（簡 4）。本篇竹簡「二三臣」的「二」與「三」相對其他的相同的字，反倒用筆畫較多的字形寫法來表示，可見其特別之處。

其三，「二三臣」一詞在古籍中常用於表示不定數的臣子，用例如下：

《左傳・文公十七年》云：「夷與孤之二三臣，相及於絳。」〔註 23〕

《左傳・襄公三十一年》云：「其鄭國實賴之，豈唯二三臣？」〔註 24〕

《左傳・昭公十九年》云：「寡君之二三臣」〔註 25〕

《左傳・定公六年》云：「公子與二三臣之子」〔註 26〕

《國語・魯語上》云：「豈唯寡君與二三臣實受君賜」。〔註 27〕

〔註 22〕李旭昇、高佑仁師主編：《〈上海博藏戰國楚竹書（九）〉讀本》，頁 65。

〔註 23〕李學勤主編；《十三經注疏》整理委員會整理：《春秋左傳正義》，頁 656。

〔註 24〕李學勤主編；《十三經注疏》整理委員會整理：《春秋左傳正義》，頁 1302。

〔註 25〕李學勤主編；《十三經注疏》整理委員會整理：《春秋左傳正義》，頁 1593。

〔註 26〕李學勤主編；《十三經注疏》整理委員會整理：《春秋左傳正義》，頁 1801。

〔註 27〕徐元誥撰；王樹民、沈長雲點校：《國語集解》，頁 150。

《國語・晉語六》云：「君與二三臣其戒之！」〔註28〕
「二三臣」如同「二三子」，比較接近口語中的「（我們）幾個人」或「（你們）
幾個人」，「二三子」猶言諸君、幾個人。如《論語・八佾》云：「二三子何患於
喪乎？天下之無道也久矣，天將以夫子為木鐸」，〔註29〕可參。筆者認同李宥婕
的說法，認為不須再加上「於」字。綜上所述，簡文此句解讀為：「我君主的幾
個臣子們」。

〔六〕不閈（扞）良誆（規），

不	閈	良	誆

原整理者：閈，從門，干聲，讀為「干」，《說文》：「犯也」。誆，疑讀為
「規」。《文選・張衡〈東京賦〉》「則同規乎殷盤」，薛綜注：「規，法也。」
即法度。〔註30〕

石小力：閈當讀為扞，與「蔽」同義，皆當訓為屏藩，即保護之意。《韓非
子・存韓》：「韓事秦三十餘年，出則為扞蔽，入則為蓆薦。」〔註31〕

難言：扞、蔽似不是保護這樣的積極意義，而是扞禦或扞蔽、阻蔽等掩阻
賢良的行為，如《史記》「嫉賢妒能，御下蔽上，以成其私」〔註32〕

暮四郎：「閈」恐即「嫻」字。古「干」聲、「閒」聲的字多通用之例。
〔註33〕

無痕：「閈」從讀書會石小力先生讀「扞」，可改訓為抵制抵觸，「不扞良

〔註28〕徐元誥撰；王樹民、沈長雲點校：《國語集解》，頁396。

〔註29〕李學勤主編：《十三經注疏》整理委員會整理：《論語注疏》，頁48。

〔註30〕李學勤主編：《清華大學藏戰國竹簡（柒）》，頁95。

〔註31〕清華大學出土文獻讀書會（石小力整理）：〈清華七整理報告補正〉，清華網，2017
年4月23日（2019年7月10日上網）。

〔註32〕見武漢網「簡帛論壇」〈清華七《子犯子餘》初讀〉0樓，2017年4月23日（2019
年7月2日上網）。

〔註33〕見武漢網「簡帛論壇」〈清華七《子犯子餘》初讀〉2樓，2017年4月23日（2019
年7月2日上網）。

規」即不抵制有益的規諫。「良規」也見《三國志・魏志・王朗傳》：「朕繼嗣未立，以為君憂，欽納至言，思聞良規。」〔註34〕

　　趙嘉仁：訨讀為「規」是，但訓為「法度」則非。「規」在這裡是「規諫」的意思。「良規」就是「有益的規諫」。《三國志・魏志・王朗傳》：「朕繼嗣未立，以為君憂，欽納至言，思聞良規。」晉葛洪《抱樸子・博喻》：「庸夫好悅耳之華譽，而惡利行之良規。」「閈」應讀為「扞」或「迀」，乃阻止、遮蔽的意思。「不閈良訨（規）」就是「不阻止有益的規諫」的意思。規諫需要用言語，「訨」字從「言」，也正說明解釋為「規諫」的可信。〔註35〕

　　1ht：「閈」讀「闌」，訓遮。蔽訓掩，二字同義。它們都與「出」意思相反。〔註36〕

　　張崇禮：閈，我曾釋為掩門之掩，見《釋金文中的「閈」字》，「不掩良規，不蔽有善」，掩與蔽對言。掩，隱也、蔽也。〔註37〕

　　蕭旭：「不閈良訨，不有善」云云是吾主（重耳）對於二三臣的態度，言其能納諫從善。……閈當讀為戜，俗作扞、捍、攼。《說文》：「戜，止也。《周書》曰：『戜我於艱。』」《繫傳》：「今《尚書》借『扞』字。」今《書》見《文侯之命篇》。〔註38〕

　　心包：閈，這個字楚簡中似為首見，尚見于《毛公鼎》⬚（毛公鼎西周晚期集成 2841）及中山王器⬚（中山王譻鼎戰國晚期集成 2840），用為「嫺」，不知道是否為楚簡記錄三晉的用字。另，懷疑金文中有些「門＋十」（或釋為「閈」，

〔註34〕見武漢網「簡帛論壇」〈清華七《子犯子餘》初讀〉9 樓，2017 年 4 月 24 日（2019 年 7 月 2 日上網）。

〔註35〕趙嘉仁：〈讀清華簡（七）散札（草稿）〉，復旦大學出土文獻與古文字研究中心網學術討論區，2017 年 4 月 24 日（2019 年 7 月 15 日上網）。

〔註36〕見武漢網「簡帛論壇」〈清華七《子犯子餘》初讀〉32 樓，2017 年 4 月 27 日（2019 年 7 月 2 日上網）。

〔註37〕見武漢網「簡帛論壇」〈清華七《子犯子餘》初讀〉42 樓，2017 年 4 月 27 日（2019 年 7 月 2 日上網）。

〔註38〕蕭旭：〈清華簡（七）校補（一）〉，復旦網，2017 年 5 月 27 日（2019 年 7 月 17 日上網）。

「閑」,「閒」似有同源關係,又如「嫻」與「狎」的關係),可能要釋為「閑」（中間「十」形視為「干」字）。〔註39〕

青荷人:《子犯子餘》「不閑（扞）良䛐（規、佳），不（敝－蔽）又（有）善」。即意為:「不拒良規,不干良善」之意。〔註40〕

心包:這裡也應該依「四郎」兄的意見讀為「嫻」,後面的「不蔽有善」的「蔽」似可訓為「盡」。都是謙虛的說法。〔註41〕

林少平:整理者讀「䛐」為「規」,恐非是,當讀為本字,作「欺瞞」義,「良」讀為「諒」,作「誠實」義。「閑」當同「閉」,作「掩蓋」義,大概意思是說「晉文公對待身邊近臣,不掩蓋他們的誠實與欺瞞」,也就是後文所言「不△（輕視）有善,必出有【惡】」。〔註42〕

李春桃:根據中山王鼎銘文用法,再參考《子犯子餘》簡文,我們認為簡文中的「閒」也應讀為「閑」。……學者認為此處「閒」字當用為遮蔽或扞禦義,這兩種用法都存於「閑」字中。《說文》:「閑,闌也。」段玉裁注:「引申為防閑。」「闌」便常訓作「遮」,上引將「閒」讀為「闌」的意見,也是訓作遮。《廣雅·釋詁》:「閑,遮也。」《玉篇·門部》:「閑,遮也,防也。」「防閑」即抵禦、禁阻,《穀梁傳》桓公二年:「孔父之先死,何也?督欲弒君,而恐不立,於是乎先殺孔父,孔父閑也。」范甯注:「閑謂扞禦。」……「閑」字存在遮蔽、扞禦兩類用法,兩種用法是有聯繫的,應是互相引申而來。考慮到〈子犯子餘〉篇中「閒」的賓語是「良䛐」,即有益之規諫,再有下句「不蔽有善」的「蔽」相呼應,我們覺得將「閒」讀為「閑」,理解為遮蔽義更貼切一些。……清華簡《子犯子餘》篇中「不閒（閑）良規,不蔽有善」,「閒」（閑）與「蔽」相對為文,其詞義顯然是相近的。〔註43〕

〔註39〕見武漢網「簡帛論壇」〈清華七《子犯子餘》初讀〉77 樓,2017 年 6 月 11 日（2019 年 7 月 2 日上網）。

〔註40〕見武漢網「簡帛論壇」〈清華七《子犯子餘》初讀〉78 樓,2017 年 6 月 12 日（2019 年 7 月 2 日上網）。

〔註41〕見武漢網「簡帛論壇」〈清華七《子犯子餘》初讀〉80 樓,2017 年 6 月 13 日（2019 年 7 月 2 日上網）。

〔註42〕見武漢網「簡帛論壇」〈清華七《子犯子餘》初讀〉81 樓,2017 年 6 月 14 日（2019 年 7 月 2 日上網）。

〔註43〕李春桃:〈古文字中「閒」字解詁——從清華簡《子犯子餘》篇談起〉,《出土文獻

　　子居：閈，原義為里巷之門，引申有閉義，此處即當訓為閉。〔註44〕

　　李宥婕：以上將「閈」釋為扞禦、牴觸、掩蓋、遮蔽者，多將「不閈良誃」一句與下文「不諓又善」對看，將「閈」與「諓」意相呼應。此處「不諓又善」應與「必出又惡」呼應才是，故不須將「閈」與「諓」意多做連結。兩周金文中「閈」共出現兩次，見於毛公鼎銘文（ 𨳿《集成02841》）和中山王鼎銘文（ 𨴌《集成》02840）。根據中山王鼎銘文用法，此處可從「暮四郎」、「心包」的說法，簡文中的「閈」也應讀為「閑」。《爾雅・釋詁》：「閑，習也。」故「閈」字在此處應讀為「閑」，但解釋為「嫻熟」之意，則在文義上與下兩句反駁秦公的話相矛盾。此處應從鄔可晶先生訓為「防閑」。即防備、禁阻之意。〔註45〕

　　「誃」字《說文》：「誤也。从言，佳省聲。」依《史記・吳王濞列傳》：「進任姦宄，誃亂天下，欲危社稷。」《漢書・文帝紀》：「濟北王背德反上，誃誤吏民，為大逆。」嚴師古注：「誃，亦誤也。」《廣雅・釋詁二》：「誃，欺也。」《漢書・王莽傳上》：「即有所間非，則臣莽當被誃上誤朝之罪。」可見「誃」字在古書用法皆為動詞，表示誤或欺之意。然而在簡文中「不閈（閑）良誃」明確為述賓結構，若釋為「誃」字義則於簡文中用法不合。「誃」與「規」字上古音皆為之韻部，可見兩字聲音相近。整理者讀為「規」字可從。簡文中用法即同於《三國志・魏志・王朗傳》：「朕繼嗣未立，以為君憂，欽納至言，思聞良規。」中「良規」，「規」則釋為「規諫」。「不閈（閑）良誃（規）」即解釋為不會（對重耳）防閑有益的規諫。〔註46〕

　　金宇祥：此二句為重耳臣子的行為，「不閈（扞）良誃（規）」原考釋解為「不犯良法」，這對於重耳左右之臣來說標準稍低，故從趙嘉仁之說，「閈」讀為「扞」，訓為遮蔽、遮擋，與下一句「不蔽有善」的「蔽」呼應。「誃」讀為「規」，訓為規諫。「不扞良規」意為不遮蔽良好的諫言，換句話說就是重耳左

　　　　研究》（第十六輯）（上海：中西書局，2017年9月），頁38～41。

〔註44〕 子居：〈清華簡七《子犯子餘》韻讀〉，中國先秦史網站，2017年10月28日（2019年7月10日上網）。

〔註45〕 李宥婕：《《清華大學藏戰國竹簡（柒）・子犯子餘》集釋》，頁52。

〔註46〕 李宥婕：《《清華大學藏戰國竹簡（柒）・子犯子餘》集釋》，頁53。

右之臣能直陳其諫。〔註47〕

　　鼎倫謹案：先討論「良詿」一詞，才有助於此句其他字詞的釋讀。筆者先將學者對「詿」的說法列點整理如下：

1. 讀為「規」，釋為「法度」。原整理者主之。

2. 讀為「規」或「佳」。青荷人主之。

3. 讀為「規」，釋為「規諫」。無痕主之，趙嘉仁、李春桃、李春桃、金宇祥從之。

4. 「良」讀為「諒」，釋為「誠實」。「詿」讀如本字，釋為「欺瞞」。林少平主之。

根據上述第四說「良」讀為「諒」，釋為「誠實」，筆者認為「良」直接照本字釋讀即可，為「好」之義，不必通假為它字。「詿」字本義為「貽誤」，《說文解字·言部》云：「詿，誤也。」〔註48〕若釋為「錯誤」放在「良」字後方幾乎矛盾，因此「詿」如學者所言在此通假為「規」。「詿」上古音為「見紐支部」，〔註49〕「規」上古音為「見紐支部」，〔註50〕二字聲紐及韻部均相同，故可相通。「詿」字在出土文獻中可見數例，為「」（陶錄·2·157·1）、「」（陶錄·2·157·2）、「」（桓台40）、「」（陶彙·3·116）、「」（清華叄·芮良夫毖·27）。筆者認為「詿」讀為「規」，從無痕之說，釋為「規諫」，如《左傳·襄公十一年》云：「《書》曰：『居安思危』。思則有備，有備無患。敢以此規。」〔註51〕金宇祥認為此處如果根據原整理者釋為「不犯良法」，則對於重耳左右之臣來說標準稍低，此說可信。因此，筆者亦認為「良規」指「有益的規諫」，如無痕舉《三國志·魏志·王朗傳》：「朕繼嗣未立，以為君憂，欽納至言，思聞良規。」以及趙嘉仁舉晉葛洪《抱樸子·博喻》：「庸夫好悅耳之華譽，而惡利行之良規。」為例證。此處的「規」在前

〔註47〕　金宇祥：《戰國竹簡晉國史料研究》，頁 63。

〔註48〕　（東漢）許慎著；（清）段玉裁注：《說文解字注》，頁 97。

〔註49〕　（東漢）許慎撰；（清）段玉裁注；李添富總校訂：《新添古音說文解字注》，頁 98。

〔註50〕　（東漢）許慎撰；（清）段玉裁注；李添富總校訂：《新添古音說文解字注》，頁 504。

〔註51〕　李學勤主編：《十三經注疏》整理委員會整理：《春秋左傳正義》，頁 1036。

面有加上「良」強調是好的那一面，可見「規」為中性字。

其次，對於「閈」的釋讀，學者們的說法尚無定論，筆者先列點整理如下：

1. 讀為「干」，釋為「犯」。原整理者主之。
2. 讀為「扞」，釋為「保護」。石小力主之。
3. 讀為「扞」，釋為「扞禦」。難言主之。
4. 讀為「嫻」。暮四郎主之，心包、李宥婕從之。
5. 讀為「扞」，訓為「抵制」。無痕主之。
6. 讀為「扞」，釋為「遮蔽」。趙嘉仁主之，蕭旭、金宇祥從之。
7. 讀為「闌」，訓為「遮」。lht 主之。
8. 讀為「掩」，釋為「蔽」。張崇禮主之。
9. 讀為「扞」，釋為「拒」。青荷人主之。
10. 讀為「閉」，釋為「掩蓋」。林少平主之，子居從之。
11. 讀為「閑」，釋為「遮蔽」。李春桃主之

簡言之，學者們認為「閈」可能讀作「干」、「扞」、「嫻」、「闌」、「掩」、「閉」、「閑」。「閈」字於金文可見「𨳿」（毛公鼎／集成 02841）（文例：亡不閈于文武耿光）、「𨳿」（中山王𦉢鼎／集成 02840）（文例：閈於天下之物矣），湯志彪《三晉文字編》將「𨳿」讀作「閑」。〔註 52〕《說文解字‧門部》云：「从門，干聲」；〔註 53〕吳大澂讀為「捍」，認為是古「扞」字，戴家祥從之；張之綱認為是借「閈」為「捍」；朱德熙、裘錫圭讀為「閑」，釋為「習」。〔註 54〕觀察此處的文例，「不閈良規」，主語為二三臣，若讀為「嫻」，釋為「習」則於文意不合，此處說明二三臣的德行及才能出眾，因此不太可能不習於有意的規諫。高佑仁師〈〈湯處於湯丘〉札記六則〉對於「閉」和「閈」云：

> 「閉」、「閈」在石碑資料中，構形十分接近，差異在「閉」字「才」
> 旁豎筆往上突出，而「閈」字的「干」豎筆則連結第一橫筆，不貫

〔註 52〕湯志彪：《三晉文字編》（北京：作家出版社，2013 年），頁 1646。

〔註 53〕（東漢）許慎著；（清）段玉裁注：《說文解字注》，頁 587。

〔註 54〕李玲璞主編：《古文字詁林（第九冊）》（上海：上海教育出版社，2004 年），頁 526～527。

穿橫筆。由此看來，晚近文字的「閟」、「閑」確實存在錯訛的條件。
〔註55〕

由此可知，「閟」和「閑」二字可能在隸楷階段以後才開始錯訛，「閟」和「閑」在此為不同的二字。另外，高佑仁師亦云：

> 毛公鼎的「」與四十二年逨鼎的「」以及隥簋的「」，其實就是一字，均應隸定作「閑」，讀為「閑」，與「閟」並無關係。事實上目前確定的「閟」字均為秦漢文字，例如「」（璽彙5328）、「」（璽彙5329）、「」（漢印文字徵12-04）「」（馬王堆帛書‧老甲076），是一個比較晚出的構形。〔註56〕

可見，「閑」直接隸定本字即可，不須讀為「閑」，也和「閟」沒有太大關係，因為目前確定的「閟」皆為秦漢文字。因此，筆者認為依學者說法，該字直接讀為「扞」，「閑」上古音為「匣紐元部」，〔註57〕「扞」上古音為「匣紐元部」，〔註58〕二字聲紐及韻部均相同，故可相通。讀作「闌」、「掩」、「閉」等非從干聲說法的通假，雖然釋義皆是「遮蔽」之義，但因為通讀不如「扞」直截，故不考慮。其他讀為「扞」的釋義為「保護」、「扞禦」、「抵制」等皆不是很精準。趙嘉仁釋作「遮蔽」，金宇祥認為「不扞良規」意為不遮蔽良好的諫言，但筆者認為此說不如青荷人將「扞」釋作「拒」，意為「拒絕諫言」來得直接。《禮記‧學記》云：「扞格而不勝。」《注》云：「扞格，堅不可入之貌。」〔註59〕可參，意為「拒」。黃聖松師認為「拒諫」用法見於先秦古籍，可與下文之「蔽善」對舉。〔註60〕筆者亦認為「不扞良規」可指二三臣不會拒絕良好的諫言，意指會接受諫言，也會對重耳直言敢諫。在重耳流亡的過程中，隨從會適時給予重耳重要的諫言，如《左傳‧僖公二十三年》云：「野人

〔註55〕高佑仁師：〈《湯處於湯丘》札記六則〉，頁9，田煒主編：《文字‧文獻‧文明》（上海：上海古籍出版社，2019年10月）。

〔註56〕高佑仁師：〈《湯處於湯丘》札記六則〉，頁11。

〔註57〕（東漢）許慎撰；（清）段玉裁注；李添富總校訂：《新添古音說文解字注》，頁593。

〔註58〕（東漢）許慎撰；（清）段玉裁注；李添富總校訂：《新添古音說文解字注》，頁615。

〔註59〕李學勤主編；《十三經注疏》整理委員會整理：《禮記正義》，頁1238。

〔註60〕黃聖松師在筆者學位口試當天指點此寶貴意見，2019年12月23日。

與之塊，公子怒，欲鞭之。子犯曰：『天賜也。』稽首，受而載之。」〔註61〕或是當重耳不願離開齊國時，子犯不顧自身被重耳責罵的後果，謀劃趁重耳酒醉後趕快帶著他離開，如《左傳・僖公二十三年》云：「姜與子犯謀，醉而遣之。」〔註62〕最後，簡文此句解讀為：「（我君主的少數臣子們）不會拒絕良好的諫言」。

〔七〕不誧（蔽）又（有）善，

| 不 | 誧 | 又 | 善 |

原整理者：誧，從言，甫聲，讀為「敝」。《禮記・郊特牲》「冠而敝之」，陸德明《釋文》：「敝，棄也。」或讀為「蔽」，《廣韻》：「掩也。」《韓非子・內儲說上》：「君子不蔽人之美，不言人之惡。」〔註63〕

趙嘉仁：「誧」字《注釋》或讀為「蔽」是，但所引典籍不貼切。「不蔽有善」意為「不遮蔽有才能的人」。《韓非子・有度》：「遠在千里外，不敢易其辭；勢在郎中，不敢蔽善飾非。」《墨子・兼愛》：「今天大旱，即當朕身履，未知得罪於上下，有善不敢蔽，有罪不敢赦，簡在帝心。」《漢書・李尋傳》：「佞巧依勢，微言毀譽，進類蔽善。」顏師古注：「進其黨類，而擁蔽善人。」〔註64〕

子居：趙嘉仁《讀清華簡（七）散札》已指出讀為「蔽」當是，除其所舉之例外，《墨子・尚同上》：「上有過則規諫之，下有善則傍薦之。」《管子・法法》：「有過不赦，有善不遺，勵民之道，於此乎用之矣。」《戰國策・楚策一》：「江乙為魏使于楚，謂楚王曰：臣入竟，聞楚之俗，不蔽人之善，不言人之惡，誠有之乎？」《說苑・臣術》：「《泰誓》曰：『附下而罔上者死，附上而罔下者刑；與聞國政而無益於民者退，在上位而不能進賢者逐。』此所以

〔註61〕李學勤主編；《十三經注疏》整理委員會整理：《春秋左傳正義》，頁470。

〔註62〕李學勤主編；《十三經注疏》整理委員會整理：《春秋左傳正義》，頁471。

〔註63〕李學勤主編：《清華大學藏戰國竹簡（柒）》，頁95。

〔註64〕趙嘉仁：〈讀清華簡（七）散札（草稿）〉，復旦大學出土文獻與古文字研究中心網學術討論區，2017年4月24日（2019年7月15日上網）。

勸善而黜惡也。故傳曰：『傷善者國之殘也，蔽善者國之讒也，惌無罪者國之賊也。』」等也都可與此節內容參看。〔註65〕

李宥婕：「諯（敝）」字在此處若讀為「敝」，則「敝善」不辭。應讀為「蔽」，「不諯（蔽）又（有）善」，「諯（蔽）」訓為遮蔽義。「蔽善」一詞亦見於《政理》：「故傳曰：『傷善者國之殘也，蔽善者國之讒也，惌無罪者國之賊也。』」、《政理》：「內則蔽善惡於君上，外則賣權重於百姓」、《有度》：「勢在郎中，不敢蔽善飾非」。〔註66〕

金宇祥：「不諯（蔽）有善」，典籍中與此相關的文例有：

> 《戰國策·楚一·江乙為魏使於楚》：「臣入竟，聞楚之俗，不蔽人之善，不言人之惡，誠有之乎？」
>
> 《墨子·兼愛下》：「有善不敢蔽，有罪不敢赦。」
>
> 《韓非子·有度》：「勢在郎中，不敢蔽善飾非。」
>
> 《晏子春秋·內篇問上·景公問治國何患晏子對以社鼠猛狗第九》：「內則蔽善惡于君上，外則賣權重于百姓。」
>
> 《說苑·臣術》：「傷善者國之殘也，蔽善者國之讒也，惌無罪者國之賊也。」

可知「善」常與「蔽」結合使用，故簡文「諯」應讀為「蔽」。趙嘉仁雖也有引用《韓非子》和《墨子》的文例，但其說將「有善」解為「有才能的人」不確，「有善」應指善行。簡文「不蔽有善」意思是不遮蔽良好的行為。〔註67〕

鼎倫謹案：首先，關於「諯」，「𧮫」右半部的下半從「市」，如「𧼪」（郭店·老乙·14）。原整理者讀為「敝」，釋為「棄」，另又讀為「蔽」，釋為「掩」，趙嘉仁、子居、李宥婕、金宇祥認同此說法，其說可從。筆者亦認為「諯」讀為「蔽」，「蔽」有「隱瞞」之義，「諯」左部從「言」，所以亦帶有言語上的「隱瞞」之義。〔註68〕如學者所言，「蔽善」一詞於古籍中習見，

〔註65〕子居：〈清華簡七《子犯子餘》韻讀〉，中國先秦史網站，2017 年 10 月 28 日（2019 年 7 月 10 日上網）。

〔註66〕李宥婕：《《清華大學藏戰國竹簡（柒）·子犯子餘》集釋》，頁 54。

〔註67〕金宇祥：《戰國竹簡晉國史料研究》，頁 63。

〔註68〕黃聖松師在「《左傳》專題研究（一）」課程中，指點筆者「諯」從言，故有言語

如趙嘉仁引《墨子・兼愛下》：「有善不敢蔽，有罪不敢赦。」《韓非子・有度》：「勢在郎中，不敢蔽善飾非。」以及金宇祥引《戰國策》、《晏子春秋》、《說苑》等文例說明。故此，「不蔽有善」意指「不會去隱瞞有善」。

其次，關於「有善」，趙嘉仁解釋為「有才能的人」，金宇祥釋作「善行」。筆者認為二三臣不會隱瞞或遮蔽有才能的人，看似臣子們會適時舉薦有才能的人。另外，臣子也有可能不會隱瞞良好的行為，能讓他人仿效學習。因此，筆者認為「善」可廣泛釋作「善行」、「善事」、「善人」，如《易經・坤》云：「積善之家，必有餘慶。」〔註69〕《論語・為政》云：「舉善而教不能，則勸。」〔註70〕《史記・吳王濞列傳》云：「蓋聞為善者，天報之以福」，〔註71〕可參。最後，簡文此句解讀為：「不會隱瞞善行、善人或善事」。

〔八〕必出又（有）【四】過，

必	出	又

原整理者：缺一字，疑可補為「惡」。出，除去。《呂氏春秋・忠廉》「殺身出生以徇其君」，高誘注：「出，去也。」或讀為「絀」。《禮記・王制》「不孝者君絀以爵」，陸德明《釋文》：「絀，退也。」「必出有惡」與上文「不謙有善」正反相對，意為不棄者、必去惡。〔註72〕

趙嘉仁：「必出有惡」的「出」讀為「絀」不如讀為「黜」更密合。「黜」，貶斥、罷退。《漢官六種》：「太守專郡，信理庶績，勸農賑貧，決訟斷辟，興利除害，檢察郡奸，舉善黜惡，誅討暴殘。」《後漢書・陳禪傳》：「陳禪字紀山，巴郡安漢人也。仕郡功曹，舉善黜惡，為邦內所畏。」《鹽鐵論・散不足》：「故

上的隱瞞之義。

〔註69〕李學勤主編；《十三經注疏》整理委員會整理：《周易注疏》（北京：北京大學出版社，2000年），頁36。

〔註70〕李學勤主編；《十三經注疏》整理委員會整理：《論語注疏》，頁23。

〔註71〕（西漢）司馬遷撰；（南朝宋）裴駰集解；（唐）司馬貞索隱；（唐）張守節正義：《史記》，頁1718。

〔註72〕李學勤主編：《清華大學藏戰國竹簡（柒）》，頁95。

人主有私人以財，不私人以官，懸賞以待功，序爵以俟賢，舉善若不足，黜惡若仇讎，固為其非功而殘百姓也。」《抱樸子外篇‧君道》：「儀決水以進善，鈞絕弦以黜惡，昭德塞違，庸親昵賢。」都是「舉善」、「進善」與「黜惡」對稱，與簡文的「不蔽有善，必黜有惡」意思相同。簡文是說在公子重耳周圍的二三個近臣「不會阻止有益的規諫，也不會阻擋有才能的賢人，必須黜退無良之人。」〔註73〕

　　子居：若所缺的字確為「惡」字，則「出」讀為「絀」當是，《禮記‧王制》：「上賢以崇德，簡不肖以絀惡。」即是其辭例。「不蔽有善」是與上句「不閒良規」連言，因此整理者所說「必出有惡」與上文「不諝有善」正反相對並不一定成立，此句的「出」完全可能是與下句「□□於難」相關，指重耳離開晉國之事，所缺的字也不一定是「惡」字。〔註74〕

　　伊諾：整理者補缺字為「惡」字可行，「善」、「惡」相對。趙文與整理者注解唯在「出」應讀何字上，實則讀「絀」、「黜」或不煩改讀，皆可通，表意上都與「不蔽有善」正反相對。從辭例上說，似乎「黜惡」更貼切，正如趙文所舉，更多文例都是「舉善」、「進善」與「黜惡」相對，恰可與簡文「不蔽有善，必黜有惡」對照。子居之說當不確。「必出有惡」緊承「不閒良規，不蔽有善」而言，兩個「不」後緊接一個「必」，即可表達「不怎麼樣，必怎麼樣」之意，語義銜接緊密，且有文例可比證，與下句「□□於難」似乎關聯不大。〔註75〕

　　李宥婕：「出」字若依整理者直接讀為「出」，並將缺一字補為「惡」，則「出□」即「出惡」，「出惡」一詞見於《春秋公羊傳》桓公十五年：「曷為或言歸？或言復歸？復歸者，出惡，歸無惡；復入者，出無惡，入有惡。入者，出入惡。歸者，出入無惡。」其中「出惡」解釋為「出去時有罪惡」，與簡文文意不合；若同整理者讀為「絀」，並將缺一字補為「惡」，則「出□」即「絀

〔註73〕趙嘉仁：〈讀清華簡（七）散札（草稿）〉，復旦大學出土文獻與古文字研究中心網學術討論區，2017 年 4 月 24 日（2019 年 7 月 15 日上網）。

〔註74〕子居：〈清華簡七《子犯子餘》韻讀〉，中國先秦史網站，2017 年 10 月 28 日（2019 年 7 月 10 日上網）。

〔註75〕伊諾：〈清華柒《子犯子餘》集釋〉，復旦網，2018 年 1 月 18 日（2019 年 7 月 6 日上網）。

[惡]」，段玉裁《說文解字注·糸部》：「絀，古多叚絀為黜。」《王制》：「上賢以崇德，簡不肖以絀惡。」《左傳·莊公八年》：「（公孫無知）有寵於僖公，衣服禮秩如適，襄公絀之。」《禮記·王制》：「不孝者，君絀以爵。」陸明德釋文：「絀，退也。」傳世文獻中多是「舉善」、「進善」與「黜惡」對稱，如趙嘉仁先生所言，「出」讀為「絀」不如讀為「黜」更密合。整理者認為「必出有[惡]」與上文「不諞有善」正反相對，意為不棄善、必去惡，應改為不蔽善，必黜惡。〔註76〕

　　金宇祥：「必出（絀）有[惡]」，「出」從原考釋讀為「絀」，並從其所補缺字。〔註77〕

　　鼎倫謹案：首先，討論本簡的缺文，先拿這裡的殘簡（簡5）和完簡（簡7）相做比較，如下：

	簡7　簡5
簡首	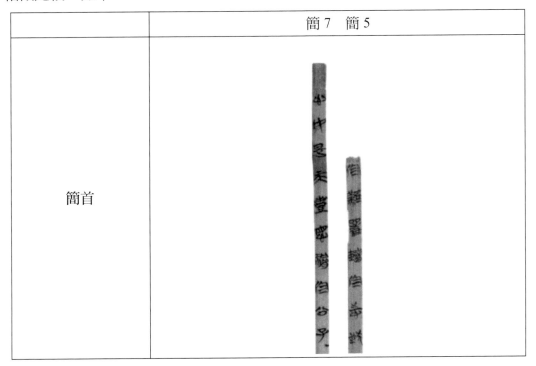

可知如原整理者所言，簡 5 首殘缺為三字，一字上讀，另外二字下讀。在子餘敘述重耳二三臣的語句中，先連用三個四字詞說明臣子的操守，「不扞良規」指不「拒絕」良好的諫言，「不蔽有善」指不「遮蔽」及不「隱瞞」好的事物，兩者意義對舉；「不蔽有善」與「必出有□」中，「不蔽」和「必出」二詞相

〔註76〕李宥婕：《《清華大學藏戰國竹簡（柒）·子犯子餘》集釋》，頁55。

〔註77〕金宇祥：《戰國竹簡晉國史料研究》，頁63。

反，所以「有善」和「有□」二詞相反的可能性很大。因此缺文一字必須和
「善」相對，而且字義相反。子居認為「必出有惡」與上文「不謙有善」不
一定正反相對，並認為「出」完全可能是與下句「□□於難」相關。筆者認
為此說可待商榷，下文的「□□於難」與「瞿轉於志」語意相對，下文和這
裡的「必出有□」可能各指一種語境，「出」應該與下句「□□於難」無關。
原整理者認為缺字為「惡」，金宇祥從之；趙嘉仁也認為缺字為「惡」，並將
「有惡」解釋為「無良之人」，伊諾從之；子居認為不一定是「惡」。學者們
皆據「惡」與「善」意義相對，而認為缺文就是補「惡」。然而，筆者檢索先
秦古籍後，發現「有善」和「有罪」、「有過」以及「有惡」互對之例，並將
其列於下：

　　《墨子・兼愛下》云：「有善不敢蔽，有罪不敢赦」〔註78〕

　　《墨子・天志下》云：「天子有善，天能賞之；天子有過，天能罰之。」

〔註79〕

　　《管子・法法》云：「有過不赦，有善不積，勵民之道，於此乎用之

矣。」〔註80〕

　　《管子・大匡》云：「有善無賞，有過無罰」〔註81〕

　　《管子・君臣上》云：「有善者不留其賞，故民不私其利。有過者不

宿其罰，故民不疾其威。」〔註82〕

　　《管子・小稱》云：「故我有善則立譽我，我有過則立毀我。」

〔註83〕

　　《管子・小稱》云：「有善，則歸之於民。有過而反之於身」

〔註84〕

〔註78〕（清）孫詒讓撰；孫啟治點校：《墨子閒詁》，頁123。

〔註79〕（清）孫詒讓撰；孫啟治點校：《墨子閒詁》，頁210。

〔註80〕黎翔鳳撰；梁運華整理：《管子校注》，頁294。

〔註81〕黎翔鳳撰；梁運華整理：《管子校注》，頁370。

〔註82〕黎翔鳳撰；梁運華整理：《管子校注》，頁565。

〔註83〕黎翔鳳撰；梁運華整理：《管子校注》，頁598。

〔註84〕黎翔鳳撰；梁運華整理：《管子校注》，頁603。

《史記·蕭相國世家》云：「有善歸主，有惡自與。」〔註85〕

其中以《墨子·兼愛下》：「有善不敢蔽，有罪不敢赦」（大意為：於今有善不敢隱瞞，有罪也不敢寬饒）其句例和簡文此處「不蔽有善，必出有□」最為相近。統計上述所引之例，以「有過」為最多數，而且簡文亦有「有過」之文例，在簡5的「使有訛（過）焉，不祈以人，必身擅之」，筆者在下文討論此句時將會提及此句和這裡的「必出有□」相互呼應，因此此處的缺文一字應該是「訛（過）」。

其次，關於「出」，原整理者釋為「除去」，或讀為「絀」釋為「退」，金宇祥從此說法；趙嘉仁讀為「黜」，釋為「貶斥、罷退」，伊諾、李宥婕從之。筆者贊同原整理者的說法，讀為本字，釋為「除去」。「出」釋為「除去」和「蔽」釋為「隱瞞」相對。「出過」意為除去有過錯的人事物。綜上所述，簡文此句解讀為：「一定除去有過錯的人事物」。

〔九〕□□於難，瞿（劬）輴（留）於志。

| 於 | 難 | 瞿 | 輴 | 於 | 志 |

原整理者：瞿，疑為「雔」字省，即「鸜」字，讀為「諤」。《文選·韋孟〈諷諫〉》「諤諤黃髮」，李善注：「諤諤，正直貌。」輴，從車，畱聲，讀為「留」。《管子·正世》「不慕古，不留今」，尹知章注：「留，謂守常不變。」〔註86〕

汗天山：所謂「諤〔車中留〕（留）於志」，似乎不辭——懷疑所謂的「諤」字，當釋「蘆」（上部稍有訛變？）讀為「勸」；〔車中留〕當讀為「懋」（卯聲矛聲相通例多見）。《說文》：「勸，勉也。」「懋，勉也。從心楙聲。《虞書》曰：『時惟懋哉。』」二字為同義複詞，簡文謂勤勉於志向。又或，《戰國策·宋衛·齊攻宋宋使臧子索救于荊》「荊王大說，許救甚勸。」注：「勸，猶力也。」簡文謂勉力於志向，亦可通。〔註87〕

〔註85〕（西漢）司馬遷撰；（南朝宋）裴駰集解；（唐）司馬貞索隱；（唐）張守節正義：《史記》，頁1097。

〔註86〕李學勤主編：《清華大學藏戰國竹簡（柒）》，頁95。

〔註87〕見武漢網「簡帛論壇」〈清華七《子犯子餘》初讀〉51樓，2017年4月30日（2019

　　王寧：首二字闕文疑是「吾主」二字。整理者對「諤留」不能言無據，但總覺文意不太通暢。「翟」釋「雗」是，但疑當讀為「咢」或「愕」，訓「驚」，《玉篇》：「咢，驚咢也。」《廣韻・入聲・鐸韻》：「愕，驚也。」引申為「錯愕」，《後漢書・寒朗傳》：「而二人錯愕不能對」，李注：「錯愕，猶倉卒也」，即倉促、倉猝，就是因為驚恐而忙亂的意思。

　　「轠」當即「轠」字，此應讀為「籀」，《說文》：「籀，讀書也。」又曰：「讀，籀書也」（此據段本）。就是讀書，這裡是讀的意思。

　　「志」即上博簡八《志書乃言》的「志書」，這種「志」類的書《左傳》中就記載了很多，如說「周志有之」（《文公二年》）、「前志有之」（《文公六年》、《成公十五年》）、「史佚之志有之」（《成公四年》）、「志有之」（《襄公二十五年》）、「軍志有之」（《昭公二十一年》）等等，此類書裡往往有一些名言警句，有哲理意味，可以給人啟迪，所以經常被引用。〔註88〕

　　蕭旭：「翟轠於志」應上文「□□於難」而言，「志」當指意向、心意，不指志書。轠讀為留，是也，但當訓留止。翟，讀為遻。《說文》：「遻，相遇驚也。」字亦作逜、愕、愕，指驚心，引申為戒懼、恭敬；字亦作顎、顝，則恭敬見於面也。《廣韻》：「顎，嚴敬曰顎。」《集韻》：「顎，恭嚴也，或作顝。」此言重耳遭受困難，故驚愕戒慎於心也。〔註89〕

　　羅小虎：整理報告的意見可商。A字（）上半部分，與「戰」、「獸」諸字的相關部分近似：郭店《老子丙》10、包山簡 2・168《說文・戈部》：「戰，鬭也。從戈，單聲。」所以這個字或可分析為從隹，單省聲。在簡文中可讀為「癉」。《說文・疒部》：「癉，勞病也。」《爾雅・釋詁下》：「癉，勞也。」《廣雅・釋詁四》：「癉，苦也。」王念孫《疏證》：「癉與苦同義。」《詩經・大雅・板》：「上帝板板，下民卒癉。」癉，意為勞苦。B字（）從留

年7月2日上網）。

〔註88〕王寧：〈釋清華簡七《子犯子餘》中的「愕籀」〉，復旦網，2017年5月4日（2019年7月16日上網）。

〔註89〕蕭旭：〈清華簡（七）校補（一）〉，復旦網，2017年5月27日（2019年7月16日上網）。

得聲。留，來母幽部。可讀為「勞」，來母宵部。楚文字中幽部和宵部的字通假很常見，比如郭店簡中「繇」「由」相通。前者為餘母宵部，後者為餘母幽部。《爾雅·釋詁》：「勞，勤也。」勞，可理解為辛苦、勤勞。所以，這兩個字可釋讀為「癉勞」，二字同義連文。「癉勞於志」，為志向而勞苦之意。類似的說法，在傳世古書中有見：《楚辭·九思》：「望舊邦兮路逶隨，憂心悄兮志勤劬。」《九思》中的「勤劬」與「癉勞」意思相近。《左傳·昭公十三年》：「我先君文公，狐季姬之子也……亡十九年，守志彌篤。」簡文中說「□□於難」，應該指的就是文公在外流亡之事。簡文中的「癉勞於志」也可以認為是「守志彌篤」的一種表現。〔註90〕

謝明文：《清華簡（壹）·楚居》「咢」作「」（簡6），《清華簡（叁）·祝辭》「咢」作「」（簡3）、「」（簡4）、「」（簡5）。《清華簡（壹）·楚居》「鷃」作「」，（簡12），《清華簡（貳）·繫年》「鄂」作「」（簡9）。上述「咢」字或「咢」旁明顯從「口」，而「」上部與同篇多見的「口」形不類，與上述「咢」形上部的的「口」形亦區別明顯，因此我們認為「」字絕非「雛」字之省。「雈」，從隹，吅聲。吅，從二口。「」與「雈」亦明顯有別，當非一字。

瞿姒簋甲（《陝西金文集成》1525、《銘圖》04675）、瞿姒簋乙（《陝西金文集成》1526、《銘圖》04676）銘文中有一國族名用字，拓本分別作「」、「」，照片分別作「」、「」，舊一般隸作「瞿」。《海岱古族古國吉金文集》釋作「雈」。根據「單」字的隸定來看，此字可以隸作「瞿」。

「單」字作「」類形，或作「」類形，後者在上部加了一弧形筆劃。同類的變化如「單」字繁體作「」，或作「」、「」類形。「獸」作「」，又或作「」。根據「單」字或「單」旁上部的變化，我們認為《子

〔註90〕見武漢網「簡帛論壇」〈清華七《子犯子餘》初讀〉95樓，2017年7月6日（2019年7月2日上網）。

犯子餘》「」字應該就是由𨼵姒簋「瞿」字演變而來的。類比「萑」字，我們認為「瞿」應該是某一種鳥的象形字，其上部與「單」形上部類似的部分應該是其圓形頭角或圓形耳朵之形。

中山王𰯼鼎（《集成》02840）「吾老賈，奔走不聽命，寡人懼其忽然不可得憚憚慄慄，恐損社稷之光」，其中「寡人」後面一般徑釋作「懼」的字，《銘文選》1.880 著錄的拓本比較清楚，作「」。從文義以及偏旁組合來看，此字釋讀作「懼」，可從。此字上部是兩個大圓圈，每個大圓圈中間有一個小圓圈，小圓圈左右各有一小點，比較同銘多見的「目」旁來看，此字最上部可看作是「䀠」的變體。但「䀠」形與「隹」形中間還有筆畫，這是「瞿」形未曾有的，因此該字「心」上部分「」形似不宜簡單地看作是「瞿」。我們認為它應該與「」聯繫起來考慮，前者既可能是後者把上部的兩個圈形變形聲化作「䀠」演變而來，也可能是後者與「䀠」或「瞿」因音近糅合而來。這說明「瞿」和「」的讀音應該與「䀠」、「瞿」非常接近。

「□□於難，瞿輖於志」一句的大意，應該是講晉文公雖然遭遇逃亡之難，但仍堅守其志向，上引羅小虎先生對其文意理解大體可信。整理者讀「輖」為「留」，似可從。《說文》：「瞿，鷹隼之視也。从隹、从䀠，䀠亦聲。凡瞿之屬皆从瞿。讀若章句之句。」「趢，走顧貌。从走、瞿聲。讀若劬。」古書中「瞿」聲字與「句」聲字亦相通。「」或可讀作訓「勤」、訓「勞」的「劬」。「劬輖於志」之「劬」與上文羅小虎先生說所提及到的《楚辭‧九思》：「望舊邦兮路逶隨，憂心悄兮志勤劬」之「劬」可合觀。

《爾雅‧釋詁》「劬勞，病也。」郝懿行《爾雅義疏》：「劬勞者，力乏之病也。」《詩‧凱風》及《鴻雁》傳並云：「劬勞，病苦也。」《楚辭‧九歎》云：「躬劬勞而瘏悴。」劬者，《禮‧內則》云「見於公宮則劬」，鄭注：「劬，勞也。」《鴻雁》，《釋文》引韓詩云：「劬，數也。」頻、數亦勞也。通作瞿，《素問‧零蘭秘典論》云：「窘乎哉，消者瞿瞿。」王砅注：「瞿瞿，勤勤也。」又通作懼，《方言》云：「懼，病也。」是懼、瞿、劬並聲義同。《說文》：「勞，劇也。」「癒，劇聲也（小徐本作『病』也）。从疒、殹聲。」段注：「劇者，病甚也。癒者，病甚呻吟之聲。」又「虡」聲字與「瞿」聲字音近相通，頗

疑「勞，劇也」之「劇」與訓「病」、訓「勤」的「瞿」、「懼」應有密切關係。《詩經·唐風·蟋蟀》：「好樂無荒，良士瞿瞿。」毛傳：「瞿瞿然顧禮義也。」《漢語大詞典》認為是「勤謹貌」。〈蟋蟀〉之「瞿瞿」，《清華簡（壹）·耆夜》中周公所作〈蟋蟀〉作「思＝」。從「良士瞿瞿」位於「好樂無荒」後面來看，此「瞿瞿」很可能是訓「勞」、訓「勤」一類意思。如是，則說明訓「勞」、訓「勤」之「瞿」早在周代就已出現，那麼「![字]」可徑讀作「瞿」。〔註91〕

　　子居：鸎輻似當讀為萬蔞，《集韻》：「輙，喪車飾也。或作輻。通作柳。」《禮記·檀弓》：「制絞衾，設蔞翣，為使人勿惡也。」鄭玄注：「蔞翣，棺之牆飾。《周禮》蔞作柳。」《考工記》：「是故規之以視其圜也，萬之以視其匡也。」鄭玄注：「等為萬蔞，以運輪上，輪中萬蔞，則不匡剌也。」萬蔞為正輪之器，因此自然很適合用以形容重耳正其志。〔註92〕

　　伊諾：王寧補「□□於難」所缺二字為「吾主」或可從。「吾主於難」之「難」即指「晉邦之禍」這件事，簡文子餘此段答話即是在向秦穆公介紹公子重耳（即吾主）的品行和美德，「於難」亦能「瞿輻於志」。蕭旭讀瞿為遽，訓為戒懼、恭敬，釋輻為留止可從，「言重耳遭受困難，故驚愕戒慎於心也」。〔註93〕

　　袁證：「□□於難，瞿輻於志」包含在「吾主之二三臣」這一整句中。主語是「二三臣」，所以這裏不能補「吾主」。當補何字，實難驟定。這一整句話都是子餘在對重耳在晉國時身邊的小臣進行批評，所補之字需符合這一語境。〔註94〕

　　「瞿」或為「瞿」之異體。「瞿」與「遽」可通，如《莊子·齊物論》：「則

〔註91〕謝明文：〈清華簡說字零札（二則）〉，先發表於香港浸會大學饒宗頤國學院、澳門大學中國語言文學系、清華大學出土文獻研究與保護中心聯合主辦的「清華簡國際研討會」（2017 年 10 月 26～28 日）。另發表於李學勤主編：《出土文獻》（第十三輯）（上海：中西書局，2018 年 10 月），頁 120～123。

〔註92〕子居：〈清華簡七《子犯子餘》韻讀〉，中國先秦史網站，2017 年 10 月 28 日（2019 年 7 月 10 日上網）。

〔註93〕伊諾：〈清華柒《子犯子餘》集釋〉，復旦網，2018 年 1 月 18 日（2019 年 7 月 6 日上網）。

〔註94〕袁證：《清華簡《子犯子餘》等三篇集釋及若干問題研究》，頁 20。

蓬蓬然周也」,《太平御覽》《事文賦‧蟲部》引「蓬蓬」并作「瞿瞿」。「瞿」讀為「遽」,訓為競相。《楚辭‧大招》:「萬物遽只」,王逸注:「遽,猶競也。」「輶」字似以「留」為聲,可讀為「流」。《離騷》:「畦留夷與揭車兮」,《史記‧司馬相如列傳》中作「流夷」。「流於志」,意為在心志上放縱,隨心所欲。《國語‧晉語一》:「流志而行」,韋昭注:「流,放也。」這裏是子餘在批評「二三臣」競相放縱心志。〔註95〕

李宥婕:「□□於難」一句至「必身鹿(擅)之」皆在強調重耳的品德,故此處所缺二字為「吾主」或可從。〔註96〕

然而依謝明文的說法,比對簡文的「瞿」與金文的「懼」字:（子犯子餘 4‧31）（中山王嚳鼎戰國晚期集成 2840）則簡文中的「瞿」或可從「懼」字省,如《論語‧述而》:「必也臨事而懼,好謀而成者也。」朱熹注:「懼,敬其事也。」《正字通‧心部》:「懼,戒懼。」《左傳‧莊公十年》:「夫大國,難測也,懼有伏焉。」此處可以形容重耳流亡多年,處境艱難,故心態上時刻皆須戒懼。「（）輶」字從車,菑聲。《曹沫之陳》中曾出現過從車,留聲的「輶（瑠）」字作「」（曹 2‧29）,當作食器的「簋」字,於本簡用法不合。此處從整理者,讀為「留」,解釋為守常不變。此處言重耳流亡多年遭受困難,故戒慎敬謹、堅守其心志也。「瞿輶於志」一詞即可呼應《史記‧楚世家》「昔我文公,狐季姬之子也,有寵於獻公。好學不倦。……。亡十九年,守志彌篤。惠、懷棄民,民從而與之。故文公有國,不亦宜乎?」中的「守志彌篤」之意。〔註97〕

金宇祥:「瞿輶」二字圖版作,王寧之說不可從,蕭旭之說「遽」訓為「驚」,但在解釋時又多了「戒慎」兩字,有增字解經之嫌,亦不可從。武漢網帳號「汗天山」將「輶」讀為「戀」可從,但將「瞿」釋為「萑」不確,楚簡「萑」字獨體或偏旁作:《清華壹‧保訓》簡4、《清華伍‧封許之命》簡2,或作「人」形:《清華陸‧鄭文公問太伯》甲8、《清

〔註95〕 袁證:《清華簡《子犯子餘》等三篇集釋及若干問題研究》,頁21。

〔註96〕 李宥婕:《《清華大學藏戰國竹簡(柒)‧子犯子餘》集釋》,頁56。

〔註97〕 李宥婕:《《清華大學藏戰國竹簡(柒)‧子犯子餘》集釋》,頁61。

華陸・鄭文公問太伯》乙 7，或作「宀」形： 《上博七・武王踐阼》簡 2，與「翟」字上半皆異。「翟」字上半應為「咢」省，可參 （《清華叁・祝辭》簡 3）此字，「咢」、「噩」本從「喪」字分化出來，以往只見作四「口」形，如 （《清華壹・楚居》簡 6），作兩口「形」見於秦系 《睡虎地秦簡》殘簡 6，〈祝辭〉此字下半聲化為「逆」，「咢」、「逆」皆為疑紐鐸部，上古同音。《說文》：「咢，譁訟也。從吅，屰聲。」以往學者談小篆「咢」字的來源，如何琳儀：「秦文字屰旁譌變為干形，小篆又譌變為屰。」《字源》：「秦文字把 十 或 十 形譌為『干』形，小篆又譌變為『屰』。」現從〈祝辭〉此字推論，小篆「屰」形很可能是源於楚簡。又 字上從「咢」省、下從「隹」，與 《清華壹・楚居》簡 12「鸚郢」的「鸚」為異體關係。回到〈子犯子餘〉簡文，雖然前句有缺字，但從剩餘簡文「於難」二字來看，此處文意可能是要說重耳遇到困難，但身邊的二三臣還是盡心盡力地輔佐重耳。若此，「翟」可讀為「恪」，「咢」為疑紐鐸部；「恪」為溪紐鐸部，聲同為喉音，韻部相同，《爾雅・釋天》：「在酉曰作噩」《漢書・天文志》作「詻」。「恪」訓為恭敬、恭謹。「轄」讀為「懋」，意為勤勉，努力。「翟（恪）轄（懋）於志」全句意為恭敬勤勉於心。〔註98〕

　　鼎倫謹案：首先，關於「於志」，在古籍中有相似的用法，如《禮記・中庸》云：「無惡於志。」〔註99〕《莊子・庚桑楚》云：「兵莫憯於志」，〔註100〕可參。可見「於志」是「（如何）其志」的意思，對於「其志」會如何採取行動，則是要看前面的動詞為何義。此外，王寧認為「志」即《上博簡八・志書乃言》的「志書」，筆者認為若是如此，必須考慮幾個問題。第一，「翟轄於志」是「吾主」的話，就會和下文的重複，而且這裡的主語較大的可能性為「二三臣」；第二，《上博八》所提到的「志書」內容是否真有王寧所說的「有利不忻獨，欲皆僉之；事有過焉不忻以人，必身擅之。」還需再做考證。因此，這裡的「志」還是指前文的「二三臣」的「志」，為「志向」，如《論語・

〔註98〕金宇祥：《戰國竹簡晉國史料研究》，頁 64～65。
〔註99〕李學勤主編；《十三經注疏》整理委員會整理：《禮記正義》，頁 1706。
〔註100〕（清）王先謙：《莊子集解》（北京：中華書局，1987 年），頁 202。

公冶長》云:「盍各言爾志?」[註101]因此「志」前面的動詞必須和臣子的身分有關。

其次,對於「瞿轡」的說法,筆者將學者們的意見整理如下:

原整理者	讀為「諤」 釋為「正直」	讀為「留」 釋為「守常不變」
汗天山	讀為「勸」 釋為「蓳」	讀為「戀」 釋為「勉」
王寧	讀為「咢」或「愕」 訓為「驚」	讀為「籀」 釋為「讀」
蕭旭	讀為「遻」 指驚心,引申為戒懼、恭敬	讀為「留」 訓為「止」
羅小虎	讀為「癉」 釋為「勞」、「苦」	讀為「勞」 釋為「勤」
謝明文	讀為「瞿」 訓「勤」、訓「勞」	從原整理者之說,讀為「留」
子居	讀為「萬」	讀為「蔞」
伊諾	從蕭旭之說,讀為「遻」	從蕭旭之說,讀為「留」
袁證	讀為「遽」 訓為「競」	讀為「流」 釋為「放」
李宥婕	從謝明文之說,从「懼」字省	從原整理者之說,讀為「留」
金宇祥	讀為「恪」 訓為「恭敬」、「恭謹」	從汗天山之說,讀為「戀」

原整理者認為「」是「雔」字省,即「鸋」字,但筆者對比楚簡出現的「咢」字,如「」(清華壹·楚居·6)、「」(清華叁·祝辭·4),發現相同處不大,較相似的為《清華叁·祝辭》的「」形,但是此處疑難字的中間為彎曲,不是一橫筆,並且「口」形寫法更不一樣,因此二者不同。此外,楚簡出現的「鸋」字只有「」(清華壹·楚居·12),此字是

[註101] 李學勤主編:《十三經注疏》整理委員會整理:《論語注疏》,頁75。

從鳥、噩聲，「咢」是「噩」的異體字。而且，疑難字上部「」不像這裡「口」形，如「」為兩側較突出貌，反倒「」是由下方起收筆。因此，筆者認為「」非「雗」字省，也不會讀作「諤」、「咢」或「遷」，金宇祥讀作「愕」亦是從「咢」通假而來，因為觀察這些字的古文字都是從「口」，而非如疑難字從兩個圈形。子居讀為「萬」，因為古文字形不合，並無通轉之證，所以此說不確。羅小虎認為該疑難字跟「」（郭店・老子丙・10）、「」（包山・2・168）的「單」形有關。考察「單」的甲骨文作「」（合集 137 正），金文作「」（蔡侯匜／集成 10195），如謝明文所言金文寫法在上部加了一弧形筆劃。觀察從「單」的古文字「」（舒簋壺／集成 09734）（戰）、「」（頌鼎／集成 02829）（廝）、「」（中山王嚳鼎／集成 02840）（憚）、「」（鄣孝子鼎／集成 02574）（鄣）、「」（郭店・成之聞之・28）（墠）、「」（雨 21・4）（獸）、「」（天卜）（獸）。可以發現疑難字的「吅」旁和「單」的「吅」旁相似，另外中間還有曲筆及兩點結構相似。除此之外，《清華柒・晉文公入於晉》簡6有「戰」字作「」，和本疑難字上形十分接近。謝明文認為「」（中山王嚳鼎／集成 02840）（憚）可能是此處的疑難字「」把上部的兩個圈形變形聲化作「甲」演變而來，也可能是後者與「甲」或「瞿」因音近糅合而來，但是就「甲」演變為兩個圈形之證，仍需要有其他的字形證據加以佐證。〔註102〕觀察上述和「」相近的楚文字，從「單」的古文字中有二圈形及一弧形筆劃和疑難字形接近，「」（中山王嚳鼎／集成 02840）的二圈形、一弧形筆劃及部件「隹」和疑難字

〔註102〕許文獻師在筆者學位口試當天指點此寶貴意見，2019 年 12 月 23 日。

形較為接近。因此，疑難字有可能是「懼」字省，如李宥婕所言。對於「瞿」，《字源》云：「瞿字始見于戰國，主流結構作从隹、䀠聲」〔註103〕戰國文字亦有「」（郭店・語叢 2・32）、「」（郭店・語叢 2・32）「」（集粹）、〔註104〕「」（九店・621・13）〔註105〕「」（清華柒・越公其事・69），本篇簡 13 中有「懼」字作「」。這些戰國文字「懼」的寫法都跟疑難字不同，疑難字沒有明顯的「䀠」形。金宇祥將疑難字和同樣有二口形的「」（睡虎地秦簡・6）連結，並認為「」（清華叁・祝辭・3）下半聲化為「逆」，讀為「咢」。觀察該疑難字字形「」，其中間的「逆」字寫法不大像金宇祥羅列的為一橫筆，而是一曲筆。筆者認為該疑難字字形中間和「屰」字形有關的寫法如高佑仁師〈「逆」字的構形演變研究〉整理的 A.2 類寫法：

「」屬於齊系文字，特徵是將人之軀幹省略，僅留雙手雙腳。〔註106〕

該疑難字中間和齊系寫法的「」相似。另外，金宇祥所言可信，然而筆者認為「」（睡虎地秦簡・6）上半部仍和疑難字上半部有別，本篇亦有許多楚文字典型口形的寫法，而疑難字不用口形，改用兩個圓圈形，筆者推測可能是書手要有所區別。是以，筆者暫從謝明文的說法，讀作「劬」，釋作「勤」或「勞」。如《詩經・小雅・蓼莪》云：「哀哀父母，生我劬勞。」〔註107〕可參。

其三，關於「」為从車、从山、从留之字，其右方从「留」則和楚簡常見「留」字形不同，如「」（珍秦金／吳越三晉 244 頁・二十二年屯留戟）、〔註108〕「」（包山・2・169）、「」（新甲 3・314）、「」（信

〔註103〕李學勤主編：《字源》（天津：天津古籍出版社，2013 年），頁 322。

〔註104〕湯餘惠：《戰國文字編》，頁 240。

〔註105〕湯餘惠：《戰國文字編》，頁 706。

〔註106〕高佑仁師：〈「逆」字的構形演變研究〉，《中正漢學研究》2013 年第 2 期（2013 年 12 月），頁 31。

〔註107〕李學勤主編；《十三經注疏》整理委員會整理：《毛詩正義》，頁 908。

〔註108〕湯志彪：《三晉文字編》，頁 2111。

陽 2‧013）、「」（新乙‧4‧25）。筆者認為此字右半形的中間字形「」和一般常見的留之字形不同，另外關於「卯」形，楚簡可見「」（郭店‧六德‧12），和該疑難字寫法不同。原整理者認為从車，蒥聲，然筆者觀察字形上面只有「中」，隸作从「艸」可商。羅小虎讀為「勞」，筆者認為本篇亦有「勞」字「」（簡15），因此有很大的可能性不會用另外的字來表示「勞」。子居讀為「蔞」，「蔞」楚文字作「」（新零‧317）、「」（新零‧317）與該疑難字字形有別，並無通轉之證，所以此說不確。比較「」（包山‧2‧169）、「」（包山‧2‧169）（蒥）、「」（上博一‧緇衣‧21）（蒥）和「」，該疑難字右半从「中」从「田」，寫法相同，至於疑難字右半中間的寫法則為楚簡中尚不可見，在《上博一‧緇衣》中文例為「君子不自蒥（留）焉」，讀為「留」。〔註109〕此處疑難字从「留」的寫法可視「留」在楚文字演變中的過程之一，該字从車留聲，「車」為意符，「留」為聲符，筆者贊成原整理者的說法，讀為「留」，釋為「守常不變」。

其三，討論此處缺文二字的問題。王寧認為疑是「吾主」二字，伊諾從之。但筆者認為這裡的主語應該還是指「二三臣」，承如上文子餘所說：「我君主的幾個臣子們，不會拒絕良好的諫言，不會隱瞞善行、善人或善事，一定除去有過錯的人事物，……於禍亂中」倘若這裡有「吾主」一詞的話，在之後又出現「『吾主』弱時而強志」，這樣會重複兩個「吾主」，所以缺文疑是「吾主」二字的可能性不高。

其四，對於「瞿轊於志」的解釋，汗天山認為是「勉力於志向」；王寧認為「公子重耳驚慌中閱讀志書」；羅小虎認為是「癉勞於志」，指文公在外流亡之事，是「守志彌篤」的表現，李宥婕從之；金宇祥認為是恭敬勤勉於心。筆者則傾向汗天山及羅小虎的說法，將其解讀為「臣子辛勞守常其志」。此處「於難」和「於志」相對，臣子的態度「在災難」時是如何，「在得志」時又

〔註109〕馬承源主編：《上海博物館藏戰國楚竹書（一）》（上海：上海古籍出版社，2001年），頁196。

是如何。「難」和「志」指某種情境，當作名詞。因此筆者推測「於難」前面的缺字為寫臣子在災難時的態度表現，簡文此句解讀為：「……於禍亂中，（臣子）辛勞守常其志」。

〔十〕幸旻（得）又（有）利不忻（祈）蜀（獨）∨，欲皆僉之▼。

幸	旻	又	利	不	忻
蜀	欲	皆	僉	之	

原整理者：忻，《玉篇》：「喜也。」蜀，讀為「獨」。𦱚，疑為「僉」字，《小爾雅・廣言》：「同也。」〔註110〕

暮四郎：「僉」、「廛」或當分別讀為「斂」、「展」。郭店簡《緇衣》簡36、上博簡《用曰》簡17「廛」均用為「展」。二詞相對。上博六《用曰》簡17：「僉（斂）之不骨（過），而廛（展）之亦不能違。」〔註111〕

黑白熊：如暮四郎先生所言「僉」、「廛」二詞相對，但此處讀為斂、展似與文意不恰。據包山121、136的「僉殺」，「僉」是修飾「殺」的副詞，包山簡文交代的都是多人殺一人的案件，這與《子犯子餘》簡文的意思是相近的。「僉」是齒音字，但「劍」字為見母字，與「兼」音近義近，但楚簡有「兼」字，此處又似不可強讀為「兼」，因此「僉」、「廛」的讀法可從整理者的意見。《用曰》的讀法也可據意義更明確的《子犯子餘》做出更正。〔註112〕

厚予：「忻」當讀為「斤」，訓為「察」。「廛」疑讀為「展」，郭店《緇衣》引《詩》「展也大成」，「展」寫作「廛」。展，省視也。大意是：有過錯不察於

〔註110〕李學勤主編：《清華大學藏戰國竹簡（柒）》，頁95。

〔註111〕見武漢網「簡帛論壇」〈清華七《子犯子餘》初讀〉11樓，2017年4月24日（2019年7月2日上網）。

〔註112〕見武漢網「簡帛論壇」〈清華七《子犯子餘》初讀〉18樓，2017年4月24日（2019年7月2日上網）。

人和省視自己。〔註113〕

　　王寧：「僉」的意思相當於「共」。〔註114〕

　　劉偉浠：簡6的（僉）字形上面兩橫是受同篇類化作用。〔註115〕

　　zzusdy：類似寫法的「僉」見於《用曰》簡17。〔註116〕

　　王寧：「」字，整理者云：「疑為『僉』字，《小爾雅‧廣言》：『同也。』」說可從。此字即楚簡「僉」字下面所從的部分，從「吅」從二人相並，表示眾人共同說話的意思，即《書‧堯典》和《楚辭‧天問》所謂「僉曰」是也，《說文》訓「皆」即其義之引申，故此字徑釋「僉」即可。「幸得」以下「有利」至「擅之」均當加引號，這是《志》裡說的話。⋯⋯意思大概是子餘對秦穆公說：吾主（重耳）遭難的時候，驚慌中閱讀志書，有幸讀到了「有利益不喜歡獨享，希望大家都能得到；事情有了過錯不喜歡轉嫁給別人，必定獨自承擔」這段話。我主體力弱可意志強，不願接受禍亂帶來的利益，考慮是自己有了過錯，因此逃走離開了。您如果根據這個就說他沒有幫手，實在是不了解他的意志了。〔註117〕

　　馮勝君：「忻」的詞義主要偏向於內心高興、歡喜，與簡文語境並不切合。仔細體會簡文文義，我們認為簡文「忻」所表示的詞，應該是「寧肯、願意」的意思，「不忻」應理解為不肯、不願。順著這個思路，我們認為「忻」當讀為「憖」。忻，曉紐文部；憖，疑紐文部。二字疊韻，聲紐亦非常相近。不少從「斤」得聲的字即屬疑紐，如「狋」、「圻」、「齗」等。「憖」從「猌」聲，《說文‧犬部》：「猌，讀又若銀。」《淮南子‧兵略》：「進退詘伸，不見朕憖」，

〔註113〕見武漢網「簡帛論壇」〈清華七《子犯子餘》初讀〉19樓，2017年4月24日（2019年7月2日上網）。

〔註114〕見武漢網「簡帛論壇」〈清華七《子犯子餘》初讀〉20樓，2017年4月24日（2019年7月2日上網）。

〔註115〕見武漢網「簡帛論壇」〈清華七《子犯子餘》初讀〉39樓，2017年4月27日（2019年7月2日上網）。

〔註116〕見武漢網「簡帛論壇」〈清華七《子犯子餘》初讀〉40樓，2017年4月27日（2019年7月2日上網）。

〔註117〕王寧：〈釋清華簡七《子犯子餘》中的「愕籬」〉，復旦網，2017年5月4日（2019年7月16日上網）。

「朕塂」同書《覽冥》篇作「朕垠」。據《玉篇》、《集韻》等字書,「塂」即「垠」字異體。而《說文・土部》:「圻,垠或從斤」,則「圻」與「垠」亦為異體關係。從「塂」、「垠」、「圻」互為異體這一點來看,不僅「忻」讀為「憖」毫無問題,甚至很可能「忻」就曾經作過「憖」的異體字。

「不忻(憖)」,即不肯、不願的意思。《詩・小雅・十月之交》:「不憖遺一老」,《釋文》引《爾雅》:「憖,願也。」《國語・楚語上》:「不穀雖不能用,吾憖寘之於耳」,韋昭注:「憖,猶願也。」《左傳・昭公二十八年》:「鈞將皆死,憖使吾君聞勝與臧之死也以為快。」楊伯峻注引趙坦《寶甓齋札記》:「憖,與『寧』相近。」「憖」有寧肯的意思(願意、寧肯,義本相因),「不憖」即不肯(「不憖遺一老」之「不憖」,詞義亦偏向於不肯)。將「不忻(憖)」理解為不肯、不願,按之簡文文義,無疑是非常合適的。〔註118〕

汗天山:「忻」,直接讀為「祈」即可講通簡文?祈,求也。《禮記・儒行》:「不祈土地。」《詩・小雅・賓之初筵》:「以祈爾爵。」〔註119〕

潘燈:67 樓汗天山先生釋忻為祈可從。祈,求也。新甲一・21:「忻福於邵(昭)王」,忻即讀祈。〔註120〕

蕭旭:馮說是也,《說文》:「猌,犬張齗怒也。」此是聲訓。《說文》:「聽,笑皃。」《廣雅》:「聽,笑也。」《集韻》、《類篇》引《博雅》「聽」作「齗」,《集韻》又引《廣雅》「聽」作「齗」。《玉篇》:「齗,笑也。」《集韻》:「齗,笑露齒。」《史記・司馬相如傳》《上林賦》:「無是公听然而笑。」《索隱》:「聽音齗,又音牛隱反。」《文選・廣絕交論》:「主人听然而笑曰。」《韓詩外傳》卷9:「戴晉生欣然而笑,仰而永嘆曰。」《史記・孔子世家》:「孔子欣然而笑曰。」《類聚》卷 19 引《竹林七賢論》:「籍因對之長嘯,有間,彼乃齗然笑曰:『可更作。』」《後漢書・張衡傳》《思玄賦》:「戴勝憖其既歡兮,又誚余之行遲。」李賢注引張揖《字詁》:「憖,笑貌也。」《文選・思玄賦》舊注:

〔註118〕馮勝君:〈清華簡《子犯子余》篇「不忻」解〉,武漢網,2017 年 5 月 4 日(2019年 7 月 16 日上網)。

〔註119〕見武漢網「簡帛論壇」〈清華七《子犯子餘》初讀〉68 樓,2017 年 5 月 5 日(2019年 7 月 2 日上網)。

〔註120〕見武漢網「簡帛論壇」〈清華七《子犯子餘》初讀〉70 樓,2017 年 5 月 12 日(2019年 7 月 2 日上網)。

「懃，笑貌。」「听」、「齗」、「欣」、「齫」、「懃」諸字當亦是異體字。然考《說文》：「懃，一曰說也，一曰甘也。」「說」即「悅」，亦喜也，與願肯、甘願義相因。整理者說亦不誤。〔註121〕

　　羅小虎：疑為「僉」字，《小爾雅·廣言》：「同也。」此說可疑，「僉」字在上古漢語中罕見動詞用法。《說文》：「僉，皆也。」《尚書·堯典》「僉曰」，孔傳：「僉，皆也。」《楚辭·天問》「僉曰」，王逸注：「僉，眾也。」辭例一致，或訓「皆」，或訓「眾」。傳世古書中，此字後多接動詞，如「僉曰」、「僉進」，無動詞用法。《小爾雅》中的「同」，其義當與「皆」相同。簡文中的這個字，明顯是動詞。疑為「共」字異構。共，共同具有。《論語·公冶長》：「與朋友共，敝之而無憾。」「共利」一說，古書亦多見：《莊子·達生》：「不與民共利，行年七十而猶有嬰兒之色。」《淮南子·兵略訓》：「而與民共享其利。」〔註122〕

　　![共]字懷疑為「共」字異構，主要是從傳世文獻上來看的。共、擅意思相對。在傳世文獻上還有如下的例子：唐闕史：崇高之名，博施之利，天下公器也。與眾共之，無或獨擅，無或多取。〔註123〕

　　子居：「不忻」的用法較少見，可比較者有《群書治要》卷三十一引《六韜·龍韜》：「封一人而三軍不悅，爵一人而萬人不勸，賞一人而萬人不欣，是為賞無功、貴無能也。」《論衡·自紀》：「得官不欣，失位不恨。」可見這樣的措辭特徵當在戰國後期之後才出現。「幸得」一詞，在先秦傳世文獻中未見用例，漢代辭例則甚多。由此可見，清華簡《子犯子餘》篇的成文時間當非常接近於漢代，因此以戰國末期為最可能。〔註124〕

　　![僉]與「僉」字有明顯差別，此字當即「覘」字，相較於「覘」形，只是

〔註121〕蕭旭：〈清華簡（七）校補（一）〉，復旦網，2017 年 5 月 27 日（2019 年 7 月 16 日上網）。

〔註122〕見武漢網「簡帛論壇」〈清華七《子犯子餘》初讀〉93 樓，2017 年 7 月 2 日（2019 年 7 月 2 日上網）。

〔註123〕見武漢網「簡帛論壇」〈清華七《子犯子餘》初讀〉108 樓，2017 年 11 月 6 日（2019 年 7 月 2 日上網）。

〔註124〕子居：〈清華簡七《子犯子餘》韻讀〉，中國先秦史網站，2017 年 10 月 28 日（2019 年 7 月 10 日上網）。

多了類似於「并」字的雙橫筆，同樣的增寫雙橫筆情況還見於包山簡的部分「皆」字。「僉」字從「覞」得義，「覞」形所表示的，當即共同義，《正字通‧兒部》：「覞，同昆。」

《說文‧日部》：「昆，同也。」《莊子‧天運》：「故若混逐叢生，林樂而無形。」成玄英疏：「混，同也。」……與此節可以參看者，為《管子‧明法解》：「與天下同利者，天下持之。擅天下之利者，天下謀之。」《六韜‧文師》：「同天下之利者則得天下，擅天下之利者則失天下。」[註125]

伊諾：我們認為蕭說可從，整理者、馮勝君之說皆可通。簡文此 ▨ 字，羅小虎與包山簡「僉殺」例比對，是對的，然懷疑是「共」字異構則可商。從文意上說雖釋「共」可通，然於字形不安。商代金文《共覃父乙簋》「共」字作「▨」形，朱芳圃以為「共象兩手奉瓷形。」季旭昇說「甲骨文『▨』舊或釋『共』（《甲骨文編》315 號）；牧共簋『▨』字郭沫若釋『共』，以為象拱璧形（《金文叢考》219 頁），都有討論的餘地。今改作『弁』。」甲骨文有▨（合集 14295）、▨（合集 14795 正）、▨（合集 14795 反）等形。謝明文老師上課說，▨、▨、▨ 當是「共」字，西周中期《師晨鼎》亦有「▨」形，後或訛變作「▨」形，再進一步訛變作「▨」、「▨」、「▨」等形，「▨」應該是「▨」過度到「共」的中間形態。其說可從。且遍查各字編「共」字形，下皆從兩手會捧奉意，未見下從「人」形者，故釋 ▨ 為「共」之異構，於字形未安。子居先生釋此 ▨ 字為「覞」字，亦不妥。首先，「覞」，目前古文字中未見，當出現較晚；其次，子居所據《正字通》為明代字書，時代較晚，所收字形未必可靠。古書用例都是「昆」或「混」，故釋「覞」當也不可靠。我們認為當從整理者說，釋為「僉」字，共同的意思，亦不必再破讀為「共」。[註126]

袁證：這裏當從馮勝軍（君）先生意見讀「愍」，訓願。[註127]

〔註125〕子居：〈清華簡七《子犯子餘》韻讀〉，中國先秦史網站，2017 年 10 月 28 日（2019 年 7 月 10 日上網）。

〔註126〕伊諾：〈清華柒《子犯子餘》集釋〉，復旦網，2018 年 1 月 18 日（2019 年 7 月 6 日上網）。

〔註127〕袁證：《清華簡《子犯子餘》等三篇集釋及若干問題研究》，頁 22。

李宥婕：馮勝君先生、蕭旭先生從「埜」、「垠」、「圻」、「听」、「斷」、「欣」、「齹」、「慭」諸字互為異體這一點來看，將「忻」讀為「慭」，甚至認為很可能「忻」就曾經作過「慭」的異體字。「不慭」一詞，在包山楚簡兩見：1、：新偖尹不為其察，不慭。（包 15 反）2、：不新偖尹。（包 2．16）可知，「不慭」一詞在楚簡中「慭」字應作「」、「」形。馮先生從聲音關係繫連「慭」與「忻」，就文義上亦有其理。唯此通假現象在楚簡中尚未出現，茲存其說，以俟後考。「」字在此處依其字形，若就整理者直接訓為「忻」，喜也，在文義上又稍嫌不妥。可從「汗天山」之說直接讀為「祈」，求也。「潘燈」亦舉出新甲一．21：「忻福於卲（昭）王」，忻即讀祈，作為通假例證。則簡文「又（有）利不忻蜀（獨）」可解釋為有所利益不求獨善其身。〔註 128〕

「蜀」字在甲金文从「目」从「人」从「虫」，戰國竹簡多通假為「獨」。《大戴禮記．文王官人》：「微忽之言久而可復，幽閒之行獨而不克，行其亡如其存。」《大戴禮記解詁》：「獨謂獨弄共身。」即指獨善其身。則簡文「又（有）利不忻蜀（獨）」可解釋為有所利益不求獨善其身。〔註 129〕

「（僉）」字於包山楚簡文書 135 已有此字，讀為「僉」，作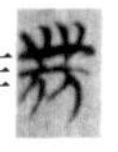：「苛冒、宣卯僉殺僕之兄刃。」「僉殺」指共同殺害。據此，就詞意上「（僉）」依整理者讀為「僉」，訓為同可從。然「僉」字尚未見動詞用法，逕自訓為「同」尚存疑。〔註 130〕

金宇祥：「幸得有利不忻獨」，「忻」字除了此處，還見於下一句「不忻以人」，原考釋對於這兩個「忻」的注釋稍嫌不清楚。原考釋於「不忻以人」的注釋云：「有幸得利，不樂於自己獨享，希望大家都有；如果有過錯，不喜推給他人，必定自己獨攬。」將第一個「忻」解釋為「樂」；第二個「忻」解釋為「喜」，但其第二個解釋「不喜推給他人」的「喜」，應是喜歡、喜好之意，原考釋所引《玉篇》：「喜也」只能用來解釋第一個「忻」，而不能用來解釋第

〔註 128〕李宥婕：《《清華大學藏戰國竹簡（柒）．子犯子餘》集釋》，頁 64。

〔註 129〕李宥婕：《《清華大學藏戰國竹簡（柒）．子犯子餘》集釋》，頁 65。

〔註 130〕李宥婕：《《清華大學藏戰國竹簡（柒）．子犯子餘》集釋》，頁 67。

二個「忻」。先秦文獻「忻」見於：

> 《韓詩外傳・卷四》：管仲曰：「何謂三色？」（東郭牙）曰：「歡忻
> 愛說，鐘鼓之色也；愁悴哀憂，衰絰之色也；猛厲充實，兵革之色
> 也。是以知之。」

> 《韓詩外傳・卷五》：孔子曰：「夫談說之術：齊莊以立之，端誠
> 以處之，堅強以待之，辟稱以喻之，分以明之，歡忻芬芳以送
> 之……。」

> 《晏子春秋・景公欲厚葬梁丘據晏子諫》：「為妻之道，使其眾妾皆
> 得歡忻于其夫，謂之不嫉。」

或作「忻忻」：

> 《淮南子・原道訓》：聖人不以身役物，不以欲滑和，是故其為歡不
> 忻忻，其為悲不慽慽。

> 《淮南子・覽冥訓》：「斬艾百姓，殫盡大半，而忻忻然常自以為治。」
> 欣喜得意貌。

「忻」在文例中為「喜悅」之意，《淮南子・覽冥訓》「忻忻然」，高誘注：「忻
忻，猶自喜得意之貌也。」無論是「忻」或「忻忻」皆未見喜歡、喜好之意，
故不從其說。「慭」字見於楚簡：🔲《包山》簡15反（摹本）、🔲《上博九・
靈王遂申》簡1，或加「臼」形：🔲《清華貳・繫年》簡45、🔲《清華叁・
芮良夫毖》簡15，馮勝君之說，「斤」為見紐諄部；「慭」為疑紐諄部，聲同為
喉音，韻部相同，雖然未見通假例證，但「慭」用來解釋此兩處簡文，文意可
通，故從其說。〔註131〕

　　金宇祥：：「𦬊」字圖版作🔲（後以△表示），🔲《上博三・彭祖》簡
5的「兄」字與△相近，但「兄」在此不好解釋。與△字相近還有，「🔲殺」
《包山》簡133（又見簡135、136），陳偉釋為「僉」。又「🔲之不骨，而塵
之亦不能」《上博六・用曰》簡17，何有祖釋為「僉」，讀作「儉」或「斂」。

〔註131〕金宇祥：《戰國竹簡晉國史料研究》，頁65～66。

字形上，此篇已有從「僉」旁的「劍」字作 [image] 簡7，所以若要將△字釋為「僉」，就是將△字視為「僉」字的變形。但就以上辭例來看，似乎還沒有一個定點能將△字釋為「僉」，故此字待考。〔註132〕

　　鼎倫謹案：首先，關於簡文的「幸旻（得）又（有）利」，「利」在此指「利益」，和子犯回答秦穆公時提到「秉禍利身」之「利」，〔註133〕以及「疾利焉不足」的「利」相同。筆者於此欲討論「幸得」一詞。王寧認為是「有幸讀到」，筆者認為可商。「幸得」用例在古籍中可見《孔叢子・答問》云：「今幸得聞命，寡人無過焉。」〔註134〕可參。本篇有七處「有」加上名詞的用法，為兩處「有禍」（簡1、簡3）及「有善」（簡4）、「有利」（簡5）、「有過」（簡5）、「有心」（簡6～7）、「有僕」（簡8）。「苟盡有心如是」中的「有心」看似冗贅，但筆者認為「有」應有強調的功能，也如同此處的「幸得有利」，簡言之，此處意為「有幸能夠擁有利益」。

　　其次，關於「忻」，筆者先將學者們的說法整理並列點如下：

1. 釋為「喜」。原整理者主之，王寧從之。
2. 讀為「斤」，訓為「察」。厚予主之。
3. 讀為「慭」，釋為「寧肯、願意」。馮勝君主之，蕭旭、伊諾、袁證、金宇祥從之。
4. 讀為「祈」，釋為「求」。汗天山主之，潘燈、李宥婕從之。

簡文有兩個「忻」，一是這裡的「幸得有利不忻獨」，二是後文的「不忻以人」。金宇祥云原整理者認為這裡的「忻」釋為「樂」，後文的「忻」釋為「喜」可商，因為「忻」在傳世文獻中都表「喜悅」之意，而沒有「喜歡」之意，而且原整理者釋為「喜」的說法只能用來解釋「幸得有利不忻獨」，卻不能用來解釋「不忻以人」，筆者認為可信。然而，馮勝君之說，透過「忻」和「慭」二字疊韻且聲紐接近的音韻關係通假，可待商榷。筆者認為釋作「寧肯」雖

〔註132〕金宇祥：《戰國竹簡晉國史料研究》，頁66～67。

〔註133〕黃聖松師在筆者學位口試當天指點此寶貴意見，2019年12月23日。

〔註134〕（漢）孔鮒撰；（北宋）宋咸注：《孔叢子七卷釋文一卷》，影印宋刻本，孔叢子卷第六，頁11，收入自山東文獻集成編纂委員會主編：《山東文獻集成》第四輯（濟南：山東大學出版社，2011年），頁24～35。

然於文義中可通，但是觀察其字形為「」（包山・2・15反）、「」（包山・2・194）和「」字形相異頗大，並且就通假之證在楚簡中未可見。「」為从心斤聲，「斤」為聲符，是以，筆者贊成汗天山的說法，讀為「祈」，在楚簡中的通假之例如潘燈引《新蔡・甲一》簡21：「忻（祈）福於昭王」為證，釋為「求」。厚予讀為「斤」，筆者認為此說不確，因為本篇已有「斤」字：「」（簡9），不須再多寫一個从心的斤字讀為斤，有點多此一舉。「蜀」讀為「獨」，「蜀」上古音為「定紐屋部」，〔註135〕「獨」上古音為「定紐屋部」，〔註136〕二字聲紐及韻部均相同，故可相通。此外，李宥婕將「幸得有利不祈獨」解讀為「有幸擁有利益不求獨善其身」，其實這裡講的是重耳臣子擁有「利」，不會只想到自己，而會與人分利。但如果用「獨善其身」解釋「獨」，不太恰當。因為「獨善其身」是指修養個人品德，與簡文意思不同。綜上一段所述，筆者認為「幸得有利不祈獨」可解讀為「有幸擁有利益不求獨自擁有」，所以才會有下一句「欲皆僉之」的動作表現。

其三，關於「」，筆者將學者們的說法整理如下：。

1. 疑為「僉」字，釋為「同」。原整理者主之，黑白熊、王寧、馮勝君、伊諾、李宥婕從之。
2. 讀為「斂」，和下文「展」（廛）字相對。暮四郎主之，zzusdy從之。
3. 疑為「共」字異構。羅小虎主之。
4. 為「覘」，釋為「共同」。子居主之。

「僉」字在楚文字常見為「」（上博七・凡物流形甲・24）、「」（上博八・顏淵問於孔子・7）、「」（望山・2・48）、「」（郭店・性自命出・26）、「」（郭店・老甲・5）、「」（包山・2・121），和此處的「」相較後，不同

〔註135〕（東漢）許慎撰；（清）段玉裁注；李添富總校訂：《新添古音說文解字注》，頁672。

〔註136〕（東漢）許慎撰；（清）段玉裁注；李添富總校訂：《新添古音說文解字注》，頁480。

之處在於「」省略上面的「人」以及下半的「甘」形。此外，在本篇簡 7 可見「」，「僉」字的寫法如該字形的右半部，代表本篇書手知道「僉」字寫法。而且關於此字「」上方相異之處，劉偉浠則認為其上面兩橫是受同篇「」類化作用，筆者懷疑若是類化，為何簡 7「」其右半部也沒類化呢？因此，該說法不可信。羅小虎認為是「共」之異構，然而觀察「共」字寫法「」（亞共覃父乙毀／集成 03419）、「」（包山‧2‧239）、「」（郭店‧五行‧22）、「」（上博二‧昔者君老‧4），下部皆為雙手形，而不見從人形，故「共」之異構的說法不確。另外，「」的楚文字尚未可見，故此說存疑。李宥婕云該疑難字可見於「」（包山‧2‧135），文例為「苟冒、宣卯僉殺僕之兄刃。」其說可從。除此之外，《包山楚墓文字全編》將「」（包山‧2‧121）隸作「督」，讀作「僉」（文例為：「督（僉）殺於舒翠於競不割之官」），〔註 137〕這樣的寫法和「」（郭店‧性自命出‧26）比較接近。因此從文例可以判斷，該字應該是「僉」，「僉」可以省略上面的「人」與下半的「甘」，是一種比較特別的寫法。是以，筆者從原整理者之說，隸作「僉」字，釋為「同」，《尚書‧堯典》云：「僉曰：『於，鯀哉！』」孔傳：「僉，皆也。」〔註 138〕綜上一段所述再加上「欲皆僉之」，則意為「有幸擁有利益不求獨自擁有，想要和大家共同擁有」。此外「幸得有利不祈獨，欲皆僉之。」和前文「不蔽有善」相互呼應。

　　最後，簡文此句解讀為：「（臣子）有幸擁有利益不求獨自擁有，想要和大家共同擁有。」

〔十一〕事（使）又（有）訧（過）女（焉），不忻（祈）以人，必
　　　　身壇（擅）之。

〔註 137〕李守奎、賈連翔、馬楠編著：《包山楚墓文字全編》（上海：上海古籍出版社，2012
　　　　年），頁 199。

〔註 138〕李學勤主編：《十三經注疏》整理委員會整理：《尚書正義》，頁 47。

事	又	訛	女	不	忻
以	人	必	身	廛	之

原整理者：訛，讀為「過」。《論語‧子路》「赦小過」，皇侃疏：「過，誤也。」以，訓為「及」。《國語‧周語上》引《書‧湯誓》「無以萬夫」，《呂氏春秋‧順民》引「以」作「及」。句意為不喜歡推給他人。廛，讀為「擅」，《說文》：「專也。」這句話與前一句相對，分別就「利」、「過」兩種對立情況而言。有幸得利，不樂於自己獨享，希望大家都有；如果有過錯，不喜推給他人，必定自己獨攬。〔註139〕

鄭邦宏：「事」，整理者如字讀，而在注釋中，整理者將此句譯為「如果有過錯，不喜歡推給他人，必定自己獨攬」，對文意的把握是正確的。「事」，當讀為「使」，此表假設連詞。《論語‧泰伯》：「如有周公之才之美，使驕且吝，其餘不足觀也已。」劉淇指出：「使，假設之辭也。」〔註140〕

暮四郎：「僉」、「廛」或當分別讀為「斂」、「展」。郭店簡《緇衣》簡36、上博簡《用曰》簡17「廛」均用為「展」。二詞相對。上博六《用曰》簡17：「僉（斂）之不骨（過），而廛（展）之亦不能違。」〔註141〕

黑白熊：「僉」、「廛」的讀法可從整理者的意見〔註142〕

厚予：「廛」疑讀為「展」，郭店《緇衣》引《詩》「展也大成」，「展」寫

〔註139〕李學勤主編：《清華大學藏戰國竹簡（柒）》，頁95～96。

〔註140〕清華大學出土文獻讀書會（石小力整理）：〈清華七整理報告補正〉，清華網，2017年4月23日（2019年7月10日上網）。另可見鄭邦宏：〈讀清華簡（柒）札記〉，頁249。

〔註141〕見武漢網「簡帛論壇」〈清華七《子犯子餘》初讀〉11樓，2017年4月24日（2019年7月2日上網）。

〔註142〕見武漢網「簡帛論壇」〈清華七《子犯子餘》初讀〉18樓，2017年4月24日（2019年7月2日上網）。

作「塵」。展，省視也。大意是：有過錯不察於人和省視自己。〔註143〕

　　王寧：「塵」當讀為「擅」或「專」，整理者說可從。〔註144〕

　　陳偉：（「」）恐當讀為「使」。《助字辨略》卷三「使」字條：「《論語》『使驕且吝。』《後漢書・仲長統傳》：『使居有良田廣宅。』使，假設之辭也。」《國語・吳語》亦云：「使死者無知，則已矣。若其有知，吾何面目以見員也。」〔註145〕

　　王寧：「幸得」以下「有利」至「擅之」均當加引號，這是《志》裡說的話。〔註.146〕

　　翁倩：「幸得又（有）利不忻蜀（獨），欲皆（僉）之。事又（有）訛（過）焉，不忻以人，必身塵（擅）之。」意思是，有幸得利不喜歡獨享，希望大家都能得到。事情出了錯誤，不喜歡推給他人，必定自己獨攬。這句話指的是「志」的內容，也是重耳的美德。〔註147〕

　　羅小虎：用曰簡17；子犯子餘簡5。比較一下，二者稍有不同。前者少了一橫，下面是類似「日」字的形狀。後者多了一橫，類似「田」字。但應當看成一個字。《子犯子餘》的整理報告認為可讀為「擅」，可從。《說文手部》：「擅，專也。」意思是專擅、獨攬。《莊子・漁父》：「不仁之於人也，禍莫大焉，而由獨擅之。」《戰國策・秦策三》：「且昔者，中山之地，方五百里，趙獨擅之。」《史記・趙世家》：「亡韓，秦獨擅之。」《淮南子・俶真訓》：「己自以為獨擅之，不通之於天地。」〔註148〕

────────────

〔註143〕見武漢網「簡帛論壇」〈清華七《子犯子餘》初讀〉19樓，2017年4月24日（2019年7月2日上網）。

〔註144〕見武漢網「簡帛論壇」〈清華七《子犯子餘》初讀〉20樓，2017年4月24日（2019年7月2日上網）。

〔註145〕陳偉：〈清華七《子犯子餘》校讀〉，武漢網，2017年4月30日（2019年7月10日上網）。

〔註146〕王寧：〈釋清華簡七《子犯子餘》中的「愕籬」〉，復旦網，2017年5月4日（2019年7月16日上網）。

〔註147〕翁倩：〈清華簡（柒）《子犯子餘》篇札記一則〉，武漢網，2017年5月19日（2019年7月16日上網）。。

〔註148〕見武漢網「簡帛論壇」〈清華七《子犯子餘》初讀〉108樓，2017年11月6日（2019

　　袁證：「厚予」先生意見可從，《爾雅·釋言》：「展，適也。」王引之述聞：「適與省同義。……是省視謂之展，亦謂之適也。」這句話屬子餘對「二三臣」一定程度的褒揚之辭，表示他們仍有可用之處。〔註 149〕

　　李宥婕：由《帛易·損》：「六四，損其疾，事（使）端（遄）有喜，无咎。」可見「事」、「使」二字可通假。《史記·衛將軍驃騎列傳》：「青幸得以肺腑待罪行間，不患無威，而霸說我以明威，甚失臣意。且使臣職雖當斬將，以臣之尊寵而不敢自擅專誅於境外，而具歸天子，天子自裁之，於是以見為人臣不敢專權，不亦可乎？」一文中「幸得……使」的用法與簡文「幸旻（得）又（有）利不忻蜀（獨），欲皆𣂏（僉）之，事又（有）訛（過）女（焉），不忻以人，必身廛（擅）之」相類。故此處應從鄭邦弘（宏）先生、陳偉先生之說，將「事」讀為「使」，表假設連詞假如、假使。〔註 150〕

　　《說文》：「過，度也。從辵、咼聲。」楚簡也以「訛」表示｛過｝或｛禍｝，例：郭店簡《語叢四》6「必文以訛（過），毋令知我。」中作「𧥣」（郭·語 4·6）。就其句意：「假使有過錯，不求推給他人」，則此處整理者讀為「過」，訓為過錯可從。〔註 151〕

　　清王引之《經傳釋詞》卷一：「以，猶及也。」《易·小畜》：「富以其鄰。」《論語·堯曰》：「朕躬有罪，無以萬方。」皆為整理者將「以」訓為「及」的例證。整理者訓為「及」可從，然此處解釋為「連及」較為恰當。〔註 152〕

　　從《莊子·漁父》：「不仁之於人也，禍莫大焉，而由獨擅之。」對比簡文「事又（有）訛（過）女（焉），不忻以人，必身廛（擅）之」，「廛」字此處整理者讀為「擅」，專也，可從。表示重耳有過錯不求連及他人，必定自身獨攬之。〔註 153〕

　　金宇祥：楚簡「事」與「使」相通例證見《郭店·緇衣》簡 23「卿事」，《上博一·緇衣》簡 12 作「卿使」；《清華貳·繫年》簡 87～88「共王事（使）

年 7 月 2 日上網）。

〔註 149〕袁證：《清華簡《子犯子餘》等三篇集釋及若干問題研究》，頁 23。

〔註 150〕李宥婕：《《清華大學藏戰國竹簡（柒）·子犯子餘》集釋》，頁 68。

〔註 151〕李宥婕：《《清華大學藏戰國竹簡（柒）·子犯子餘》集釋》，頁 68。

〔註 152〕李宥婕：《《清華大學藏戰國竹簡（柒）·子犯子餘》集釋》，頁 68～69。

〔註 153〕李宥婕：《《清華大學藏戰國竹簡（柒）·子犯子餘》集釋》，頁 70。

王子辰聘於晉」。〔註154〕

　　金宇祥：「廛」從武漢網帳號「厚予」之說，讀為「展」，省視也。〔註155〕

　　鼎倫謹案：首先，關於簡文的「使有過焉」。先討論「使」，原整理者讀如「事」，釋為「如果」；鄭邦宏讀為「使」，表示假設連詞，陳偉從之；伊諾及金宇祥皆從陳偉和鄭邦宏之說；〔註156〕馮勝君釋為「如果」。筆者贊成鄭邦宏的說法，讀為「使」，「事」上古音為「從紐之部」，〔註157〕「使」上古音為「心紐之部」，〔註158〕二字聲紐都是齒頭音，韻部相同，故可相通。釋為「假使」，《國語‧吳語》云：「使死者無知，則已矣。若其有知，吾何面目以見員也！」〔註159〕《史記‧陳丞相世家》云：「誠臣計劃有可采者，願大王用之；使無可用者，金具在，請封輸官，得請骸骨。」〔註160〕「使有過焉」意旨「假使有過錯的話」，此為前提，才會有下文「不忻以人，必身廛之」。

　　其次，關於簡文的「不忻以人，必身廛之」。「忻」在前段有討論過，讀「祈」，釋為「求」。另外，關於「以」，原整理者訓為「及」，可從。

　　其三，筆者將學者對於「廛」的意見整理如下：

1. 讀為「擅」，釋為「專」。原整理者主之，黑白熊、王寧、馮勝君、羅小虎、伊諾、〔註161〕李宥婕從之。

2. 讀為「展」。暮四郎主之。

3. 讀為「展」，釋為「省視」。厚予主之，袁證、金宇祥從之。

〔註154〕金宇祥：《戰國竹簡晉國史料研究》，頁 67。

〔註155〕金宇祥：《戰國竹簡晉國史料研究》，頁 68。

〔註156〕伊諾：〈清華柒《子犯子餘》集釋〉，復旦網，2018 年 1 月 18 日（2019 年 7 月 6 日上網）。

〔註157〕（東漢）許慎撰；（清）段玉裁注；李添富總校訂：《新添古音說文解字注》，頁 117。

〔註158〕（東漢）許慎撰；（清）段玉裁注；李添富總校訂：《新添古音說文解字注》，頁 380。

〔註159〕徐元誥撰；王樹民、沈長雲點校：《國語集解》，頁 562。

〔註160〕（西漢）司馬遷撰；（南朝宋）裴駰集解；（唐）司馬貞索隱；（唐）張守節正義：《史記》，頁 1127。

〔註161〕伊諾：〈清華柒《子犯子餘》集釋〉，復旦網，2018 年 1 月 18 日（2019 年 7 月 6 日上網）。

該字形可見「」（郭店・緇衣・36）、「」（清華伍・湯處於湯丘・7）、「」（清華陸・管仲・5），筆者贊成原整理者的說法，讀為「擅」，「廛」上古音為「定紐元部」，〔註162〕「擅」上古音為「定紐元部」，二字聲紐及韻部均相同，故可相通。釋為「專」對於通篇的釋讀較貼切，如《左傳・哀公二年》云：「范氏、中行氏反易天明，斬艾百姓，欲擅晉國而滅其君。」〔註163〕綜上一段所述，「不祈以人，必身擅之」意旨「假使有過錯的話，不求推給別人，一定會獨攬之」。「身擅之」的「身」強調自身。此外，「使有過焉，不祈以人，必身擅之」和前文「必出有過」相互呼應。

其三，關於「事」，鄭邦宏讀為「使」，陳偉，伊諾、李宥婕從之，筆者亦從之。本篇共有五個「事」字，分別是：「二子事公子」、「事眾若事一人」、「以神事山川」，以及此處，「事（使）有過焉，不祈以人，必身擅之」，本處是本篇唯一讀作「使」的「事」。最後，簡文此句解讀為：「（臣子）假使有過錯的話，不求於推給別人，一定會獨攬之。」

〔十二〕虗（吾）宔（主）弱寺（時）而憨（強）志，

虗	宔	弱	寺	而	憨	志

原整理者：寺，讀為「時」。《國語・越語下》「時將有反」，韋昭注：「時，天時。」〔註164〕

王挺斌：「弱寺（時）而憨（強）志」之「時」，指的就是光陰、歲月。「弱時」指的是年少，同古書中的「弱辰」、「弱歲」、「弱年」、「弱齒」、「弱齡」。「弱寺（時）而憨（強）志」即「弱時而強志」，指的是年少而記憶力好。〔註165〕

〔註162〕（東漢）許慎撰；（清）段玉裁注；李添富總校訂：《新添古音說文解字注》，頁449。

〔註163〕李學勤主編：《十三經注疏》整理委員會整理：《春秋左傳正義》，頁1863。

〔註164〕李學勤主編：《清華大學藏戰國竹簡（柒）》，頁96。

〔註165〕清華大學出土文獻讀書會（石小力整理）：〈清華七整理報告補正〉，清華網，2017年4月23日（2019年7月10日上網）。

悅園：簡 5「弱時而 A 志」，A 整理者釋為「【強＋心】」，按 A 應改釋為「愆」，見包山簡 85、278 及蔡侯申鐘等。愆志，即違背志願。〔註166〕

王寧：「寺」當讀「持」，本義是握持，這裡指體力方面的事情，猶今言「體力活」，今言「肩不能扛，手不能提」，亦指體力弱。「強志」的「志」，《說文》：「意也」，這裡指意志、想法。〔註167〕

翁倩：將「寺」讀為「時」或「持」似乎能解釋通，但與上下文義不符。疑可讀為「恃」，意為依靠。「寺」為之部邪母，「恃」為之部禪母，二者疊韻關係，可通假。《說文・心部》：恃，賴也。从心、寺聲。時止切。《段注》：韓詩云，恃，負也。如上博藏二《魯邦大旱》4：「亓（其）欲雨或（有）甚於我，或（何）必寺（恃）虖（乎）名虖（乎）？」寺，讀為「恃」。《老子》五十一章：「為而不恃。」漢帛書甲本「寺」作「恃」。」因此，「吾主弱寺而強志」這句話就可理解為，我主上沒有強大的依靠但有堅強的意志。……故將「寺」破讀為「恃」有文例可循，且與上下文聯繫，本段提到的「無良左右」、「吾主之二三臣」皆與「恃」相呼應，與本段所表達主題相符。〔註168〕

蕭旭：寺，讀為植，立也。弱寺，即「弱植」。《左傳・襄公三十年》：「其君弱植，公子侈，大子卑，大夫敖，政多門。」孔疏：「《周禮》謂草木為植物，植為樹立，君志弱，不樹立也。」俞樾曰：「植當為脂膏膶敗之膶，字本作殖，亦或作埴。」孔說是，俞說非也。《文選・和謝監靈運》：「弱植慕端操。」李善引王逸《楚辭》注：「植，志也。」劉良注：「植，立。」二義本相因，植訓志者，「植」字動詞名用，因有「志」義；「操」本訓把持，動詞名用，因有「節志」、「節操」之義，是其比也。弱植，言其本質柔弱；強志，言其意志固執，二者有內外之別。「弱植」之反面，則為「固植」。《管子・法法》：「上無固植，下有疑心。」尹注：「植，志。」《楚辭・招魂》：「弱顏固植。」王逸注：「固，堅。植，志也。植，一作立。」一本作「立」者，以同義字易

〔註166〕見武漢網「簡帛論壇」〈清華七《子犯子餘》初讀〉46 樓，2017 年 4 月 28 日（2019 年 7 月 2 日上網）。

〔註167〕王寧：〈釋清華簡七《子犯子餘》中的「愕籥」〉，復旦網，2017 年 5 月 4 日（2019 年 7 月 16 日上網）。

〔註168〕翁倩：〈清華簡（柒）《子犯子餘》篇札記一則〉，武漢網，2017 年 5 月 19 日（2019 年 7 月 16 日上網）。

之也。固植，言固守之志，「之志」二字乃以意補足者也。朱駿聲、朱起鳳、姜亮夫謂植假借為志、識，皆非也。《淮南子・兵略篇》：「錞鍸牢重，固植而難恐，勢利不能誘，死生不能動。」《賈子・容經》：「軍旅之視，固植虎張。」章太炎引《管子》、《楚辭》訓植為志。倒言則作「植固」，《管子・版法》：「植固不動，倚邪乃恐。」尹注：「言執法者必當深植而固守。」又《任法》：「植固而不動，奇邪乃恐。」尹注：「所立堅則不可動。」《文選・薦譙元彥表》：「竊聞巴西譙秀，植操貞固。」呂延濟注：「植，立。操，志也。」「植操」同義連用，皆動詞名用也。「植固」即「植操貞固」也。倒言又作「埴固」，《淮南子・泰族篇》：「重者可令埴固，而不可令凌敵。」《文子・自然》「埴固」作「固守」。《墨子・尚賢中》：「此言聖人之德章明，博大埴固以脩久也。」畢沅曰：「埴訓黏土，堅牢之意。」朱起鳳從其說。埴，讀為植，立也。植固，立其牢固之心，猶言持固、守固，故《文子》易作「固守」也。畢說非是。弱時而強志，即所謂外強中乾者也，指其性格儒弱，但又很犟。〔註169〕

易泉：翁倩先生大作，清華簡（柒）《子犯子餘》篇劄記一則：「吾主弱寺而強志」，「寺」讀作「恃」。還可補充一例。《信陽竹書》1-02 簡有「【夫】戔（賤）人剛恃而及於型者」。《說文》：「剛，彊也。」弱恃，與「剛恃」意義似相反。〔註170〕

子居：「弱持」即弱於自守，蒲地的防守力量本即薄弱，顯然不是重耳憑主觀意願就能自守的，所以重耳的「弱持」是客觀條件使然。〔註171〕

伊諾：我們認為翁倩之說可從，「寺」可讀為「恃」，「吾主弱寺而強志」即可理解為，我主上沒有強大的依靠但有堅強的意志。〔註172〕

袁證：「寺」當與「峕」同樣讀為「恃」。穆公問公子為何不能「恃」，子

〔註169〕蕭旭：〈清華簡（七）《子犯子餘》「弱寺」解詁〉，復旦網，2017 年 5 月 23 日（2019年 7 月 16 日上網）。

〔註170〕見武漢網「簡帛論壇」〈清華七《子犯子餘》初讀〉72 樓，2017 年 5 月 24 日（2019年 7 月 2 日上網）。

〔註171〕子居：〈清華簡七《子犯子餘》韻讀〉，中國先秦史網站，2017 年 10 月 28 日（2019年 7 月 10 日上網）。

〔註172〕伊諾：〈清華柒《子犯子餘》集釋〉，復旦網，2018 年 1 月 18 日（2019 年 7 月 6日上網）。

餘言我主雖弱於「恃」，但強於「志」。〔註173〕

　　李宥婕：若依蕭旭先生所言，重耳性格懦弱，又很蹇，則與前面對重耳的讚美相牴觸。此處應從翁倩先生、易泉之說，將將「寺」讀為「恃」，「弱恃」指重耳當時沒有強大的依靠。由《史記・十二諸侯年表》：「申生以驪姬讒自殺。重耳奔蒲，夷吾奔屈。」《史記・晉世家》：「居狄五歲而晉獻公卒，裏克已殺奚齊、悼子，乃使人迎，欲立重耳。重耳畏殺，因固謝，不敢入。」可知，驪姬之亂時，重耳當時在晉國並沒有強大的依靠，最後只能出奔十九年。「強志」則呼應簡五「翟輶於志」說明重耳有堅強的意志。在《前漢紀・孝哀皇帝紀上》：「惟陛下執乾剛之德，強志守度，進用忠良，無聽讒佞，竭邪臣之態。」中，則用「強志守度」來期勉孝哀皇帝，詞意可與簡文相對照。〔註174〕

　　金宇祥：「弱寺（恃）」，原考釋引韋昭注「天時」之說恐不合文意，此段簡文沒有和「天時」相關的文句。王挺斌解為「年少」不確，因重耳至秦國時的年紀已非「年少」。有關重耳年紀的記載見於《左傳》、《國語》和《史記》。《左傳・昭公十三年》：「我先君文公，狐季姬之子也，有寵於獻，好學而不貳，生十七年，有士五人。……亡十九年，守志彌篤。」《國語・晉語四》：「晉公子生十七年而亡，卿材三人從之，可謂賢矣，而君蔑之，是不明賢也。」《左傳》、《國語》皆言重耳十七歲時出亡，可視為同一說，其在國外流亡十九年後回國，故回國時為三十六歲。回國前一年在秦國，故在秦時為三十五歲。

　　《史記》記載重耳在秦的年紀與《左傳》、《國語》不同，《史記・晉世家》：

> 自獻公為太子時，重耳固已成人矣。獻公即位，重耳年二十一。……重耳遂奔狄。狄，其母國也。是時重耳年四十三。……重耳出亡凡十九歲而得入，時年六十二矣，晉人多附焉。

以上記載有幾個重點，獻公即位時重耳已二十一歲，重耳奔狄時四十三歲，回國時六十二歲。如前文，重耳回國前一年在秦國，所以在秦時為六十一歲。綜上所述，重耳在秦國時的年紀有三十五歲和六十一歲兩種說法，而無論是那種說法皆與王挺斌「弱辰」、「弱歲」之說不合。「寺」，翁倩讀為「恃」，於

〔註173〕袁證：《清華簡《子犯子餘》等三篇集釋及若干問題研究》，頁24。

〔註174〕李宥婕：《《清華大學藏戰國竹簡（柒）・子犯子餘》集釋》，頁72。

文意可從，又武漢網帳號「易泉」補充信陽簡的例證，可參。……因此句前有「弱寺（恃）」，「弱寺（恃）」與「弜（強）志」可相應，故此字仍應釋為「弜（強）」，「強志」翁倩解為「堅強的意志」可從，又《上博六‧慎子曰恭儉》簡1「堅強以立志」一句或可作為「強志」的補充。〔註175〕

　　鼎倫謹案：首先，這裡的主語是「吾主」，也就是重耳。子餘說他「弱寺而強志」，「弱時」和「強志」相對。學者對於簡文「寺」的說法，筆者整理如下：

　　1. 讀為「時」，釋為「天時」。原整理者主之。
　　2. 讀為「時」，釋為「光陰、歲月」，「弱時」指的是年少。王挺斌主之。
　　3. 讀為「持」，認為指體力方面的事情。王寧主之。
　　4. 讀為「恃」，釋為「依靠」。翁倩主之，易泉、伊諾、袁證、李宥婕、金宇祥從之。
　　5. 讀為「植」，釋為「立」。蕭旭主之。
　　6. 讀為「持」，釋為自守。子居主之。

筆者認為若「寺」讀為「持」，「弱持」指重耳體力弱，似乎和這裡的文意不相合。此外，若「寺」讀為「恃」，釋為「依靠」，在翁倩的論述中，提及前文的「無良左右」和「吾主之二三臣」皆與「恃」相互呼應。但筆者認為「毋乃無良左右也乎？」是秦穆公問子餘的話，為疑問的語氣，並不能當作子餘說「弱恃」的依據。此外在子餘的答話中，一直在說明二三臣的辛勞守常其志，而且揚善除過，可見是重耳有利的依靠，因此若是這裡的「弱寺」解讀為「弱恃」，在子餘答話中就自相矛盾。「時」若釋為「光陰、歲月」，和「志」不太能相對。金宇祥云重耳至秦國時的年紀已非「年少」，推測為三十五歲。黃聖松師《《左傳》後勤制度考辨》云：「古者男子二十歲以上服力役，三十歲以上服兵役，至六十歲以上方可除役。」〔註176〕所以就重耳當時的年紀來說已非「年少」，更非「幼」。筆者認為該字應从寺聲，讀為「時」，釋為「天時」，從原整理者之說。意指重耳的天時衰微，所以晉國有禍亂，以致重耳出亡。換言之，意為天命已不在重耳身上，但他志向又很遠大。

〔註175〕金宇祥：《戰國竹簡晉國史料研究》，頁68～69。
〔註176〕黃聖松師：《《左傳》後勤制度考辨》（臺北：臺灣學生書局有限公司，2016年），頁270～271。

其次，關於「強志」一詞，原整理者將「」讀為「強」，伊諾從之，〔註177〕筆者亦從之；悅園釋為「慫」，「強志」即「違背志願」；蕭旭認為是「意志固執」。該字从心的寫法，如「」（包山‧2‧278）、「」（侯馬盟16：9）。另外，該字从「弓」，在《上博六‧慎子曰恭儉》中有三個「強」，分別从三種不同的偏旁，「人」、「弓」、「尸」，此三字形在古文字常互換使用。〔註178〕筆者認為「強志」的「志」和前文相同，為「志向」。「強」則釋為「勉力、勤勉」。《孟子‧梁惠王下》云：「君如彼何哉？強為善而已矣。」楊伯峻注：「強，勉也。」〔註179〕《史記‧老子韓非列傳》云：「子將隱矣，彊為我著書。」〔註180〕可參。和前文的「劬留於志」相呼應，說明君臣皆是辛勞堅持於志向的。金宇祥認為《上博六‧慎子曰恭儉》簡 1「堅強以立志」一句或可作為「強志」的補充，此說可信。綜上所述，簡文此句解讀為：「我的君主雖然天時衰微，但是堅強於志向。」

〔十三〕不【五】□□□，募（顧）監（鑒）於訛（過），而走去之。

不	募	監	於	訛
而	走	去	之	

原整理者：募，「寡」字，讀為「顧」，表轉折。裴學海《古書虛字集釋》

〔註177〕伊諾：〈清華柒《子犯子餘》集釋〉，復旦網，2018 年 1 月 18 日（2019 年 7 月 6 日上網）。

〔註178〕洪鼎倫：〈上博六〈慎子曰恭儉〉考釋五則〉，《有鳳初鳴年刊》（第十四期）（臺北：東吳大學，2018 年 6 月），頁 105。

〔註179〕楊伯峻譯注：《孟子譯注》（臺北：五南圖書出版有限公司，1992 年），頁 65～66。

〔註180〕（西漢）司馬遷撰；（南朝宋）裴駰集解；（唐）司馬貞索隱；（唐）張守節正義：《史記》，頁 1203。

（第三二六頁）：「顧猶但也。」監，《爾雅・釋詁》：「視也。」〔註 181〕

暮四郎：「顧」看作動詞、理解為視、將。「顧」、「監」理解為同義連用，似乎也可以成立。「顧」的這種用法見於《大雅・皇矣》：「監觀四方，求民之莫」。〔註 182〕

心包：《上博九・舉王治天下》「文王訪之於尚父」篇經過鄔可晶先生的編聯，有如下一句話：「昔者有神，顧監在下，乃語周之先祖，曰……」（《上博九・舉王治天下》「文王訪之於尚父」篇編聯小議，簡帛網，2013 年，1 月 11 日），亦可與之互看。〔註 183〕

趙嘉仁：整個清華簡（柒）中「禍」字皆用「禂」字記錄，而「訛」都用作「過」。此處亦不應例外。〔註 184〕

王寧：「不□□□」，根據上文子犯的話，可能當作「不秉禍利」。「顧」前當斷讀。「訛」仍當讀「過」。〔註 185〕

米醋：監讀「鑒」。望山楚簡二 48：一大監（鑑）。傳世文獻常見「鑒」「於」搭配。《孟子》離婁上：「殷鑑不遠，在夏后之世。」趙岐之注：「欲使周亦鑑於殷之所以亡也。」這麼看感覺「顧」也可以是「顧省」，和「鑒」近義連用。但是上文殘了無法判斷是動詞還是表轉折的連詞。〔註 186〕

伊諾：我們認為視「顧」「監」為同義連用可從。〔註 187〕

李宥婕：若依王寧先生將「不□□□」，可能當作「不秉禍利」，則「不

〔註 181〕李學勤主編：《清華大學藏戰國竹簡（柒）》，頁 96。

〔註 182〕見武漢網「簡帛論壇」〈清華七《子犯子餘》初讀〉11 樓，2017 年 4 月 24 日（2019 年 7 月 2 日上網）。

〔註 183〕見武漢網「簡帛論壇」〈清華七《子犯子餘》初讀〉13 樓，2017 年 4 月 24 日（2019 年 7 月 2 日上網）。

〔註 184〕趙嘉仁：〈讀清華簡（七）散札（草稿）〉，復旦大學出土文獻與古文字研究中心網學術討論區，2017 年 4 月 24 日（2019 年 7 月 15 日上網）。

〔註 185〕王寧：〈釋清華簡七《子犯子餘》中的「愕籀」〉，復旦網，2017 年 5 月 4 日（2019 年 7 月 16 日上網）。

〔註 186〕見武漢網「簡帛論壇」〈清華七《子犯子餘》初讀〉105 樓，2017 年 10 月 24 日（2019 年 7 月 2 日上網）。

〔註 187〕伊諾：〈清華柒《子犯子餘》集釋〉，復旦網，2018 年 1 月 18 日（2019 年 7 月 6 日上網）。

秉禍利募（顧）監於訛（過）」中「不…，顧…」句型即可以視為轉折語氣，依整理者將「募」，讀為「顧」，表轉折。如《史記・張儀列傳》：「今三川、周室，天下之朝市也，而王不爭焉，顧爭於戎翟，去王業遠矣。」用法相同。然而簡 12 處已論述原整理者「不秉禍利，身不忍人」應依鄔可晶先生斷句為「不秉禍利身，不忍人」，則「不□□□」中缺字仍無法有定論，故整理者將「募」表轉折之意尚存疑。依暮四郎所謂「顧」看作動詞、理解為視，將「顧」、「監」理解為同義連用，目前在傳世文獻中尚未發現顧監（鑑）連用的例子，心包提出《上博九・舉王治天下》〈文王訪之於尚父〉篇經過鄔可晶先生的編聯，有如下一句話：「☒之，至于周之東，乃命之曰：『昔者又（有）神【《上博（八）・成王既邦》簡 16】顧監于下，乃語周之先祖，曰：『天之所向，若或與之；天之所怀（背），若佢（拒）之。』中出現「顧監」兩字連用，有觀照監察之意。則簡文中「顧監於過」則表示公子重耳除了「事有過焉不忻以人，必身擅之。」，並且希望以此過為前車之鑑。如此，將「顧」、「監」理解為同義連用或可從。〔註188〕

　　金宇祥：此處句式與前段子犯所言相似，王寧在「顧」字前斷讀可從。因前句簡文已殘，所以「顧」字無法確定其義，待考。「監」字原考釋解為「視」稍嫌籠統。武漢網帳號「暮四郎」和武漢網帳號「心包」所引書證與此處不合，如《大雅・皇矣》：「監觀四方，求民之莫」，此句的主語是上帝（天）。《上博九・舉王治天下》：「昔者有神，顧監在下」，主語是「神」。其語境皆是上對下的關係，用於此處恐不合適。武漢網帳號「米醋」讀為「鑒」可從。「監」的意思應如《論語・八佾》：「周監於二代，郁郁乎文哉！」、《荀子・解蔽》：「成湯監於夏桀，故主其心，而慎治之。」為「借鑒、參考」之意，雖然文獻中用「監」字表示，但在簡文的釋文中還是以「鑒」字表示比較清楚。〔註189〕

　　鼎倫謹案：首先，此處缺文三字，先拿這裡的殘簡（簡 5）和完簡（簡 7）相做比較如下：

〔註188〕李宥婕：《《清華大學藏戰國竹簡（柒）・子犯子餘》集釋》，頁 74～75。

〔註189〕金宇祥：《戰國竹簡晉國史料研究》，頁 70。

	簡7　簡5
簡首	

可知簡 5 首殘缺為三字，但尚無法判斷這三字為何。若此處照王寧之說為重複上一段子犯所說的「不秉禍利」，此處缺的三字為「秉禍利」，則著實缺少筆者於第一段論述「不秉禍利身」的「身」。因此，缺三字不會是「秉禍利」。筆者認為此處上下文例為「吾主弱時而強志，不□□□，募監於訛，而走去之。」整句為子餘在描述公子重耳雖然天命衰微，卻有堅強的意志，看到自己的過錯而逃離晉國。原整理者對「不□□□募監於訛」無斷句，但筆者斷讀為「不□□□，募監於訛」，推測缺三字為否定詞語，前面有「不」進而形成肯定句。此為子餘對重耳「弱時而強志」的補充說明，並承接重耳逃離晉國的事實。

其次，關於「募」，原整理者認為是「寡」字，讀為「顧」，表示轉折，釋為「但是」；暮四郎讀為「顧」，看作是動詞，釋為「視、將」和其後的「監」為同義連用，心包、子居、〔註190〕伊諾、李宥婕從之；米醋釋作「顧省」，和「鑒」近義連用，金宇祥從之。此處「」讀作「顧」可從，如「」（郭店‧緇衣‧34）「見」為意符，「募」為聲符，讀作「顧」，此處則無「見」旁，

〔註190〕子居：〈清華簡七《子犯子餘》韻讀〉，中國先秦史網站，2017 年 10 月 28 日（2019 年 7 月 10 日上網）。

直接通假為「顧」。筆者認為就本簡簡首殘缺而言，尚不可斷定「顧」可表示轉折。筆者贊成「顧」和「監」同義連用的說法。

其三，關於「監」，原整理者釋作「視」；米醋讀作「鑒」。心包舉《上博九・舉王治天下》簡九「顧監于下」為證，但是觀察該文例經過編聯後為「昔者有神，顧監於下！」〔註191〕其主語為「神」，和這裡的語境不同，並且「監」在文獻中的用例為上對下的察看或督察，如《尚書・呂刑》云：「上帝監民，罔有馨香。」孔傳：「天視苗民無有馨香之行。」〔註192〕和此處重耳省視過錯不同。因此筆者贊成米醋的說法，讀作「鑒」，如金宇祥之說，有「借鑒、參考」之意，如《詩經・大雅・蕩》云：「殷鑒不遠，在夏后之世。」〔註193〕亦有成語「引以為鑑」，簡文文意為重耳以晉邦的禍亂為鑒，而逃離晉國。

其三，關於「訛」，原整理者讀作「禍」；趙嘉仁、王寧皆讀為「過」，伊諾從之。〔註194〕觀察本篇用「禍」的文例有：簡一「胡晉邦有禍（禍）」、簡二「不秉禍（禍）利身」、簡三「晉邦有禍（禍）」、簡七「天禮悔禍（禍）於公子」，就上下文例而言均讀作「禍」，釋作「禍亂」。另外，本篇用「訛」的文例有：簡五「使有訛（過）焉」以及此處簡六「顧鑒於訛」，兩處皆讀作「過」，釋作「過錯」。如趙嘉仁所說「禍」字皆用「禍」字記錄，而「訛」都用作「過」，但是究竟是否為整個《清華柒》皆是如此規範，必須再作全面的考察。

綜上所述，簡文此句解讀為：「不……，以晉國的禍亂為鑒，而逃離晉國。」

〔十四〕宔（主）女（如）此胃（謂）無良右（左）右，誠毆蜀（獨）亓（其）志✿。」

宔	女	此	胃	無

〔註191〕季旭昇、高佑仁師主編：《〈上海博藏戰國楚竹書（九）〉讀本》，頁128。

〔註192〕李學勤主編；《十三經注疏》整理委員會整理：《尚書正義》，頁631。

〔註193〕李學勤主編；《十三經注疏》整理委員會整理：《毛詩正義》，頁1364。

〔註194〕伊諾：〈清華柒《子犯子餘》集釋〉，復旦網，2018年1月18日（2019年7月6日上網）。

良	右	右	誠	殹
蜀	亓	志		

原整理者：殹，讀為「繄」。《左傳》僖公五年「惟德繄物」，陸德明《釋文》：「繄，是也。」蜀，讀為「獨」。獨其志，以其志為獨有，是合志的反義。《逸周書‧官人》：「合志而同方，共其憂而任其難……曰交友者也。」〔註195〕

王寧：蜀（獨）其志，獨其志，使其想法孤獨，即不了解其意志的意思。
〔註196〕

翁倩：最後一句意思是，您如果據此說我主上沒有好的幫手，那真的是不了解他的志向。可以看出，這句話是子餘反駁秦穆公說重耳身邊「無良左右」，在晉邦有禍時不能制止而走去之，指出是其堅強的意志決定的。〔註197〕

悅園：「如此」係偏義複詞，「如」表示假設，「此」沒有意義。「主如此謂無良左右」，與簡3「主如曰疾利焉不足」可以對看，「主如（此）謂」即「主如曰」。因言「如」而連言「此」，「此」字只起到陪襯作用。〔註198〕

子居：前文所引《左傳》內容即已提到重耳拒絕對抗晉獻公派來討伐的部隊，因此選擇流亡是重耳的決定，這也即文中所說的「獨其志」。〔註199〕

伊諾：「如此」整理者未注解，此句，大家通常都理解為「主如果據此／因

〔註195〕李學勤主編：《清華大學藏戰國竹簡（柒）》，頁96。

〔註196〕王寧：〈釋清華簡七《子犯子餘》中的「愕籍」〉，復旦網，2017年5月4日（2019年7月16日上網）。

〔註197〕翁倩：〈清華簡（柒)《子犯子餘》篇札記一則〉，武漢網，2017年5月19日（2019年7月16日上網）。

〔註198〕見武漢網「簡帛論壇」〈清華七《子犯子餘》初讀〉76樓，2017年6月5日（2019年7月2日上網）。

〔註199〕子居：〈清華簡七《子犯子餘》韻讀〉，中國先秦史網站，2017年10月28日（2019年7月10日上網）。

此說（公子）無良左右」。然網友「悅園」注「如此」為偏義復詞，以「此」無義，若與上文「主如曰疾利焉不足」對照看，似更好，可從。〔註200〕

　　李宥婕：此處「宔（主）女（如）此胃（謂）無良右（左）右，誠殹（繄）蜀（獨）亓（其）志。」實為子餘向秦穆公辯駁「子若公子之良庶子，晉邦又（有）禍（禍），公 子不能 弄（持）女（焉），而走去之，母（毋）乃無良右（左）右也虐（乎）？」問題最後的結論。「宔（主）女（如）此胃（謂）無良右（左）右」應解釋為秦穆公您這樣說重耳沒有好的左右輔臣，呼應秦穆公所謂「母（毋）乃無良右（左）右也虐（乎）？」而下句接「誠殹（繄）蜀（獨）亓（其）志。」則可釋為實在是您獨斷重耳的意志（不堅）啊！「誠殹（繄）」即「誠是」，猶言實在是。如唐·陳子昂《申宗人冤獄書》：「幸能察罪明辜，窮奸極黨……誠是陛下神斷之明，抑亦盡忠之效。」「蜀（獨）亓（其）志」若依整理者所謂以其志為獨有，是合志的反義，此用法看來過於牽強。《荀子·臣道》：「故明主好同而闇主好獨，明主尚賢使能而饗其盛，闇主妒賢畏能而滅其功」此處「獨」為獨斷之意。「蜀（獨）亓（其）志」即獨斷其志，意指秦穆公您獨自專斷重耳的心志。〔註201〕

　　金宇祥：「獨」從原考釋和王寧。「主如此謂」意為「您如果這樣說」，武漢網帳號「悅園」之說不可從。〔註202〕

　　鼎倫謹案：首先，關於這裡的「主如此謂」，李宥婕解釋為「您如果這樣說」，金宇祥從之；悅園認為「如此」是偏義複詞，「如」表示假設，「此」沒有意義，伊諾從之。筆者贊成李宥婕的說法，將「主如此謂」解釋為「您如果這樣說」。

　　其次，「![字]」的口形連接處為右下角，比起本篇簡 4 的「![字]」明顯許多。

　　其三，簡文的「殹」，原整理者讀為「繄」，釋為「是」，袁證、〔註203〕李

〔註200〕伊諾：〈清華柒《子犯子餘》集釋〉，復旦網，2018 年 1 月 18 日（2019 年 7 月 6 日上網）。

〔註201〕李宥婕：《《清華大學藏戰國竹簡（柒）·子犯子餘》集釋》，頁 77。

〔註202〕金宇祥：《戰國竹簡晉國史料研究》，頁 70。

〔註203〕袁證：《清華簡《子犯子餘》等三篇集釋及若干問題研究》，頁 9。

宥婕及金宇祥皆從之。〔註204〕筆者先將「叴」字在出土文獻中出現的用例整理
如下：

1. 燔隊事，雖毋會符，行叴。（新郪虎符／集成 12108）

2. 燔隊之事，雖毋會符，行叴。（杜虎符／集成 12109）

3. 令尹子庚，叴民之所亟，萬年無期，子孫是制。（王子午鼎／NA0444）

4. 刑，非歷叴刑，用為民政。（曾伯陭鉞／NA1203）

5. 左司馬叴（包山・2・105）〔註205〕

6. 左司馬魯叴（包山・2・116）〔註206〕

7. 叴（抑）亦成天子也歟？〔註207〕（上博二・子羔・9）

8. 公豈不飯粱食肉哉叴（上博二・魯邦大旱・6）〔註208〕

9. 叴（抑）四航以逾乎？〔註209〕（上博六・莊王既成・申公臣靈王・3）

10. 我叴忌諱（上博八・志書乃言・3）〔註210〕

11. 貞邦無咎，叴（抑）將有役（上博九・卜書・6）〔註211〕

12. 虐士奮甲，叴（緊）民之秀（清華壹・耆夜・5）〔註212〕

13. 信叴公命我勿敢言（清華壹・金縢・11）

由上可知，大部分的「叴」都作語氣詞。其餘的「叴」字則可視文義讀作「緊」
或「抑」，而大部分讀作「抑」，其多屬問句。對於「叴」的本義，季旭昇《說
文新證》云：

> 除作為人名之外，其餘多作語氣詞用，杜虎符：「雖無會符，行叴」。

〔註204〕金宇祥：《戰國竹簡晉國史料研究》，頁 47。

〔註205〕李守奎、賈連翔、馬楠編著：《包山楚墓文字全編》，頁 126。

〔註206〕李守奎、賈連翔、馬楠編著：《包山楚墓文字全編》，頁 126。

〔註207〕蘇建洲：《《上海博物館藏戰國楚竹書（二）》校釋》（臺北：國立臺灣師範大學博
士論文，2004 年），頁 453～454。

〔註208〕黃武智：《上博楚簡「禮記類」文獻研究》（高雄：國立中山大學博士論文，2009
年），頁 141。

〔註209〕高佑仁師：《上博楚簡莊、靈、平三王研究》，頁 87～88。

〔註210〕馬承源主編：《上海博物館藏戰國楚竹書（八）》（上海：上海古籍出版社，2011
年 5 月），頁 220。

〔註211〕季旭昇、高佑仁師主編：《《上海博藏戰國楚竹書（九）》讀本》，頁 315。

〔註212〕李學勤主編：《清華大學藏戰國竹簡（壹）》，頁 150。

石鼓文「汧殹沔沔」、「汧殹洍洍」作句中語氣詞。王子午鼎「殹民之所亟」一般也釋為語氣詞。〔註213〕

可知，「殹」除了表示人名外，多作語氣詞，在出土文獻的用例中也多釋為語氣詞，不只用在句末，也有出現在句中。筆者認為這裡的「殹」不需要破讀為「繄」，直接讀如本字，用作句中語氣詞。同樣的，在〈子犯子餘〉第四段蹇叔的答話中也有出現「殹」，也就是第八簡「信難成殹，或易成也。」「殹」在此句也是語氣詞的用法，並且同樣使用在句中。所以在本篇中，「殹」皆讀如本字即可，表示語氣詞。關於此句斷讀，原整理者斷讀為「主如此謂無良左右，誠繄獨其志」，袁證、李宥婕、金宇祥從之。筆者贊成原整理者的斷句，並將此句斷讀作「主如此謂無良左右，誠殹獨其志。」

其四，「殹」在楚簡的寫法有「![字形]」（包山・2・116）、「![字形]」（清華壹・耆夜・5）、「![字形]」（清華壹・金縢・11）、「![字形]」（上博六・莊王既成・申公臣靈王・3）和本篇「![字形]」（簡6）、「![字形]」（簡8）相同的字形有「![字形]」（包山・2・105）、「![字形]」（新蔡・203）。

其五，「![字形]」的字形結構和「![字形]」（上博三・互先・3）、「![字形]」（清華壹・皇門・10）相同。

其六，關於「獨其志」，原整理者認為是「以其志為獨有」，是合志的反義，王寧認為是「使其想法孤獨」，即不了解其意志，翁倩、伊諾、〔註214〕金宇祥從之；李宥婕釋為「獨自專斷重耳的心志」。筆者認為「獨其志」的主語應該是重耳，因為「無良左右」的主語也是重耳。所以「不了解其志向」或是「獨自專斷重耳的心志」等解讀的主語都是秦穆公，不可從。筆者認為「獨」可釋為「專一」，作動詞。〔註215〕「其志」指的是「重耳的志向」，「獨其志」

〔註213〕季旭昇：《說文新證》，頁228。

〔註214〕伊諾：〈清華柒《子犯子餘》集釋〉，復旦網，2018年1月18日（2019年7月6日上網）。

〔註215〕黃聖松師在筆者學位口試當天指點此寶貴意見，2019年12月23日。

意指「重耳專一其志向」。子餘說：「主如此謂無良左右，誠殹獨其志。」直接回應秦穆公問的「毋乃無良左右也乎？」和上一段子犯一樣，均在答話最後呼應秦穆公一開始的問話。

最後，此句大意為：「正如主君所言（重耳）沒有優秀的股肱之臣，確實呀！重耳專一其志向」，和第一段子犯回答秦穆公一樣，表面上是贊同秦穆公的意見，事實上是反對其說，這也是政治語言的表現手法。

第陸章　釋文考證──秦公召子犯、子餘

（一）釋　文

　　公乃訋（召）子軛（犯）、子余（餘）曰：「二子事公子，〔一〕句（苟）妻（盡）又（有）【六】心女（如）是，〔二〕天豊（禮）慝（悔）禑（禍）於公子▆。」〔三〕乃各賜之鑰（劍）、繡（帶）、衣、常（裳）而斀（善）之，思（使）還▆。〔四〕

（二）文字考釋

〔一〕公乃訋（召）子軛（犯）、子余（餘）曰：「二子事公子，

公	乃	訋	子	軛
子	余	曰	二	子

事	公	子		

鼎倫謹案：在簡文前二段秦穆公分別依序召見子犯、子餘後，在第三段秦穆公同時召見子犯及子餘二人。然而這一段和前兩段語句相較下，不同之處在於缺少了「問」，如下：第一段：「秦公乃召子犯而問焉，曰」，第二段：「少，公乃召子餘而問焉，曰」，第三段：「公乃召子犯、子餘曰」。簡文第一段秦穆公主要問子犯：「毋乃猷心是不足也乎？」另外，簡文第二段秦穆公主要問子餘：「毋乃無良左右也乎？」因此，筆者透過第三段沒有「問」來推測秦穆公召見子犯、子餘所說的話不是問句，而是陳述句。

其次，筆者認為「事」釋為「侍奉、供奉」。《易經·蠱》云：「不事王侯，志可則也。」〔註1〕《孟子·梁惠王上》云：「是故明君制民之產，必使仰足以事父母」〔註2〕可參。

這裡的簡文解讀為：「秦穆公於是召見子犯、子餘說：『二位侍奉公子，……』」。

〔二〕句（苟）聿（盡）又（有）【六】心女（如）是，

句	聿	又	心	女	是

金宇祥：「苟」，連詞，若、如果、假使之意。〔註3〕

鼎倫謹案：首先，簡文「句」原整理者讀作「苟」，釋為何義無說；金宇祥釋作「若」，表示如果之意。筆者認為「句」可從原整理者之說讀作「苟」，「句」的上古音為「見紐侯部」，〔註4〕「苟」的上古音為「見紐侯部」，〔註5〕

〔註1〕 李學勤主編；《十三經注疏》整理委員會整理：《周易注疏》，頁111。

〔註2〕 李學勤主編；《十三經注疏》整理委員會整理：《孟子注疏》，頁29。

〔註3〕 金宇祥：《戰國竹簡晉國史料研究》，頁71。

〔註4〕 （東漢）許慎撰；（清）段玉裁注；李添富總校訂：《新添古音說文解字注》，頁88。

二字聲紐及韻部均相同，故可相通。從金字祥的說法，釋作「假如、如果」，用例如《易經·繫辭下》云：「苟非其人，道不虛行。」〔註6〕《楚辭·離騷》云：「不吾知其亦已兮，苟余情其信芳。」〔註7〕《史記·周本紀》云：「子苟能，請以國聽子。」〔註8〕《清華壹·皇門》簡3：「苟克有諒」、〔註9〕《清華伍·殷高宗問於三壽》簡8：「苟我與爾相念相謀」，〔註10〕可參。

其次，關於「」，原整理者讀作「盡」，釋為何義並無說。戰國文字字形可見：「」（天卜）、「」（天策）、「」（包山·2·204）、「」（包山·2·216）、「」（包山·2·226）。有些字的豎筆會寫成末端彎曲形，但是字形結構仍不變。《說文新證》云：「『聿』應該是『盡』的分化字，戰國晉系文字『盡』多作『』，下從皿，上部作『聿』形，省皿即作『聿』，也繼承『盡』的讀音。」〔註11〕由此可知，此字可讀作「盡」，而且是「盡」的分化字。「盡有心」一詞，在楚簡傳世文獻中皆未能見得，較常見的一詞為「盡心」，如《尚書·康誥》云：「往盡乃心，無康好逸豫，乃其乂民。」〔註12〕《孟子·梁惠王上》云：「寡人之於國也，盡心焉耳矣。」〔註13〕但如果往此方向考慮的話，「有」將無法落實於文意。因此，筆者認為「盡」在此當副詞修飾「有心」，釋作「全部」，如《尚書·盤庚上》云：「重我民，無盡劉。」〔註14〕《左傳·昭公二年》云：「周禮盡在魯矣。」〔註15〕《史記·扁鵲倉公列傳》

〔註5〕 （東漢）許慎撰；（清）段玉裁注；李添富總校訂：《新添古音說文解字注》，頁46。

〔註6〕 李學勤主編；《十三經注疏》整理委員會整理：《周易注疏》，頁372。

〔註7〕 （清）林雲銘著；劉樹勝校勘：《楚辭燈校勘》，頁6。

〔註8〕 （西漢）司馬遷撰；（南朝宋）裴駰集解；（唐）司馬貞索隱；（唐）張守節正義：《史記》，頁143。

〔註9〕 李學勤主編：《清華大學藏戰國竹簡（壹）》，頁164。

〔註10〕 李學勤主編：《清華大學藏戰國竹簡（伍）》，頁150。

〔註11〕 季旭昇：《說文新證》，頁219。

〔註12〕 李學勤主編；《十三經注疏》整理委員會整理：《尚書正義》，頁428。

〔註13〕 李學勤主編；《十三經注疏》整理委員會整理：《孟子注疏》，頁11。

〔註14〕 李學勤主編；《十三經注疏》整理委員會整理：《尚書正義》，頁268。

〔註15〕 李學勤主編；《十三經注疏》整理委員會整理：《春秋左傳正義》，頁1348。

云：「〔長桑君〕乃悉取其禁方書盡與扁鵲。」〔註16〕可參。「有心」則釋作「懷有某種意念或想法」。《詩經・小雅・巧言》云：「他人有心，予忖度之。」〔註17〕《國語・晉語一》云：「君臣上下，各饜其私，以縱其回，民各有心，無所據依。以是處國，不亦難乎！」〔註18〕可參。

其三，「如是」意為「像這樣」，如《禮記・哀公問》云：「君子言不過辭，動不過則，百姓不命而敬恭。如是則能敬其身。」〔註19〕「苟盡有心如是」意即「如果皆有心如此」。〔註20〕

其四，這裡的「有心」可和第一段的「猷心」相作比較，秦穆公在第一段稱重耳「圖謀之心」不足，在這一段假設子犯、子餘「懷有輔佐重耳的心思」，兩者皆提到「心」，都和思想、意念等內心思慮有關，雖然指稱對象不同，但有異曲同工之妙。

〔三〕天豐（禮）愗（悔）禍（禍）於公子■。

| 天 | 豐 | 愗 | 禍 | 於 | 公 | 子 |

原整理者：豐，疑為「豈」之誤。愗，讀為「謀」。《書・大禹謨》「疑謀勿成」，蔡沈《集傳》：「謀，圖為也。」〔註21〕

陳偉：整理者釋讀頗與文意不協。《左傳》隱公十一年：「若寡人得沒於地，天其以禮悔禍于許，無寧茲許公復奉其社稷。」杜注：「言天加禮于許而悔禍之。」楊伯峻注：「謂天或者依禮撤回加于許之禍。」以此比照，「愗」當讀為「悔」。「豐」即讀為「禮」，其前應脫寫「其以」之類文字，或者「天

〔註16〕（西漢）司馬遷撰；（南朝宋）裴駰集解；（唐）司馬貞索隱；（唐）張守節正義：《史記》，頁1681。

〔註17〕李學勤主編；《十三經注疏》整理委員會整理：《毛詩正義》，頁886。

〔註18〕徐元誥撰；王樹民、沈長雲點校：《國語集解》，頁259。

〔註19〕李學勤主編；《十三經注疏》整理委員會整理：《禮記正義》，頁1610。

〔註20〕黃聖松師在筆者學位口試當天指點此寶貴意見，2019年12月23日。

〔註21〕李學勤主編：《清華大學藏戰國竹簡（柒）》，頁96。

禮」可有「天以禮」之意。而該句大概應是陳述句，而非疑問句。〔註22〕

　　心包：簡7的「豐」不用懷疑，參《晉文公入於晉》簡3的「酒醴」合文。

〔註23〕

　　汗天山：「豐」或釋「豐」，當是（細看上部靠近豎筆的筆畫之粗細，和「豐」是有區別的）不過，認為：「豐」可讀為「亡」。簡文「天亡謀禍於公子」，意謂老天不會嫁禍于公子。似乎不當。戰國簡中好像還沒有發現這種用法的「豐」字吧？懷疑「豐」字如字讀即可，訓為「大」，如此亦可講通簡文。「豐」古有「大」義。《玉篇》：「豐，大也。」《國語‧楚語上》「彼若謀楚，其必有豐敗也哉」，註：「大也。」《揚子‧方言》：「凡物之大貌曰豐。」如此，則簡文可讀作「二子事公子，苟盡有心如是，天豐悔禍於公子」，意思是說：二位事公子，假如都有這樣的心意，上天也會大為悔恨降禍於公子的。所謂的「禍」，當是指上天讓公子重耳流亡在外十多年之事。古人迷信天命，禍難自然也是天之所命，故秦公這樣說。〔註24〕

　　程燕：我們認為《子犯子餘》篇中作者釋為「豐」的字應釋作「豐」。楚簡中的「豐」多作 ![豐字形] 包山145反、![豐字形]上博三‧周51。簡文字形上部省略同形，是一種極為簡省的寫法。「豐」疑可讀為「亡」。「豐」滂紐冬部（或歸東部），「亡」明紐陽部。典籍中「邦」、「方」、「方」、「罔」相通，詳參《古字通假會典》第26、312頁。西周金文「豐」字或作：![豐字形]伯豐方彝、![豐字形]仲夏父作醴鬲、![豐字形]豐卣、![豐字形]豐尊（金文編330）、![豐字形]散盤（金文編332）應分析為從「壴（鼓）」，「亡」聲。亦可證「豐」可讀為「亡」。簡文「天亡謀禍於公子」，意謂老天不會嫁禍于公子。〔註25〕

〔註22〕陳偉：〈清華簡七《子犯子餘》「天禮悔禍」小識〉，武漢網，2017年4月24日（2019年7月10日上網）。

〔註23〕見武漢網「簡帛論壇」〈清華七《子犯子餘》初讀〉28樓，2017年4月26日（2019年7月2日上網）。

〔註24〕見武漢網「簡帛論壇」〈清華七《子犯子餘》初讀〉29樓，2017年4月26日（2019年7月2日上網）。

〔註25〕程燕：〈清華七箚記三則〉，武漢網，2017年4月26日（2019年7月16日上網），此文也發表於《中國文字學會第九屆學術年會論文集》（2017年8月），頁71。

　　子居：以「豐」為「豈」之誤當是，此時秦穆公是打算送重耳歸國即位，以建立親秦的晉君政權，所以自然會考慮重耳身邊的臣屬是否都忠心扶植重耳，文中所體現的就是秦穆公在試探後，對狐偃、趙衰的回答都非常滿意的情況。〔註26〕

　　滕勝霖：「謀禍」一詞是婉語，本義為圖謀禍患，簡文講秦穆公在聽到趙衰、狐偃的回答後，對公子重耳的為人很欣賞，不明言公子能順利返國即位，而以上天不會降禍於公子婉言表達。〔註27〕

　　伊諾：將「」隸作「豐」，視為「豈」之誤字，可從。「愳」讀為「謀」，意為「天豈會謀禍於公子呢」。〔註28〕

　　李宥婕：簡文中「」字比對金文及楚簡中的「豊」字與「豐」：豊：（𢨠尊西周早期集成 6014）、（長囟盉西周中期集成 9455）、（郭・老丙・10）、（郭・語1・103）、（上（1）・性・8）、（新甲2・28）、（清華簡金縢12號簡）、（醴）（郭・五行・28）

　　豐：（包2・145反）、（上（2）・容・47）、（上博周易51號簡）可見「豊」上半部原本的「珏」字形從金文到楚簡的過程中，已與兩旁的豎筆連結，或斷開成「」形、或中間第二橫筆以連成一筆，如「」形、或中間連成兩橫筆，如「」形；由此可知「豊」的上半部筆畫變化多樣。並且與「豐」的上半部字形、、有明顯不同。參照《晉文公入於晉》簡3的「酒醴」合文作「」形，可確定簡文的「」當從整理者，隸定

〔註26〕子居：〈清華簡七《子犯子餘》韻讀〉，中國先秦史網站，2017 年 10 月 28 日（2019 年 7 月 10 日上網）。

〔註27〕滕勝霖：〈簡帛語類文獻婉語初探——以《清華大學藏戰國竹簡》春秋語類文獻為例〉，頁 218。

〔註28〕伊諾：〈清華柒《子犯子餘》集釋〉，復旦網，2018 年 1 月 18 日（2019 年 7 月 9 日上網）。

為「豊」，陳偉先生引《左傳》文例對比，認為「愆」當讀為「悔」、「豊」即讀為「禮」，其前應脫寫「其以」之類文字，或者「天禮」可有「天以禮」之意，將該句視為陳述句一說，於文意上可行。〔註29〕

金宇祥：簡文「豊」字作 ，原考釋疑是「豈」字之誤。楚簡「豈」字所從作：《郭店·緇衣》簡12、《郭店·緇衣》簡42、《清華伍·湯處於湯丘》簡11、《清華陸·子儀》簡11、《清華柒·越公其事》簡13，與「豊」字不近，原考釋之說文意雖通順，但字形缺少旁證。

程燕釋為「豐」。武漢網帳號「心包」以《清華柒·晉文公入於晉》簡3的 字作為反證可從，因為據原考釋的說明：「本篇簡（宇祥：〈子犯子餘〉）與〈晉文公入於晉〉形制、字迹相同，而且都是記晉國史事，當為同時書寫。」據此，可用 字來證明 字為「豊」字。

值得注意的是 〈子犯子餘〉簡7、〈晉文公入於晉〉簡3，這兩個「豊」字與以往楚簡「豐」字有些不同。先來看楚簡的「豐」字作：《清華叁·周公之琴舞》簡16、《上博三·周易》簡51、《包山》簡145反、《上博八·蘭賦》簡1、《上博八·李頌》簡2、《上博二·容成氏》簡48「壴」上方的「丰」，作兩個或三個。「丰」字一般作斜筆 ，也有作兩橫筆 ，而作兩橫筆的「丰」便與「豊」字上方的「珏」、「玉」有幾分相似。

「豊」字大致可分為二種：

1. 《清華壹·金縢》簡12、《清華陸·子儀》簡4、《郭店·緇衣》簡24、《郭店·性自命出》簡15

2. 《郭店·五行》簡2、《上博五·君子為禮》簡1、《上博二·

〔註29〕李宥婕：《《清華大學藏戰國竹簡（柒）·子犯子餘》集釋》，頁80。

民之父母》簡6、《郭店・尊德義》簡9、《上博七・凡物流形甲》簡3

第1種寫法，字的「玉」和「壴」上方的裝飾結合。字的「玉」增為兩個並寫成「井」字形。字則省去「U」形（「壴」上方的裝飾）。第2種寫法，、的「玉」和「壴」上方的裝飾結合，但寫成「爪」形和一豎筆。字「爪」形的角度改變。字的豎筆作「人」形，或省去作。而、兩字較特別的是，上方的「玉」形作斜筆，遂與「豐」字上方的「丰」相似，但「豐」字上方目前未見僅作獨體的「丰」。故此二字較偏向上文「豐」字第1種寫法，與以往字形不同的是，此二字的「玉」形又有了一些變化。另外，漢隸中「豊」、「豐」二字不分。在楚簡此二字還是可以分別的，如《上博七・蘭賦》此篇同時有「豊」、「豐」二字，「體」字（豊字所從）作簡5，「豐」字作簡1，「豊」、「豐」二字區別很清楚。保守的說，楚簡書手的水準不一，日後或許會出現相混，但楚簡目前的材料「豊」、「豐」二字是有區別的。

回到簡文「天豐（禮）愳（悔）褅（禍）於公子」一句，「天禮」文獻未見，而《上博五・三德》見於兩處，第一處是簡3a～3b：「齊齊節節，外內有辨，男女有節，是謂天禮」；第二處是簡11b～12a：「入墟毋樂，登丘毋歌，所以為天禮。」不過〈三德〉的「天禮」是「天之禮」，和〈子犯子餘〉的「天禮」詞性結構、語境不同。〈子犯子餘〉此處從陳偉之說，雖然文獻中未見「天禮」有「天以禮」之意，但目前其說較可信。〔註30〕

鼎倫謹案：關於簡文「豐」的釋讀，筆者先將學者們的說法羅列如下：

1. 原整理者：疑為「豈」之誤。子居、滕勝霖、伊諾從之。
2. 陳偉：讀為「禮」，認為前有脫寫「其以」之類文字。李宥婕、金宇祥從之。

〔註30〕金宇祥：《戰國竹簡晉國史料研究》，頁71～73。

3. 心包：認為是「酒醴」合文。

4. 汗天山：讀「豐」，訓為「大」。

5. 程燕：釋作「豊」，讀為「亡」，有「不會」之意。

首先，程燕所說「豊」是「酒醴」合文，筆者認為不可能，因為既沒有合文符號，而且釋為「酒醴」也會造成語意不順，故排除此說。筆者贊成金宇祥所言，可透過「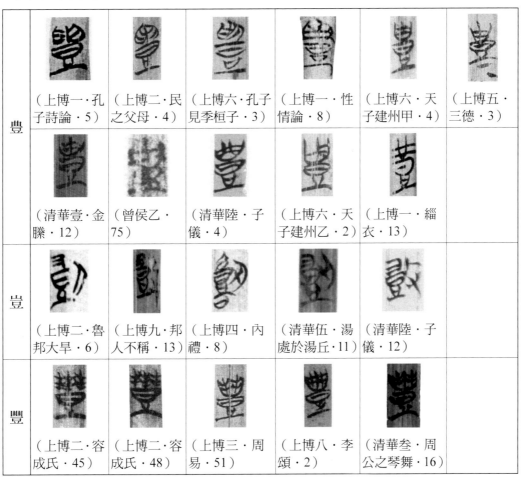」來當作反證。因此，關於這裡的「豊」字，學者說法大可分為三類：一是「豈」字誤寫，二是讀作「禮」，三是讀作「豐」。筆者先列表比較這三字在楚簡字形上的異同：

豊	（上博一·孔子詩論·5）	（上博二·民之父母·4）	（上博六·孔子見季桓子·3）	（上博一·性情論·8）	（上博六·天子建州甲·4）	（上博五·三德·3）
	（清華壹·金縢·12）	（曾侯乙·75）	（清華陸·子儀·4）	（上博六·天子建州乙·2）	（上博一·緇衣·13）	
豈	（上博二·魯邦大旱·6）	（上博九·邦人不稱·13）	（上博四·內禮·8）	（清華伍·湯處於湯丘·11）	（清華陸·子儀·12）	
豐	（上博二·容成氏·45）	（上博二·容成氏·48）	（上博三·周易·51）	（上博八·李頌·2）	（清華叁·周公之琴舞·16）	

觀察上表，「豊」在楚簡的字形演變在表格上由左至右，一開始是上方為左右二爪，中間有一豎。接著，左右二爪的撇形逐漸合在一起，演變成二橫，中間一豎貫穿二橫，左右二爪的外形就演變成曲形。直到後期，有些「豊」字的上部會多加一豎，或是橫形不完整，或是省略曲形等。但是這都不離「豊」的基本字形結構太遠。另一方面，「豐」的上部有三個「丰」、二個「丰」，「丰」也會

有二橫及三橫，當「豐」的上部有二個「丰」時，會有一豎在中間隔開。季旭昇《說文新證》云「豐」：「戰國文字簡化，漸漸與『豊』字形近，漢隸中豐豊不分，都作『豊』形。」〔註31〕於上方表格中「豐」和「豊」在楚文字中尚可區分，所以筆者認為不須將簡文本字另讀作「豐」。再者，「豈」的上部明顯能和「豐」的上部區別，是以原整理者對於簡文的「豊」字疑為「豈」之誤，筆者認為此說不確。其三，若如程燕所言，釋作「豐」，讀為「亡」，為「不會」之意，但是事實上重耳已經遇禍逃亡，可謂天並沒有不謀禍於重耳，所以此說可排除。此外，筆者發現同樣收錄於《清華柒》的〈趙簡子〉簡7中亦有此字「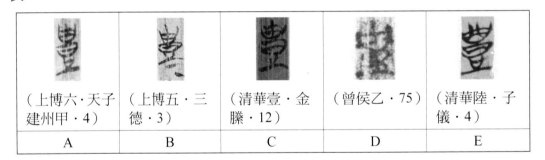」，其文例為「趙簡子曰：『其所由豊可聞也？』」〔註32〕原整理者云：「《論語‧為政》：『道之以政，齊之以禮。』禮，指某種制度和行為的規範。」〔註33〕綜上所述，筆者認為簡文「豊」字讀作「禮」，從陳偉之說。

其次，筆者將楚簡中出現和本簡的「豊」字字形相近的「豐」字製成下表：

（上博六‧天子建州甲‧4）	（上博五‧三德‧3）	（清華壹‧金縢‧12）	（曾侯乙‧75）	（清華陸‧子儀‧4）
A	B	C	D	E

簡文的「豊」和 A 形上部「甘」相較下為圓弧形左右兩側不同；B、C、D 形上部構形十分接近，下部的「豆」形則少一橫；E 形上部「甘」相較則是多了一豎筆。所以，簡文的「豊」為「豊」字，不會是「豈」字之誤。

其三，關於「愳」，原整理者讀為「謀」，釋為「圖」；陳偉讀為「悔」；程燕讀為「謀」，釋為「嫁禍」。陳偉引《左傳》隱公十一年：「若寡人得沒於地，天其以禮悔禍于許，無寧茲許公復奉其社稷。」杜注：「言天加禮于許而悔禍之。」楊伯峻注：「謂天或者依禮撤回加于許之禍。」高佑仁師認為這個

〔註31〕季旭昇：《說文新證》，頁406。

〔註32〕李學勤主編：《清華大學藏戰國竹簡（柒）》，頁107。

〔註33〕李學勤主編：《清華大學藏戰國竹簡（柒）》，頁109。

說法是對的，完全說得通簡文，〔註34〕筆者亦認為其說可從。另外，筆者贊成陳偉之說認為「㥯」讀為「悔」，「天其以禮悔禍于許」和「天禮悔禍於公子」在「其以」二字有別，是以陳偉認為簡文脫寫「其以」之類的文字。然而，「其」有不確定之意，簡文乃肯定句式，故「以」字本可省略，不必謂脫「其以」二字。簡文「天禮悔禍於公子」意即「天用禮撤回加於公子之禍」。

〔四〕乃各賜之鑶（劍）、繻（帶）、衣、常（裳）而歏（善）之，思（使）還▆。

乃	各	賜	之	鑶
繻	衣	常	而	歏
之	思	還		

原整理者：歏，讀為「膳」，《說文》：「具食也。」〔註35〕

lht：「善之」，是善待之的意思。《左傳》記晉知罃從容應該楚王的問話，楚王感慨「晉未可與爭」，「重為之禮而歸之」。「重為之禮」就是善之。〔註36〕

陳偉：（「歏」）疑當讀為「善」。《戰國策・秦策二》「齊楚之交善」高誘注：「善，猶親也。」《呂氏春秋・貴公》「夷吾善鮑叔牙」高誘注：「善，猶和也。」《方言》卷一「黨、曉、哲，知也」錢繹箋疏：「相親愛謂之知，亦謂之善。」《左傳》哀公十六年：「又辟華氏之亂于鄭，鄭人甚善之。」《國語・周語

〔註34〕高佑仁師指導筆者時，提供此寶貴意見，2019 年 11 月 18 日。

〔註35〕李學勤主編：《清華大學藏戰國竹簡（柒）》，頁 96。

〔註36〕見武漢網「簡帛論壇」〈清華七《子犯子餘》初讀〉34 樓，2017 年 4 月 27 日（2019 年 7 月 2 日上網）。

下》：「晉侯其能禮矣，王其善之。」可與簡文比看。〔註37〕

　　子居：以衣裳劍帶為賜是針對士的賞賜標準，「善之」當解為稱讚之、認為很好的意思，此處即稱讚二人的回答。〔註38〕

　　伊諾：敾，當釋讀為「善」，「善之」即誇讚之、認為「之」好的意思，子居之說可從。〔註39〕

　　袁證：整理者讀為「膳」，但文獻中未見「膳」有款待之義。整理者所引《說文》：「具食也」，段玉裁注：「具者、供置也。欲善其事也。」意為備置食物。如此則後面「之」字不易解釋。「敾」讀為「善」可從，訓親。〔註40〕

　　李宥婕：若依子居、伊諾「善之」解為「稱讚之」，則簡文順序應為「乃敾（善）之而各賜之鐱（劍）繛（帶）衣常（裳）」。若依整理者將「敾」，讀為「膳」，在文意上似可。例如諫簋：「母（毋）敢不善」、善夫克盨：「善（膳）夫」，其中「善」即通假為「膳」。然而 lht、陳偉先生、袁證先生皆讀為「善」，釋為善待之或親善之。依《清華簡二·繫年》簡36～37：「文公十又二年居狄，狄甚善之，而弗能內，乃蹠齊，齊人善之；蹠宋，宋人善之，亦莫之能內。」簡文記載狄人、齊人、宋人都喜愛文公，但是沒有能力幫助他返回晉國登基為君。又《後漢書·朱馮虞鄭周列傳》：「二十年東巡，路過小黃，高帝母昭靈后園陵在焉，時延（曹虞延）為部督郵，詔呼引見，問園陵之事。延進止從容，占拜可觀，其陵樹株蘗，皆諳其數，俎豆犧牲，頗曉其禮。帝善之，敕延從駕到魯。還經封丘城門，門下小，不容羽蓋，帝怒，使撻侍御史，延因下見引咎，以為罪在督郵。言辭激揚，有感帝意，乃制詔曰：『以陳留督郵虞延故，貰御史罪。』延從送車駕西盡郡界，賜錢及劍帶佩刀還郡，於是聲名遂振。」其文例與簡文接近。故此處依語境而言，當讀為「善」，即善待之、親善之。〔註41〕

〔註37〕陳偉：〈清華七《子犯子餘》校讀〉，武漢網，2017 年 4 月 30 日（2019 年 7 月 10 日上網）。

〔註38〕子居：〈清華簡七《子犯子餘》韻讀〉，中國先秦史網站，2017 年 10 月 28 日（2019 年 7 月 10 日上網）。

〔註39〕伊諾：〈清華柒《子犯子餘》集釋〉，復旦網，2018 年 1 月 18 日（2019 年 7 月 9 日上網）。

〔註40〕袁證：《清華簡《子犯子餘》等三篇集釋及若干問題研究》，頁 26。

〔註41〕李宥婕：《《清華大學藏戰國竹簡（柒）·子犯子餘》集釋》，頁 82。

金宇祥：簡文「劍帶衣裳」，《左傳·襄公二十一年》：「庶其竊邑於邾以來，子以姬氏妻之，而與之邑。其從者皆有賜焉。若大盜禮焉以君之姑姊與其大邑，其次皁牧輿馬，其小者衣裳劍帶，是賞盜也。」此為臧武仲回答季武子所言，其中提到的庶其是邾大夫，而「衣裳劍帶」是賞賜給庶其最小的從者。服飾衣物常見於金文的賞賜物中，與簡文最相關的見於春秋中期的子犯編鐘，銘文記有「王錫子犯輅車、四馬，衣、裳、帶、市、佩」。對比簡文，除了「劍」沒有之外，「衣」、「裳」、「帶」和簡文相同。受賞賜者為子犯，其身份當然不會只是「士」而已，故「劍帶衣裳」應非針對「士」。「散」字，武漢網帳號「lht」和陳偉之說可從，讀為「善」。[註42]

鼎倫謹案：首先，關於秦穆公賞賜給子犯和子餘的物品，原整理者隸定作「劍帶衣裳」，並且沒有斷句，袁證、李宥婕、金宇祥皆從之，筆者於此分別討論這些賞賜物。

第一，「劍」為从金，僉聲之字，筆者贊成原整理者釋為「劍」，筆者並認為从金代表「劍」的材質，於楚簡可見：「鐱」（天策）、「簪」（新零·480）。第二，原整理者「帶」釋作「帶」，季旭昇《說文新證》云「帶」：「戰國文字或作複體，或加義符『糸』」，[註43]由此可證原整理者之說可從。然而，筆者懷疑此字在此有兩個涵義：一是和後文的「衣裳」成套，指與公服配用的腰帶，《論語·公冶長》：「束帶立於朝，可使與賓客言也」；[註44]二是和前文的「劍」成套，指掛劍的腰帶，「帶」原本有「掛、佩帶」之義，《禮記·少儀》：「僕者右帶劍。」孔穎達疏：「右帶劍者，帶之於腰右邊也」。[註45]《楚辭·九章·涉江》：「帶長鋏之陸離兮，冠切雲之崔嵬。」[註46]這裡引申為掛劍的腰帶。在《武庫永始四年兵車器集簿》清單中就有記載「劍帶」，並且解釋為：「配劍所用革帶。」[註47]除此之外，金宇祥引子犯編鐘銘文「王

〔註42〕金宇祥：《戰國竹簡晉國史料研究》，頁 73～74。

〔註43〕季旭昇：《說文新證》，頁 622。

〔註44〕李學勤主編；《十三經注疏》整理委員會整理：《論語注疏》，頁 63。

〔註45〕李學勤主編；《十三經注疏》整理委員會整理：《禮記正義》，頁 1192。

〔註46〕（南宋）朱熹撰；蔣甫立校點：《楚辭集注》，頁 77。

〔註47〕張顯成、周羣麗撰：《尹灣漢墓簡牘校理》（天津：天津古籍出版社，2011 年），頁 56。

錫子犯輅車、四馬，衣、裳、帶、市、佩」，對比本篇簡文除了「劍」沒有之外，「衣」、「裳」、「帶」和簡文相同。是以，依據子犯編鐘第一手材料的證據，簡文此處應為四項賞賜物，分別為「劍」、「帶」、「衣」、「裳」，筆者將此處四項賞賜物獨立句讀。「帶」本身則可能有「公服配用的腰帶」以及「配劍所用革帶」之義。第三，原整理者將「」隸定作「常」，筆者認為不妥，觀察其下半從「市」，而非從「巾」。從「巾」的寫法，一般為「」（子犯鐘／NA1023）、「」（包山·2·203），季旭昇《說文新證》云：「戰國楚系文字偏旁或作『巾』。」〔註48〕另外，「市」字作「」（子犯鐘／NA1023）、「市」（曾侯乙·129），從「市」的寫法如「」（包山·2·214），和本簡此字相同。所以筆者將其隸定作「常」，讀為「裳」。根據〈子犯鐘〉記載：「王錫子犯輅車、四馬，衣、裳、帶、市、佩」，將「衣」和「裳」分開斷讀，筆者也將簡文的「衣」和「裳」分開斷讀，「衣」一般是指「上衣」，「裳」則是「古代稱下身穿的衣裙」，如《詩經·邶風·綠衣》云：「綠兮衣兮，綠衣黃裳。」毛傳：「上曰衣，下曰裳。」〔註49〕可參。

其次，秦穆公的賞賜物，在《左傳》中可見此四件物品為一組之例，在此將簡文和傳世文獻相互參照，《左傳·襄公二十一年》：「若大盜禮焉，以君之姑姊與其大邑，其次卓牧輿馬，其小者衣裳劍帶，是賞盜也。」〔註50〕楊伯峻注：「其次、其小者為與庶其之禮物之次者與小者。或以為其次其小係指庶其之從者。從者有高卑，賜亦有大小。」〔註51〕這裡是魯國賞賜給邾國庶其的物品，由此可見，「衣裳劍帶」為最低階層的賞賜物，不然就是應該給賓客的從者，而在簡文此處尚看不出秦穆公輕視子犯、子餘，應是因為子犯、子餘為重耳的從者，才賞賜「劍、帶、衣、裳」。筆者贊成金宇祥所言「劍帶衣裳」應非只針對「士」。簡文和《左傳·襄公二十一年》不同的是，《左傳》記載

〔註48〕季旭昇：《說文新證》，頁620。

〔註49〕李學勤主編；《十三經注疏》整理委員會整理：《毛詩正義》，頁140。

〔註50〕李學勤主編；《十三經注疏》整理委員會整理：《春秋左傳正義》，頁1112。

〔註51〕楊伯峻：《春秋左傳注》，頁1057。

衣裳在前，簡文則是劍、帶在前。此外，原整理者對此賞賜物並無斷句，筆者根據子犯編鐘銘文斷讀為「劍、帶、衣、裳」，可視為四種賞賜物。

其三，「歚」為从攵，善聲之字。原整理者讀為「膳」，釋為「具食」；lht讀為「善」，釋為「善待之」，陳偉、袁證、李宥婕、金宇祥從之；子居解讀為「稱讚之」，伊諾從之。筆者贊成lht讀為「善」，釋為「善待之」的說法，李宥婕引諫簋「母（毋）敢不善」為讀作「膳」的證據，其實觀察其完整文例：「女（汝）某（無）不又（有）聞，母（毋）敢不善，今余佳（唯）或嗣（司）命女（汝）」（諫簋／集成04285），應是讀作「善」。其餘用例除陳偉舉《戰國策・秦策二》「齊楚之交善」高誘注：「善，猶親也。」《呂氏春秋・貴公》「夷吾善鮑叔牙」高誘注：「善，猶和也。」及李宥婕舉《清華簡二・繫年》：「文公十又二年居狄，狄甚善之，而弗能內，乃蹠齊，齊人善之；蹠宋，宋人善之，亦莫之能內。」之外，還有《史記・韓世家》云：「今其狀陽言與韓，其實陰善楚。」〔註52〕可參。

其四，「思」的上古音為「心紐之部」，〔註53〕「使」的上古音為「心紐之部」，〔註54〕二字聲紐及韻部皆相同，故可相同。這裡的「使還」為「使之還」簡省，意為秦穆公讓子犯及子餘回去。另外，此處的「還」，簡文作，其右上目形中的兩橫較緊密，而且較偏左下，可見是第二橫筆的中間較肥大，觀察同《清華柒》有出現「還」的字形如「」（清華柒・越公其事・25）、「」（清華柒・越公其事・44）、「」（清華柒・越公其事・52），以及其他竹簡的「還」大多為「」（清華貳・繫年・117），皆無如〈子犯子餘〉的寫法，因此可視為本篇書手的書寫特色。綜上所述，這裡的簡文釋讀為：「於是分別賞賜他們劍、帶、衣、裳，並善待他們，讓他們回去。」

〔註52〕（西漢）司馬遷撰；（南朝宋）裴駰集解；（唐）司馬貞索隱；（唐）張守節正義：《史記》，頁986。

〔註53〕（東漢）許慎撰；（清）段玉裁注；李添富總校訂：《新添古音說文解字注》，頁506。

〔註54〕（東漢）許慎撰；（清）段玉裁注；李添富總校訂：《新添古音說文解字注》，頁380。